Bettina Belitz

MEIN DATE MIT DEN STERNEN

Rotes Leuchten

BETTINA BELITZ

MEIN DATE MIT DEN STERNEN

Rotes Leuchten

Band 2

Mit Illustrationen
von Laura Rosendorfer

cbj

Sollte diese Publikation Links auf Webseiten Dritter enthalten, so übernehmen wir für deren Inhalte keine Haftung, da wir uns diese nicht zu eigen machen, sondern lediglich auf deren Stand zum Zeitpunkt der Erstveröffentlichung verweisen.

Dieses Buch ist auch als E-Book erhältlich.

MIX
Papier aus verantwortungsvollen Quellen
FSC® C083411

Verlagsgruppe Random House FSC® N001967

1. Auflage 2018

Umschlaggestaltung: Geviert, Grafik & Typografie
Umschlag- und Innenillustration: Laura Rosendorfer
MI • Herstellung: eR
Satz: KompetenzCenter, Mönchengladbach
Druck: CPI books GmbH, Leck
ISBN 978-3-570-16510-2
Printed in Germany

www.cbj-verlag.de

PROLOG

»Und, werter Abgesandter, was habt Ihr von unserer Mission zu berichten? Könnt Ihr erste Erfolge vermelden?«

»Nun ja, Euer Ehren … Drei haben sich gefunden und erkannt.«

»Wie – erst drei?«

»Die Menschen sind langsam, Hoheit. Sie haben schnelle Maschinen, aber ihre Intuition ist träge. Zu viel Informationen, zu wenig Bauchgefühl.«

»Und weiter? Kommen sie voran? Was macht ihr Auftrag?«

»Es gibt da einige – Schwierigkeiten. Einmischungen, um genauer zu sein.«

»Einmischungen … Wollt Ihr mir etwa bedeuten, dass …«

»Ja, Euer Ehren. Sie sind ihnen auf die Spur gekommen und fangen an, sie zu behindern. Sie lassen nicht locker, es ist zum Verzweifeln! Doch das ist nicht die einzige Schwierigkeit.«

»Sprecht es schon aus, Abgesandter. Was ist das andere Hindernis?«

»Die Liebe. Ihnen ist die Liebe dazwischengekommen. Vielleicht war die Abfolge etwas ungünstig geplant. Wir hätten Venus einen der hinteren Plätze geben sollen …«

»Ach was, das würde sie niemals hinnehmen! Ohne Venus geht es außerdem nicht, sie musste eine der Ersten sein.«

»Ja, Hoheit, das sehe ich auch so. Nur – die Menschen reagieren sehr stark auf Venus. Vor allem die männlichen Menschen. Junge männliche Menschen. Marsmenschen …«

»Ich verstehe. Und was ist mit der Botenseele? Ist wenigstens sie unbeirrt geblieben?«

Schwarze Stille im unendlichen All.

»Abgesandter …? Sprecht es schon aus!«

»Nun, Euer Ehren, es hat sie auch getroffen.«

»Alle drei?«

»Alle drei.«

Erneutes Schweigen, das sich Lichtjahre ausdehnt und von zahlreichen Sternschnuppen geschmückt wird.

»Gibt es dennoch Hoffnung für die Mission, Abgesandter? Trotz Einmischungen und menschlicher, irdischer Liebe, die, wie wir wissen, die schwierigste und gefährlichste Form allen Gefühls ist?«

»Wir werden sehen, Hoheit. Nun hängt alles von

unserer Botenseele ab. Von ihrem Mut, ihrem Einfallsreichtum, ihrer Unerschütterlichkeit. Wünschen wir ihr allen kosmischen Beistand, den sie bekommen kann.«

»So sei es. Mögen die Sterne mit ihr sein.«

»Ja. Mögen die Sterne mit ihr sein.«

DOCH NICHT DU!

»Joss.« Ein abgrundtiefer Seufzer erschütterte Frau Heinrichs Brust und sie schob die letzte verbliebene Dokumentenmappe auf ihrem Schreibtisch zur Seite, sodass nichts mehr zwischen uns lag – und doch kam sie mir meilenweit entfernt vor. »Wieso schützt du Maksymilian immer noch? Wir sind unter uns, du kannst mir die Wahrheit sagen!«

»Das habe ich doch.« Zumindest, was diesen Part der Geschichte betraf – alles andere konnte ich sowieso niemandem weismachen. Keiner würde mir glauben, was auf der Belohnungsfahrt der Mittelstufe geschehen war, erst recht nicht Frau Heinrich. »*Ich* habe Maks zu diesem Feld geführt, und nicht er mich.«

»Ich fürchte, du verstehst mich nicht.« Frau Heinrichs Lächeln, das ohnehin schon starke Ermüdungserscheinungen gezeigt hatte, wich einem eindringlich-strengen Blick. »Wenn du bei dieser Version der Geschichte bleibst, hat das bestimmte –

Maßnahmen zur Folge. Daran kommen wir nicht vorbei!«

»Dann ist das eben so«, erwiderte ich mit leiser Bockigkeit. Ich hatte keine Ahnung, was mich an »Maßnahmen« erwartete – doch ich sprach die Wahrheit und ich würde auch in Zukunft dabei bleiben. Ich hatte auf unserer Belohnungsfahrt nachts das Bed & Breakfast in Avebury verlassen, um Maks zu jenem Feld zu führen, in dem vor unseren Augen ein Kornkreis entstanden war, bevor wir Sally, die Sternenabgesandte der Venus, gefunden und die Männer in Schwarz uns umzingelt hatten; alles Dinge, die im Verborgenen bleiben mussten, weil niemand außer mir davon wusste. Maks und ich, wir waren kosmische Auserwählte. Ich hatte das anfangs für einen schlechten Scherz gehalten, ach, für eine Halluzination, die mir wegen eines Erdnuss-Allergieschocks widerfahren war. Doch dann attackierten mich Zeichen und Hinweise von allen Seiten, als schrie das Schicksal mich an, dem zu glauben, was ich gesehen und gehört hatte – sich drehende Lichter aus dem All und dazu eine mächtige Stimme, die mir mitgeteilt hatte, dass ich die Auserwählte Nummer 1 sei und die anderen Auserwählten finden müsse, denn wir hätten gemeinsam eine Mission zu erfüllen. Wie diese Mission aussah, hatte ich in dieser Nacht vor lauter Aufregung leider vergessen, doch in den Wochen danach suchten mich dafür etliche andere Geistesblitze heim. Irgendwann gab es für mich keine Zweifel mehr. Ich, die schon als Baby in die Sterne geguckt hatte, kam von den Plejaden und Maks vom Mars, der ihm eine feurige Blitz-Pubertät beschert und aus dem unscheinbaren Außenseiter einen Jungen mit wilden rotbraunen Locken und Flammenaugen gezaubert hatte, nach dem sich nun sämtliche Mädchen unserer Jahrgangsstufe umdrehten.

Für Maks und mich war die Sache irgendwann klar gewesen. Wir hatten uns schließlich nie richtig wie Erdlinge gefühlt und waren es herkunftstechnisch auch nicht. Punkt. Dummerweise gab es da eine bedrohliche Macht, mysteriöse Männer in Schwarz, die immer dann auftauchten, wenn wir ein Schrittchen vorankamen. Weder wussten wir, wer genau sie waren, noch warum sie gegen uns arbeiteten. Das machte die Angelegenheit reichlich kompliziert und gefährlich dazu. Aber konnte ich unserer Schul-Chefin von all diesen Dingen auch nur ein Sterbenswörtchen erzählen? Nein.

Für normale Menschen wie Frau Heinrich gab es weder Planetenabgesandte noch Männer in Schwarz noch Kornkreise, die wie von Geisterhand und in Sekundenschnelle von flirrenden Lichtkugeln ins Feld gezeichnet wurden. Selbst Maks würde nicht mehr davon berichten können, obwohl er leibhaftig dabei gewesen war. Denn die Männer in Schwarz hatten in sein Gedächtnis eingegriffen und den Rest der Erinnerungen hatte sein plötzlicher Liebeswahn gelöscht. Schon kurz danach hatte er sich nicht mehr an den Kornkreis erinnern können – und erst recht nicht daran, wie er entstanden war. Im schlimmsten Falle wusste er nicht einmal mehr, dass sein Heimatplanet der Mars war und ich von den Plejaden kam, geschweige denn, dass wir eine gemeinsame Mission zu erfüllen hatten.

Wer diese Zusammenhänge nicht kannte – und kein Erwachsener würde sie uns jemals glauben –, musste wie Frau Heinrich denken, wir seien nachts in einem plötzlichen Anfall pubertärer Rebellion aus dem Bed & Breakfast abgehauen und hätten mit englischen Jugendlichen auf einem Gerstenfeld abgehangen, bis der Bauer uns bemerkt und mit Schüssen aus seiner Schrotflinte zu vertreiben versucht hatte, woraufhin uns die Polizei aufgelesen und zum Revier gebracht hatte. Ich wand mich beinahe vor Unbehagen, als ich an die fassungslosen Gesichter von Mama und Papa dachte, die mit allem gerechnet hätten – Allergieanfällen, Ohnmachten, Nahrungsmittelschocks –, aber nicht damit, dass ihre doch so zuverlässige Tochter mit dem begehrtesten und frühreifsten Jungen der Mittelstufe nachts heimlich abhaute und sie sich in den Getreidefeldern Südenglands herumtrieben. Auch sie glaubten, ich sei Maks gefolgt und nicht umgekehrt, ohne dass dies ihr Entsetzen hätte mindern können. Wie Frau Heinrich konnten sie nicht begreifen, was überhaupt in mich gefahren war.

In ihren Augen war ich von jetzt auf nachher eine schwer erziehbare, unberechenbare Jugendliche geworden – ausgerechnet ihre brave, unauffällige Joss, die jahrelang von ihren Klassenkameraden als Streberin verhöhnt und wegen ihrer eigenartigen Hobbys permanent gehänselt worden war. Was in England geschehen war, passte nicht zu mir – und hatte zu den schönsten und schmerzhaftesten Momenten geführt, die ich je erlebt hatte. Nie hatte ich mich Maks näher gefühlt als in jenem magischen Augenblick, bevor der Kornkreis im Feld erschienen war – und nie ferner, als kurze Zeit später Sally vor ihm gestanden und ihn angeschaut hatte, als sei er ihr Seelengefährte. Noch jetzt musste ich gegen die Tränen ankämpfen, wenn ich daran dachte. Sie hatten unfassbar schön miteinander ausgesehen. Und ich hatte mich unendlich alleine gefühlt.

»Gott, Joss … nun weinst du ja beinahe!« Noch einmal überredete sich Frau Heinrich zu einem mütterlichen Lächeln und ich sah, dass es ihr ernst war. Mein Wohl lag ihr am Herzen. »Du musst das nicht alles ganz alleine auf deine Schultern nehmen. Möchtest du noch einmal unter vier Augen mit Herrn Maziere sprechen? Hm? Wäre das eine Idee?«

Das war ihr letztes Ass im Ärmel. Wir hatten

bereits verschiedene langatmige Gesprächskreise in vielfältigen Kombinationen hinter uns gebracht. Meine Eltern und ich. Meine Eltern, Frau Heinrich und ich. Frau Heinrich, Herr Ries – mein Klassenlehrer – und ich. Frau Heinrich, Herr Maziere und ich. Alle hatten das gleiche Ergebnis erbracht. Ich behauptete, dass ich Maks auf das Feld geführt hatte, ohne dass ich klar begründen konnte, warum – und das wollten sie nicht hinnehmen. Herr Maziere, unser Hausmeister, Reisebegleiter und seit Kurzem auch Mediator, war ebenso ratlos wie Frau Heinrich gewesen, doch wir hatten einen guten Draht zueinander – und mir war jeder Grund recht, endlich Frau Heinrichs Büro und ihren Eulenblicken zu entkommen.

»Von mir aus«, murmelte ich lustlos. Auch ihm würde ich nicht die Wahrheit sagen können; so leid es mir tat, ihm einen derartigen Schrecken eingejagt zu haben, nachdem er doch alles in Bewegung gesetzt hatte, um Maks und mir eine schöne England-Reise zu ermöglichen.

Frau Heinrich griff stirnrunzelnd nach dem Telefon, drückte eine Durchwahlnummer und lehnte sich zurück, bis die Scharniere ihres Chefsessels zu knarzen begannen. »Marcel? Ich schicke sie runter. Ja, jetzt gleich.« Schon legte sie wieder auf und schloss kurz die Augen. Zwar saß ihre Frisur perfekt und das Makeup war ebenso makellos wie ihre Bluse, doch sie sah immer noch müde aus. Maks und ich hatten die Mittelstufen-Belohnungsreise gründlich durcheinandergewirbelt und unsere Betreuer an ihre Grenzen gebracht. Wenigstens hatten die anderen Schüler die Tour noch fortsetzen können, während ich zum ersten Mal in meinem Leben Hausarrest bekommen und drei entsetzlich stille Tage auf dem Bett verbracht hatte, wo ich nonstop Maks und Sally vor mir sah, wie sie sich gegenüberstanden und in die Augen schauten. Sie waren so verliebt ineinander gewesen – und ich so dumm. Wieso nur hatte ich nie einen Gedanken daran verschwendet, dass Mars eines Tages Venus begegnen würde, wenn wir nach den anderen Auserwählten suchten? Venus galt immerhin als der Schwesternplanet der Erde! Und warum musste Venus alias Sally die erste von ihnen sein, just an dem Abend, an dem Maks und ich uns so gut verstanden hatten wie nie zuvor? Die ganze Rückreise lang hatte er über kaum etwas anderes geredet als über Sally, und das, ohne zu ahnen, wer sie wahrhaftig war! Niemals durfte ich ihm davon erzählen, sonst würde er Gott und die Welt in Bewegung setzen, um sie zu suchen. Andererseits konnte es sein, dass er nicht mehr das Geringste über seine eigene Herkunft wusste. Alles gelöscht von den Männern in Schwarz, während ich mich an jede Kleinigkeit erinnern konnte.

Und noch immer hatte ich keine Zweifel. Sally

musste von der Venus kommen und erlebte wie wir ihre erste Inkarnation als Mensch. Wäre Maks ihr nicht gegenübergetreten, hätte ich es womöglich gar nicht sehen können. Doch die beiden waren wie füreinander geschaffen, sie hatten regelrecht geleuchtet. Eine solche Anziehungskraft gab es nur bei einer Liebe, die seit Ewigkeiten vorherbestimmt war, und nie würde ich damit konkurrieren können. Ich hätte mir in den Hintern beißen können, sie in dieser Nacht zusammengeführt zu haben. Was nützte mir eine Sternenmission, wenn mir dabei das Herz brach und ich schon auf der ersten Wegetappe meinen wichtigsten Mitstreiter an eine andere Auserwählte verlor? Wo war der Sinn?

»Joss?«

»Ja?« Hastig richtete ich mich auf und stellte errötend fest, dass mir nun doch eine Träne über die Wange lief. Wortlos reichte Frau Heinrich mir ein Taschentuch. Ich schüttelte es aus und drückte es mir gegen beide Augen, sodass sie mein Gesicht nicht mehr sehen konnte. Seit der fünften Klasse war ich der festen Überzeugung gewesen, mich niemals verlieben zu können, weil es den passenden Jungen dafür nicht geben würde. Doch dann hatte sich ausgerechnet mein Leidensgenosse und unser Jahrgangs-Außenseiter binnen weniger Wochen zu einem glutäugigen, wild gelockten Hitzkopf verwandelt, dessen feurige Blicke Brandspuren in meinem

Herzen hinterließen und dessen angriffslustige Art mich nicht schreckte, sondern mir Geborgenheit geschenkt hatte. Ich hatte mich bei Maks stets sicher gefühlt – und nun war er es gewesen, der mir schlimmere Verletzungen zugefügt hatte, als es die Männer in Schwarz je vermocht hätten. Meine Brust stand in Flammen und es fühlte sich an, als ob sie mich töten wollten. Das Taschentuch an mein Gesicht gedrückt, atmete ich zweimal langsam ein und aus, bis ich mich wieder unter Kontrolle hatte. Dann nahm ich es zögernd herunter. Frau Heinrichs Blick war weich und mitfühlend geworden. Ich konnte ihr erzählen, was ich wollte – dass ich unglücklich war, sah man mir an der Nasenspitze an. Jeder machte sich seinen eigenen Reim darauf – doch immer kam das Wort »Maks« vor.

»Herr Maziere ist bereit, dich zu empfangen. Geht es wieder?«

Ich nickte stumm, erhob mich aus meinem Besucherstuhl und brachte ein zittriges »Tschüs« hervor, bevor ich mich auf den Weg in den Keller machte, wo Herr Maziere bereits vor seinem Zimmer auf mich wartete. Er sah ebenso übernächtigt aus wie Frau Heinrich, doch sein herzliches Lächeln vermittelte mir sofort ein tröstendes Gefühl.

»Na, Schätzchen?« Ohne eine Antwort abzuwarten, trat er beiseite und winkte mich zu sich hinein. Erst als ich mich auf das blaue Sofa gegenüber seinem Schreibtisch niedergelassen hatte, schloss er die Tür und folgte mir.

Wie immer war es kuschelig warm in seinem Raum und die Atmosphäre behaglich. Der Zimmerbrunnen plätscherte sanft vor sich hin und die Himalaya-Salzlampe verbreitete ein mildes, beruhigendes Licht. Doch dieses Mal konnte ich mich nicht darin entspannen oder mich gar darüber freuen, hier zu sein. Mit einem fiesen Stich im Bauch dachte ich an jenen Moment im Frühjahr, als ich genau hier bei Maks gesessen hatte, nachdem er die Treppe heruntergestürzt war, und mit einem Mal seine Veränderungen bemerkt hatte. Sie waren mir wie eine Wunder-Mutation vorgekommen – seine rotbraunen Locken, die glimmenden Funken in seinem Blick, seine athletische Statur und seine sandige, tiefe Stimme. Der Mars war in ihm durchgebrochen, mit all seiner Kriegerkraft und seinem ungestümen, kompromisslosen Veränderungswillen. Jetzt wusste ich, dass ich sofort von ihm fasziniert gewesen war. Ich hatte es nur nicht kapiert.

»Also gut, Joss.« Herr Maziere goss mir einen Becher Tee ein und schob ihn mir entgegen. »Versuchen wir es noch einmal, und danach, ich verspreche es, lassen wir dich in Frieden. Das Problem ist, dass wir nicht glauben können, dass du diesen nächtlichen Ausflug geplant und angeleiert hast. Wir sind überzeugt davon, dass Maks es war – und auch das wäre kein Drama. Er dürfte an unserer Schule bleiben. Wir wollen nur nicht, dass du etwas auf dich nimmst, wofür du gar nicht verantwortlich bist.«

»Warum sollte ich das denn tun?«, fragte ich müde – und leider viel zu unkonzentriert.

»Nun ja – vielleicht, weil du in Maks verliebt bist?«

Verdammt, erwischt.

»Bitte was?«, kiekste ich und lachte künstlich auf, doch meine Wangen wurden heiß und ich verschränkte unwillkürlich meine Arme vor der Brust. »Das ist doch … das ist … ach. Blödsinn.«

»Schätzchen, ich habe die ganze Zeit schon gesehen, dass du ihn magst, und in London wurde es offensichtlich«, sagte Herr Maziere und bedachte mich mit einem weiteren verständnisvollen Lächeln. »Du bist ihm nicht eine Minute von der Seite gewichen und …«

»Er ist *mir* nicht von der Seite gewichen!«, widersprach ich gestikulierend. »Das ging von ihm aus und … und ich …« Verwirrt geriet ich ins Stocken. Ich hatte mich verheddert. »Jedenfalls bin ich nicht in ihn verliebt. – Oh Mann, bin ich eine schlechte Lügnerin …« Stöhnend gab ich auf. Herrn Mazieres Lächeln wurde noch etwas sanfter, doch er gab mir ein wenig Zeit, mich zu sammeln, ohne weitere Mutmaßungen zu äußern. »Na gut, dann bin ich eben in ihn verliebt. Oder nein, Korrektur: war. Ich *war* es. Ganz kurz. Jetzt will ich nichts mehr mit ihm zu tun haben. Trotzdem sage ich die Wahrheit. Ich habe ihn nach draußen auf das Feld gelockt.«

»Okay, von mir aus.« Herr Maziere tippte sich mit beiden Zeigefingern gegen die Schläfen, als wolle er sein Gehirn motivieren, besser zu arbeiten. »Nehmen wir an, es war so, wie du sagst, und du hast ihn auf dieses Feld gelockt. Wieso hast du das getan? Was in Gottes Namen wolltet ihr beide da draußen?«

»Das kann ich Ihnen leider nicht sagen.«

»Hm.« Herrn Mazieres Stirn legte sich in Falten. »Es gab also einen Grund. Richtig?« Ich nickte. »Hatte er mit diesem englischen Mädchen zu tun, das zusammen mit euch festgenommen wurde? Wart ihr mit ihr verabredet?«

»Sozusagen«, erwiderte ich vage. Ja, kosmisch gesehen war es eine Verabredung gewesen, auch wenn ich nicht wusste, was sie mitten in der Nacht noch da draußen getrieben hatte. Vielleicht war sie wie ich ihrer Intuition gefolgt – oder es war eine dieser merkwürdigen Fügungen gewesen, die einer nichtkausalen Logik folgten und mir in der letzten Zeit immer wieder die Bälle in die Hand gespielt hatten.

»Ihr kennt Sally also?«

»Nein, nicht wirklich. Ich hab sie vorher nie gesehen und Maks auch nicht.«

»Joss.« Seufzend nahm Herr Maziere die Finger von seinem Kopf. »Das ergibt alles keinen Sinn! Die Polizisten sagten, ihr habt dicht beisammengestanden, als sie auf das Feld kamen, und dass du und Sally sogar einander im Arm gehalten habt …«

»Ja, weil wir Angst hatten. Der Bauer hat schließlich um sich geschossen!«, verteidigte ich mich drängend. »Da kann so was passieren, auch wenn man sich nicht kennt, es war eine Ausnahmesituation!«

»Hat *sie* euch vielleicht auf dieses Feld gelockt? Habt ihr noch Kontakt mit ihr?« Ich schüttelte nur wortlos den Kopf. Kurz, nachdem wir aufs Revier gebracht worden waren, war sie schon von ihren Eltern abgeholt worden. Gesehen hatte ich ihre Eltern nicht. Da sie Britin war, war bei ihr alles sehr schnell gegangen, während Maks und ich einen höheren bürokratischen Aufwand verursacht hatten. Doch den Blick, den sie Maks zugeworfen hatte, bevor sie durch die Tür entschwunden war, würde ich nie vergessen. »Sie war der Polizei nicht bekannt und zuvor nie aufgefallen, deshalb … ist die ganze Geschichte äußerst rätselhaft, zumal ihr weder Bier noch Zigaretten bei euch hattet und der Bauer behauptete, ihr hättet mutwillig sein Feld kaputt getrampelt. Gerste … junge Gerste …«, erinnerte sich Herr Maziere mit halb geschlossenen Augen.

»Haben wir nicht. Wir hatten überhaupt keine Zeit dazu. Warum sollten wir so etwas auch tun?« Der Bauer hatte sein Feld selbst kaputt gefahren – und mit ihm das Zeichen in der Gerste. Er hatte den besten Beweis vernichtet, den wir gehabt hatten.

»Weißt du, wie es für mich aussieht, Joss? Maks wusste mal wieder nicht, wohin mit seiner Energie, wollte was erleben und hat dich zu einem nächtlichen Spaziergang überredet. Und weil du ihn nun mal sehr magst, bist du mit ihm gegangen. Ihr habt bei diesem Trip Sally getroffen, seid zusammen durch die Felder gestromert, dann hat der Bauer euch entdeckt und …« Herr Maziere brach ab, als zweifelte er an seinen eigenen Mutmaßungen.

»Nein, Herr Maziere. Ich bin es gewesen. *Ich* habe Maks dorthin gebracht. Er ist mir gefolgt, nicht umgekehrt.« Ich hätte es mir so viel leichter gemacht, wenn ich gelogen und Herrn Maziere zugestimmt hätte. Meine Strafe würde milder ausfallen, meine Eltern wären erleichtert und ich hätte meinen Ruf als folgsame, unkomplizierte Schülerin zurück. Doch ich konnte nicht. Ich hätte Maks zu gerne zurück auf den Mars geschossen, auf Nimmerwiedersehen, damit er dort als körperloser Geist sein Unwesen treiben konnte, doch ihn zu Unrecht anzuschwärzen – das brachte ich nicht übers Herz. Vor allem aber wollte ich nicht wieder die Kleine, Brave sein, die sich nur durch andere zu Dummheiten verleiten lässt. Ich hatte die plötzliche Eingebung gehabt, auf dieses Feld zu laufen – auf dieses und auf kein anderes. Das wollte ich mir nicht nehmen lassen, auch wenn außer mir niemand mehr wusste, was dort geschehen war.

»Gut, Joss. Ich akzeptiere jetzt, dass du dich für diese Version entscheidest – und du musst die daraus resultierenden Konsequenzen akzeptieren. Einverstanden?« Herr Maziere sprach ohne Groll, ohne einen Hauch eines Vorwurfs in seiner Stimme – und sein Gleichmut nahm etwas Druck von mir. Endlich würden diese nervenaufreibenden Gespräche aufhören. »Du weißt, dass wir nicht nur ein Belohnungssystem haben, sondern bei Fehlverhalten auf Eigenverantwortung setzen.«

»Ja, ich weiß.« Wer etwas verbockt hatte, musste dafür geradestehen – und sich mit guten Taten für die Schule einsetzen. Olli, unser wildester Oberstufenschüler, hatte die Pausen seines halben letzten Schuljahres damit verbracht, den Zaun des Schulhofs zu entrosten und neu zu streichen, und die dicken Jungs mussten immer wieder auf dem Bolzplatz Unkraut jäten oder an der Bushaltestelle Schülerlostendienste übernehmen. Nun würde auch ich mich in die Gruppe der Missetäter einreihen – allerdings hatte es vor mir noch nie einen Schüler gegeben, der so tief gefallen war. Erst Belohnungsreise für außergewöhnlich gute Leistungen, dann Strafarbeiten. Das war neu.

»Wir haben lange überlegt, wie eine passende Aufgabe für dich aussehen könnte, falls du bei deiner Version bleibst – und ich habe heute früh eine gefunden. Das Schicksal hat sie mir quasi in die Hände gespielt.« Herr Maziere legte eine bedeutungsvolle Pause ein und musterte mich aufmerksam. »Kennst du Julius Sempacher?«

»Oh.« Ein ungutes Gefühl setzte sich klebrig in meinem Magen fest. »Ja, klar. Vom Sehen. Aus der neunten, er ist doch der Schüler im … im …«

»Rollstuhl«, vollendete Herr Maziere mein Stammeln nachsichtig. Alleine an Julius zu denken, machte mich seltsam verlegen – vielleicht, weil er mir immer leidgetan hatte und ich gleichzeitig froh gewesen war, nichts mit ihm zu tun zu haben. Etwas an ihm flößte mir tiefes Unbehagen ein. Lange war er allerdings noch nicht bei uns am Gymnasium – seine Familie war erst vergangenes Jahr aus der Schweiz hierhergezogen. Dort hatte er wohl eine Elite-Schule für hochbegabte Schüler besucht, die behindertengerecht ausgestattet war – ganz anders als unser in die Jahre gekommenes Schulgebäude. »Ja, genau der. Du weißt, dass er von der Hüfte abwärts querschnittsgelähmt ist und in den oberen Wirbeln zudem eine schwere Skoliose hat?«

»Ja«, krächzte ich. Vielleicht war es sogar genau das, was es mir so schwer machte, unbefangen an ihm vorüberzugehen. Er war nicht nur gelähmt, sein Oberkörper war zu allem Überfluss auch vollkommen verdreht, als habe ihm das Schicksal noch zusätzlich eins reinwürgen und ihm jene Bewegungen, die er noch machen konnte, erschweren wollen. Er war nicht fähig, gerade im Rollstuhl zu sitzen, und konnte ihn nur unter großer Anstrengung fortbewegen, doch seine schmalen Augen glänzten stets klar wie dunkle Kristalle. Ich war mir sicher, dass er mir mein Unbehagen schon von Weitem ansah – ein Teufelskreis, dem ich am liebsten entkam, indem ich spontan Umwege wählte, wenn er in mein Sichtfeld kam. Das war nicht schwierig, denn inzwischen wusste ich, wo er auf seine Mutter wartete, die jede Mittagspause in die Schule kam und – ja, was genau machte sie eigentlich? Wozu brauchte er sie?

»Seine Mutter hat beschlossen, wieder zu arbeiten«, beantwortete Herr Maziere meine unausgesprochenen Fragen. »Julius selbst hat sie wohl dazu ermuntert, möchte aber weiterhin das Ganztagsangebot nutzen, und jetzt brauchen wir jemanden, der ihm in den Mittagspausen Gesellschaft leistet.«

»Gesellschaft«, echote ich dünn. Nein, ich wollte nicht seine Gesellschaft sein. Dazu war ich gänzlich ungeeignet. Doch Herr Maziere nickte mir bestätigend zu. »Das heißt also, ich …« Ich schluckte hüstelnd. »*Ich* … soll ihm in den Pausen … Gesellschaft leisten?«

»Ja, genau.« Herr Maziere ließ sich von meiner Verlegenheit nicht anstecken. »Du holst sein Essen aus der Mensa ab, bringst es ihm, ihr esst gemeinsam, danach verbringt ihr den Rest der Mittagspause zusammen. Ihr könnt erzählen, euch austauschen …«

»Aber worüber denn? Ich kenne ihn doch überhaupt nicht!« Ich klang ebenso panisch, wie ich mich fühlte. Irgendetwas in mir wehrte sich heftig gegen diesen Plan und gleichzeitig wusste ich, dass das nicht sein durfte, dass es nicht richtig war. Ich sollte Mitgefühl mit Julius haben, aufrichtiges Mitgefühl, und froh sein, ihm helfen zu können. Es musste echt beschissen sein, mit sechzehn Jahren schief und krumm im Rollstuhl zu hängen und bisher jede Mittagspause zusammen mit der eigenen Mutter verbracht zu haben, weil unsere Schule es nicht auf die Reihe bekam, die Mensa barrierefrei umzugestalten. Ich mit meinen vielen Zipperlein sollte ihn noch am ehesten verstehen und unterstützen, zumal ich jahrelang geärgert und gemobbt worden war – doch ich hätte lieber jeden Tag sämtliche Schultoiletten geputzt, als mich freiwillig Julius zu nähern. Ich fand es nicht gut, aber es war so.

»Dann lernt ihr euch eben kennen. Ihr habt ja nun genügend Zeit dafür«, entgegnete Herr Maziere sachlich. »Erst zum Beginn des neuen Schuljahres wird ein anderer Schüler übernehmen.«

»Aber ich … ich … ich hab irgendwie Angst vor ihm«, bekannte ich piepsig. »Das ist keine Ausrede, es ist wirklich so. Er guckt immer so – komisch.«

»Berührungsängste mit behinderten Menschen sind ganz normal, Joss. Sie werden sich rasch legen, ich verspreche es dir. Wir sind überzeugt davon, dass du dieser Aufgabe gewachsen bist und sie prima meistern wirst. Vielleicht tut sie dir sogar gut.«

Ich nickte tapfer, ohne ihm recht glauben zu können. Julius war zwar nur zwei Jahre älter als ich und möglicherweise hatten wir sogar ähnliche Interessen. Er war schließlich trotz seiner Behinderung an diese Schule gekommen, weil wir einen naturwissenschaftlichen Schwerpunkt hatten und er diesen auch in den Nachmittag-AGs vertiefen konnte. Doch von nun an jede Mittagspause mit ihm verbringen zu müssen, war eine Vorstellung, die mich jetzt schon überforderte. Musste das nicht auch für ihn irgendwie beschämend sein? Dass seine Tischgesellschaft organisiert wurde und eine Art Strafe für denjenigen war, der bei ihm sitzen würde?

»Will er das denn überhaupt?«, fragte ich zaghaft nach. »Dass ich ihn betreue?«

»Er möchte den Schatten seiner Mutter loswerden und ist dankbar, dass wir eine Lösung dafür gefunden haben. Julius redet nicht viel, aber so wie ich ihn wahrnehme, hätte er es gesagt, wenn er nicht einverstanden wäre.«

Oh je, er war also auch noch jemand, der lieber schwieg, als zu sprechen – was um Himmels willen sollten wir beide nur zusammen tun? Über welche Themen unterhielt man sich mit jemandem, der ein solch gewaltiges Handicap hatte und kaum den Mund aufbekam?

Doch erst auf meinem künstlich in die Länge gezogenen Heimweg – seit England blieben die Männer in Schwarz fern und ich konnte mir Zeit lassen, nach Hause zu kommen – wurde mir klar, was meine Strafe noch bedeutete. Ich würde meine Pausen und das Mittagessen von nun an nicht mehr zusammen mit Maks an unserem Palmen-Ecktisch verbringen können. Andererseits wollte ich ihn zur Zeit gar nicht sehen und seinen Schutz würde ich bei meiner neuen Aufgabe nicht nötig haben. Noch immer hatten Maks und ich einen Vertrag miteinander, der besagte, dass wir gegenseitig auf uns aufpassten – wir hatten ihn im vergangenen Schuljahr miteinander abgeschlossen, weil wir beide jemanden brauchten, der uns den Rücken freihielt und wusste, was er in einem Allergie-Notfall zu tun hatte (oder, wie ich bei Maks hin und wieder, wie der Heimlich-Griff bei drohendem Ersticken angesetzt werden musste). Doch niemand würde es je wagen, Julius mit Essensresten zu bewerfen oder ihn zu hänseln; das war selbst unter den dicken Jungs tabu – und ab sofort aß ich sowieso getrennt von allen anderen Schülern, weit weg von der Mensa und im Erdgeschoss des Schulgebäudes. Ich war Maks los, ich war die dicken Jungs los.

Ich hatte keine Ahnung, ob das gut oder schlecht war, ob ich mich darüber freuen oder es bedauern sollte.

Alles, was ich wollte, war, die Zeit zurückzudrehen und wieder in Avebury zu sein, in der warmen Abendluft auf der Bank bei den Steinen zu sitzen, in den Himmel zu schauen und Maks' Hand auf meiner zu spüren.

Doch das würde nie wieder geschehen.

WENN, DANN DU …

»Joss, bist du das?«

»Wer sonst«, wisperte ich und schickte ein gut hörbares »Ja!« hinterher, bevor ich meinen Rucksack auf die unterste Treppenstufe fallen ließ und auf der Stelle verharrte, weil ich nicht wusste, ob ich auf den Dachboden gehen oder mich der Situation stellen sollte. Doch unser Haus war klein; es ergab keinen großen Sinn, mich zu verkriechen.

»Komm mal bitte zu uns, wir sind im Garten!« Mama klang ähnlich bemüht freundlich wie Frau Heinrich heute Morgen, doch ich glaubte, mehr Hoffnung in ihrer Stimme zu hören – Hoffnung, die ich ihr nun leider nehmen musste. Mit einem lautlosen Seufzen löste ich meine Hand vom Treppengeländer und ging durchs Wohnzimmer nach draußen in unseren kleinen Innenstadtgarten, gut einsehbar von sämtlichen Nachbarn und nur von kargem Buschwerk gesäumt. Mama besaß keinen besonders ausgeprägten grünen Daumen und musste die meisten Pflanzen im Frühling neu setzen, weil sie spätestens beim ersten Blattlausbefall im Sommer aufgab, sie zu hegen und zu pflegen, und ihr kläglicher Rest dem ersten scharfen Frost zum Opfer fiel. Immerhin, sie versuchte jedes Frühjahr aufs Neue, unseren Garten zu begrünen, doch noch saßen wir auf dem Präsentierteller. Frau Otto von schräg gegenüber reckte bereits neugierig ihren grauen Schopf über die Balkonbrüstung, wobei sie so tat, als würde sie ihre Primeln gießen, aus deren Töpfen das Wasser längst auf den Boden tropfte. Frau Otto entging nichts.

Während Mama und Papa mir ernst und fragend entgegenblickten und verkrampft auf ihren Stühlen saßen, schien Sam sich prächtig zu amüsieren. Ihre Augen leuchteten und sie platzte schier vor Sensationslust – ganz ähnlich wie Frau Otto. Die Backen voller Zuckerkuchen klopfte sie kameradschaftlich auf den freien Gartenstuhl und lehnte sich genüsslich zurück, sobald ich Platz genommen hatte. Die Show konnte beginnen.

»Und?«, fragte Papa vorsichtig und goss mir eine Tasse Tee ein, während Mama mir zeitgleich einen graubraunen, pupstrockenen Dinkelkeks auf den Teller schob. Normaler Kuchen war in den Augen von Mama für mich nach wie vor tabu, obwohl ich viel weniger Unverträglichkeiten und Allergien hatte, seitdem ich erkannt hatte, dass ich von den Plejaden kam und zu meiner extraterrestrischen Herkunft stand. »Wie war dein Gespräch mit Frau Heinrich? Hast du ihr die Wahrheit gesagt?«

»Habe ich«, antwortete ich reserviert, ohne den Keks anzurühren. Ich wollte lieber ein Stück Zuckerkuchen essen, während ich verhört wurde. Mama atmete erlöst aus und auch Papas Gesicht entspannte sich. »Und ihr kennt sie schon. Ich habe Maks auf das Feld geführt, nicht er mich.« Sofort schwand die Erleichterung aus den Mienen meiner Eltern und Sam verschluckte sich fast an ihrem Kuchen. Prustend nahm sie einen Schluck Bananenmilch, ihre braunen Augen immer noch fest auf mich gerichtet. Für sie musste dieser Tag ein Fest sein.

»Aber Joss, du … ich … wir können das nicht …«

»Es ist aber so!«, fiel ich Mama ins Wort. »Warum glaubt mir das keiner?«

»Weil es nicht zu dir passt, Liebes!« Papa klang ehrlich bestürzt und sofort fühlte ich mich elend. »Wir kennen dich so nicht!«

»Was hat Frau Heinrich denn dazu gesagt?« Mama war blass geworden und schob ihren Teller ein Stück zur Seite. Sam hingegen angelte sich blind ein zweites Stück Kuchen. Sie war so gebannt, dass sie sich nicht einmal ihren Milchbart von der Lippe wischte.

»Nicht viel.« Verschlossen senkte ich meine Lider. »Herr Maziere hat sich eine Maßnahme ausgedacht und sie mir verkündet. Ich muss mich bis zu den Ferien um Julius Sempacher kümmern.«

»Oooh«, raunte Mama bedeutungsvoll und wechselte einen raschen Blick mit Papa. Sie wussten also über Julius Bescheid – es wunderte mich nicht, sie saß schließlich im Elternbeirat.

»Wieso ›oooh‹? Wer ist dieser Julius? Kenne ich ihn?«, bombardierte Sam uns mit Fragen, während ihre geweiteten Augen von einem zum anderen huschten.

»Nein, tust du nicht«, entgegnete ich müde. »Er sitzt im Rollstuhl und ich soll ihm in den Pausen … sein Essen bringen und mich mit ihm unterhalten – und so.«

»Und so?« Sam schlug sich die Hand vor den Mund. »Ach du Scheiße … du musst ihm die Windeln wechseln!« Manchmal war Sam erstaunlich schnell von Begriff – und meistens genau dann, wenn das Thema sie überhaupt nichts anging. »Igitt, das ist ja eklig! Ist das dann nur Pipi oder auch …«

»Sam, es reicht«, beschloss Mama so unterkühlt, dass ich zusammenzuckte. »Joss muss ihm natürlich nicht die Windeln wechseln.« Oh, das hoffte ich auch – darüber hatte ich ja noch gar nicht nachgedacht! Trug Julius etwa Windeln? »Nimm bitte deinen Kuchen und geh auf dein Zimmer, wir wollen gerne mit deiner Schwester alleine sprechen.«

»Is ja gut«, maulte Sam, zog einen dicken Schmollmund und stand betont langsam und umständlich auf, bevor sie in schlurfenden Minischritten davonzog. Erst als wir das Klappern der Gabel auf ihrem Teller nicht mehr hören konnten, nahm Mama den Faden wieder auf.

»Vielleicht ist es ja besser so.«

»Was?«, fragten Papa und ich gleichzeitig.

»Na, dass du Zeit mit Julius verbringst statt mit Maks. Denn ganz ehrlich, Joss, Maks hatte in letzter Zeit keinen guten Einfluss auf dich. Er hat sich stark verändert und ich weiß von Frau Heinrich, dass ihr in London unentwegt zusammen wart, und Maks ist nun mal … sehr unberechenbar.«

Oh ja, das konnte man so sagen. Nicht einmal ich hatte seinen plötzlichen Liebesflash mit Sally vorausahnen können. Trotzdem schüttelte ich stur den Kopf. »Maks ist nicht schuld. Das war alles meine eigene Entscheidung.«

»Gut«, erwiderte Mama ohne jede Überzeugung. »Dann löffelst du dein Süppchen jetzt eben auch alleine aus.«

»Werde ich.«

»Julius ist bestimmt ein interessanter junger Mann.«

Fragend äugte ich Papa an. »Warum? Weil er behindert ist? Macht das Menschen automatisch interessant oder wie meinst du das?«

»Nein, aber … Ach, Joss.« Hilflos zuckte er mit den Schultern. »Du wirst das schon stemmen, meinst du nicht?«

»Mir bleibt nichts anderes übrig. – Kann ich jetzt auch auf mein Zimmer gehen? Ich hab eh keinen Hunger auf die blöden Kekse.«

Wieder wechselten Mama und Papa einen kurzen Blick, dann nickten sie im Gleichtakt, ihre Gesichter noch sorgenvoller als zu Beginn dieses unerquicklichen Gespräches. Steif stand ich auf, umrundete den Tisch und marschierte zur Treppe, wo ich beinahe über meine neugierige Schwester stolperte, die im Schatten des Geländers auf den Stufen kauerte und kaum zu sehen gewesen war. »Was machst du hier? Lauschst du etwa?«

»Klar! – Los, setz dich …« Sie schnappte sich meinen Ärmel und zog mich zu sich herunter. »Jetzt kommt doch erst der spannendste Teil.«

»Was meinst du?«

»Na, wenn sie nach dem Gespräch zu zweit weiterreden!«, flüsterte sie mir ins Ohr und deutete hektisch zum Wohnzimmer. »Das vorher ist nur die abgespeckte Variante!«

»Sag mal, wie oft hast du das denn schon gemacht?«

Sam winkte lässig ab. Also sehr oft. »Sssst, es geht weiter.«

Seufzend schloss ich die Augen und lehnte mich neben Sam an das Treppengeländer. Wie war das noch mal – der Lauscher an der Wand hört seine eigene Schand?

»Schön, jetzt haben wir also beides im Doppelpack, Pubertät und erste Liebe.« Mama lachte unglücklich auf. »Und das bei Joss … Damit hatte ich wirklich nicht gerechnet, nicht so früh.«

»Früh? Eigentlich ist sie spät dran.«

»Ja, aber wieso muss es ausgerechnet Maks sein? Wieso er?«

»Wer sollte es denn sonst sein?«, gab Papa zu bedenken und ich hörte, wie einer der beiden sich Tee nachschenkte. »Sie hatte doch bisher mit keinem anderen Jungen Kontakt – und die anderen Mitschüler, naja. Das sind keine Kandidaten für Joss.«

»Aber Maks doch auch nicht – jedenfalls nicht mehr. Die beiden passen überhaupt nicht zueinander! Und du siehst ja, zu welchen Dingen er sie verleitet … und sie schützt ihn auch noch und lügt für ihn …«

»Das wissen wir nicht, Sophie. Wir nehmen es nur an.«

»Glaubst du ihr etwa?«

Eine Pause entstand, in der Sam aufgeregt mein Bein quetschte. »Gleich streiten sie wegen dir!«, wisperte sie verheißungsvoll, als das Schweigen sich ausdehnte. »Das ist die Ruhe vor dem Sturm!«

Papa räusperte sich ausführlich und auch ich verspürte ein Kratzen im Hals, schluckte aber krampfhaft gegen meinen Hustenreiz an.

»Wirklich, du glaubst ihr!?« Oh. Dieser Ton ließ nichts Gutes erahnen.

»Schatz, ich weiß es nicht. Aber ich halte es nicht für ausgeschlossen, dass sie die Wahrheit sagt. Im Zweifel für den Angeklagten, oder?«

»Aber das ist es ja gerade, sie klagt sich selbst an! Ich kann mir nicht vorstellen, dass unsere kleine Joss …«

»Sie ist vierzehn, Sophie! Auch wenn man es ihr nicht ansieht, sie ist vierzehn, und mit vierzehn machen Kinder Sachen, die ihre Eltern vorher nicht für möglich gehalten hätten! Das kriegen wir in unserem Lehreralltag doch täglich live mit. Oder? Sie ist jedenfalls nicht mehr unsere kleine Joss.«

»Trotzdem mache ich mir Sorgen!« Mama klang wieder etwas versöhnlicher, Papa hingegen hatte sich eben beklemmend traurig angehört. »Und mir tut es leid für sie, dass sie sich in Maks verliebt hat und er sie in so einen Mist hineinzieht und dann auch noch ein anderes Mädchen trifft … das muss ihr wehtun, ich sehe es ihr an!«

»Okay, genug jetzt.« Abrupt stand ich auf, las meinen Rucksack vom Boden auf und stiefelte nach oben.

»Joss, warte … hey!« Sam jagte mir hinterher und riss mich am Arm zur Seite, bevor ich die Tür zu meinem Zimmer öffnen konnte. »Hier rein, Schwesterchen!« Resolut schob sie mich in ihr Kuscheldecken-Duftkerzen-Plüschtier-Revier und kickte mit der Ferse die Tür hinter uns zu. »Jetzt reden wir!« Ehe ich michs versah, hatte sie mich an meinem

Hosenbund zu sich aufs Bett gezogen. »Also – was ist das mit dir und Maks? Hm?«

»Oh, Sam …« Genervt stöhnte ich auf. »Ich will diese Geschichte nicht noch mal durchkauen …«

»Ach, doch nicht die!« Sam schüttelte übertrieben den Kopf, sodass ihre langen Haare meine Wange streiften. »Sondern die echte Geschichte. Über eure Gefühle und so. Die Liebesgeschichte!«

»Es gibt keine Liebesgeschichte.«

»Aber du hast Liebeskummer«, stellte Sam im Brustton der Überzeugung fest. »Du liegst den ganzen Tag nur im Bett, isst kaum was, hörst Depri-Musik, heulst heimlich – Liebeskummer. Oder bist du etwa schwanger!?«

»Sam!«, rief ich empört. »Spinnst du? Natürlich bin ich nicht schwanger!«

»Wäre auch ein bisschen früh. Aber Liebeskummer hast du, hundertpro, und deshalb … Moment …« Sam sprang vom Bett, klaubte ihr pinkfarbenes Stabfeuerzeug aus ihrer Nachttischschublade und entfachte drei türkis glitzernde Windlichter, um sie feierlich vor meine Füße zu stellen. Sofort stieg ein süßlich-klebriger, künstlicher Duft von ihnen auf. Doch ich war zu frustriert für eine allergische Reaktion. Meine Nase kitzelte nur kurz und gab dann erschöpft Ruhe.

»Was gibt das, wenn es fertig ist?«

Sam hüpfte beschwingt zu ihrem MP3-Player und

drückte eine Weile suchend darauf herum, bis sie einen besonders schwülstigen Lovesong gefunden hatte und nicht minder beschwingt zu mir zurücktrabte. Irgendwas an meinem Unglück schien sie schrecklich fröhlich zu stimmen.

»Liebe Joss«, begann sie mit geschwellter Brust und breitete ihre Arme aus. »Hiermit wirst du offiziell in den Club der echten Frauen aufgenommen.«

»Bitte was!?«

»Der Club der echten Frauen!«

»Den gibt es nicht.«

»Doch, ich habe ihn eben gegründet, und da draußen existieren Millionen Mitglieder, die nur noch nicht wissen, dass sie Mitglieder sind. Was macht ein Mädchen zu einer Frau? Na?« Wichtig blinzelte sie mich an. Sie erwartete offenbar wahrhaftig eine Antwort.

»Ihre erste Regelblutung?«, riet ich.

»Oh, Joss! Sei doch nicht immer so wissenschaftlich!« Sam raufte sich in einer Geste aufrichtiger Verzweiflung die Haare, bevor sie erneut die Arme ausbreitete. »Es ist der erste Liebeskummer! *Der* macht uns zu echten Frauen! Du gehörst jetzt dazu, verstehst du? Du bist eingeweiht!«

»In was? Sich-ätzend-fühlen?«

»Ja, zum Beispiel!« Freudig lachte Sam auf. »Du hast es verstanden! Weißt du auch, was man macht, wenn man Liebeskummer hat? Na?«

Ich überlegte ein Weilchen, aber mir fiel nichts Vernünftiges ein. Das war ja das Niederschmetternde an der ganzen Situation. Ich war machtlos. Alles, was mir blieb, war, meinen Kummer auszuhalten.

»Man stylt sich um!«, trompetete Sam, nachdem ich immer noch nichts sagte. »Man macht sich eine andere Frisur, zieht sich anders an, bewegt sich anders, schminkt sich anders …«

»Wozu?«

»Oh, Joss, du weißt ja wirklich gar nichts! Man tut das, damit der Typ begreift, wen er hätte haben können, aber jetzt nicht mehr kriegen kann!«

»Er kann mich doch noch kriegen«, entgegnete ich dröge.

»Oh, nein, das kann er nicht. Niemals! Er hatte seine Chance und jetzt muss er Qualen leiden, Qualen! Er muss dich jeden Tag sehen und denken: Was war ich nur für ein blöder Arsch, dass ich nicht gemerkt habe, wie hübsch und sexy Joss ist. Er muss leiden wie du, sonst ergibt der ganze Liebeskummer überhaupt keinen Sinn!«

»Du schaust zu viel Gossip Girl.« Kraftlos ließ ich mich gegen Sams Kopfkissenberg sinken. »Und Umstylen hat eh keinen Sinn. Mich kann man nicht umstylen, das funktioniert bei mir nicht.«

»Und ob das funktionieren wird.« Sam hatte bereits damit angefangen, ihren Kleiderschrank zu durchwühlen und Hosen und Oberteile auf den

Fußboden zu werfen. »Ich habe hier doch noch eine alte … ja, da ist sie. Ha!« Nun hatte sie gefunden, wonach sie gesucht hatte, und schleuderte mir eine dunkelblaue Jeans mit Destroyed-Effekten vor die Füße. »Zieh die mal an. Ich pass nicht mehr rein. Müsste perfekt sein für deinen Knackarsch.«

»Meinen – was?«

»Jetzt tu nicht so, als hättest du das nie bemerkt. Er ist klein, rund und fest wie ein Apfel. Das ist so unfair, ich habe einen weichen Birnenpo und er wackelt immer, wenn ich laufe. Siehst du das?« Sam marschierte mit erhobenen Armen vor mir auf und ab. »Immer wackelt er! Trotz Zumba! Ich krieg bestimmt schon mit zwanzig Orangenhaut!«

Weil ich keine Ahnung hatte, was ich zu dieser Prognose beitragen sollte, schlüpfte ich widerwillig aus meiner Hose und streifte Sams Jeans über.

»Hab ich es doch gesagt!« Strahlend umrundete sie mich. Ich wusste zwar immer noch nicht, warum sie meinen kaum vorhandenen Po als Knackarsch bezeichnete, aber die Hose fühlte sich tatsächlich gut an. »Nimm das dazu. Na los, mach schon, so großzügig bin ich nicht immer!«

Weil es erfahrungsgemäß keinen großen Sinn ergab, mit Sam zu diskutieren, entledigte ich mich wortlos meines grauen Sweatshirts und tauschte es gegen das hellblaue Kapuzenoberteil mit Ausschnitt, das Sam mir in die Hand drückte.

»Yes … Das passt zu deinen Augen. Genial.« Zufrieden ließ Sam ihre Blicke über mich gleiten. »Jetzt müssen wir nur noch was mit deinen Haaren machen. Lass mich überlegen … Ja. Das ist es. Du brauchst einen Sidecut.«

»Hä?«

»Sidecut! Ich nehme dafür am besten Papas Bartschneider … Die Seiten raspelkurz und oben …« Sam machte eine undefinierbare Geste und ich wich vorsichtshalber ein Stück vor ihr zurück. Sie kam mir unberechenbar vor, ganz so wie Maks in den Augen meiner Eltern – doch sie war nicht mehr aufzuhalten. Nur wenige Sekunden später fand ich mich mit einem Handtuch um die Schultern an ihrem Schminktisch wieder und sie zückte Papas Bartschneider, als sei er eine geladene Waffe.

»Nein, Sam. Keine Chance. Wenn du ihn ansetzt, schreie ich.«

»Och, Jossi, bitte! Sei kein Spielverderber!«

»Das ist kein Spiel! Das sind meine Haare und ich habe sowieso nicht viele davon, mit ihnen darf nicht gespielt werden. Sie sind mir wichtig.«

»Eben drum!« Trotzig stampfte Sam mit dem Fuß auf. »Vertrau mir doch mal, ich weiß, was ich tue.« So sah es für mich nicht aus. Sams Wangen glühten wie im Fieber und ihre Augen blitzten, als habe sie zu viele Endorphine im Körper – und vermutlich entsprach das sogar der Wahrheit. Das Umstyling hatte sie in Trance versetzt. »Gerade, weil du feines Haar hast, ist der Sidecut die beste Lösung und du trägst sie ja eh schon kurz. Du hast außerdem den Kopf dafür! Das haben nur die wenigsten, bei den meisten sieht er scheiße aus, weil sie als Baby zu viel auf dem Rücken lagen und einen platten Schädel haben …« Entschlossen aktivierte sie den Bartschneider. »Und wenn es nix wird, wachsen sie ja wieder. Oder?«

»Dann tu halt, was du nicht lassen kannst.« Mich guckte sowieso kein Junge an, ob mit oder ohne Sidecut. Ergeben schloss ich die Augen und hörte Sam aufjauchzen, bevor das Summen des Bartschneiders meinem rechten Ohr so nahe kam, dass ihre Verzückungsrufe nicht mehr zu mir durchdrangen. Minutenlang verharrte ich reglos auf dem Stuhl, während sie sich emsig an meinem Kopf zu schaffen machte und kitzelnd abrasierte Härchen in meinen Kragen fielen, bis das Brummen verstummte und Sam mit der Schere weiterarbeitete. Da sie schon ihren Barbiepuppen gerne die Haare geschnitten hatte, baute ich darauf, dass meine neue Frisur nicht ganz so entstellend werden würde, denn ihre Puppen hatten sich stets zu ihrem Vorteil verändert – das musste ich zugeben. Trotzdem traute ich mich kaum, die Augen zu öffnen, nachdem sie ein letztes Mal mit Gel durch meinen übrig gebliebenen Schopf gefahren war und wie eine Fanfare trötete.

»Hallo!? Ich bin fertig!«

Ich holte tief Luft und hob meine Lider. »Wow.« Ich brauchte eine Weile, um mich an die neue Joss zu gewöhnen – aber Sam hatte nicht zu viel versprochen. Das Mädchen, das mich aus dem Spiegel ansah, war immer noch ich, und doch – anders. Nicht mehr so kindlich, nicht mehr so unscheinbar, sondern markant und gleichzeitig weiblicher. Meine Haare fielen kühn und leicht wellig auf die linke Seite, während die Partien über den Ohren und am Hinterkopf raspelkurz geworden waren. Ich sah ein bisschen punkig aus, aber nicht stillos. Zwar wirkten meine Augen nun noch größer, aber zum ersten Mal mochte ich es. »Danke. Das ist – cool.«

»Mindestens so cool wie Maks.«

»Maks ist nicht cool. Er ist ein Idiot.« Mit dem neuen Look fiel es mir seltsamerweise leichter, über ihn zu sprechen – und auch, an England zu denken, und das, was vor und nach dem Kornkreis geschehen war. »Er hat alles vergessen …«

»Was alles?« Über den Spiegel sah Sam mich an. »Ist da etwa was gelaufen zwischen euch? Sag schon, Joss …«

»Er hat meine Hand genommen, als wir abends nebeneinander auf einer Bank saßen. Also eigentlich nichts. Aber für mich war es … viel.« Auch wenn ich redete, sah ich anders aus. Womöglich hatte ich mich aber auch noch nie im Spiegel angeschaut, während ich redete. Ich wirkte klar und bestimmt; viel selbstsicherer, als ich mich je empfunden hatte. Widerstrebend löste ich mich von meinem neuen Gesicht und setzte mich zurück aufs Bett. Sam folgte mir mit glänzenden Augen.

»Händchen halten kann ja auch viel sein, wenn es der Richtige ist. Ist er der Richtige?«

»Für mich schon.« Er war es immer noch. Ich wusste um die besondere, schicksalshafte Verbindung zwischen Mars und Venus, aber sie konnte nichts an meinen Gefühlen ändern. Mein Herz wollte Maks, keinen anderen, und ihm waren Planetenkonstellationen zum ersten Mal in meinem Leben vollkommen egal.

»Er ist ja auch echt heiß.« Das hatte Sam schon einmal über ihn gesagt, als er mich in meiner Sternwarte besucht und unseren Vertrag erneuert hatte, nach unserem ersten großen Streit. Damals hatte es mich gestört. Jetzt zwickte es nur sanft. »So schöne Haare und dieser männliche Blick … so … hach … männlich eben.«

»Feurig.«

»Hmmm …« Verträumt ließ Sam sich in ihre Kissen sinken. »Er hat jetzt also eine andere? Dieses Mädchen, das mit euch im Feld war?«

»Haben kann man so nicht sagen. Sie wohnt ja in England.«

»Waaas? Und du sitzt noch hier rum und bläst

Trübsal? Mensch, Joss, warum sagst du das denn nicht gleich!? Sie ist in England! Das ist weit weg und solche Fernbeziehungen gehen eh nie gut aus. Er wird sie ganz bald vergessen haben und dann …«

»Wird er nicht«, widersprach ich bitter. »Ich hab keine Chance gegen sie. Trotz Umstyling. Guck mich doch an, Sam. Du hast das toll hingekriegt, aber … gegen Sally … nein. Das schaffe ich nicht.«

Ein fernes Glitzern trat in Sams Murmelaugen, als sie mich betrachtete – fast so, als würde hinter ihnen eine Wunderkerze entzündet. Auch ihre Stimme klang plötzlich weicher und voller, und die Worte, die sie ungewohnt langsam aussprach, schienen nicht in ihrem Kopf zu entstehen, sondern von weit, weit weg zu kommen. »Dafür schaffst du andere Dinge, Joss. Große Dinge. Du bist jemand, dem die Menschen zuhören werden, rund um den Globus. Sie werden dir Glauben schenken. Die Erde ist so schön und sie geht kaputt, aber du …« Wieder huschte ein Glitzern durch Sams Augen. »Du kannst diesen Planeten retten. Ja, du kannst so was schaffen und die anderen erreichen … Wenn eine, dann du!«

Den Planeten retten … Ich und unseren Planeten retten? Etwas in mir wurde schlagartig hellwach. Wie ein Erinnern … an eine Botschaft, ja, eine Botschaft von den Sternen! *Meine* Botschaft.

»Das gibt es nicht!«

»Was?« Irritiert schaute Sam zu mir hoch und

musste so heftig gähnen, dass ihr Kiefer knackte. »Oh sorry, ich bin gerade fast eingeschlafen … sorry, Joss … hattest du was gesagt? Was wegen Maks und dir?«

»Nein, aber du. Danke, Sam. Danke!« Ich hatte keine Ahnung, was eben mit Sam geschehen war. Dass sie manchmal Dinge sagte, die in meinen Ohren merkwürdig klangen, kannte ich bereits, doch meistens war sie dabei quickfidel. Gerade wirkte sie kurz wie abgedriftet und als würde ein anderes Wesen aus ihr sprechen. Aber ich war viel zu froh darüber, als dass ich mir deshalb den Kopf zerbrechen wollte. Sie war halt Sam, immer für eine Überraschung gut. Ich konnte es kaum fassen – meine große Schwester, die sich sonst keinen Deut für Planeten interessierte und meine Sternwarte nur besuchte, wenn sie mich zum Essen nach unten holen sollte, hatte mir einen Teil meiner vergessenen Botschaft zurückgebracht! Denn das war eines der Bruchstücke gewesen, an die ich mich nicht mehr hatte erinnern können – wir Auserwählten hatten die Aufgabe bekommen, unseren Planeten zu retten. Im Überschwang meiner Gefühle drückte ich ihr einen schallenden Kuss auf die Wange. »Echt, danke, Sam.«

»Nicht dafür.« Sam deutete müde lächelnd auf mein neues Outfit. »Hat mir Spaß gemacht. Morgen zeig ich dir, wie du dich schminkst. – He, noch was, Joss.«

»Ja?«

»Manchmal ist es gut, wenn man es den Jungs sagt. Also dass man sich in sie verliebt hat. Dann wissen sie, was Sache ist, und können reagieren. Weglaufen bringt ja eh nichts.«

»Nein, stimmt«, pflichtete ich ihr gedankenverloren bei. »Das bringt nichts.«

Ich würde gar nicht vor Maks weglaufen können – jetzt nicht mehr. Mir war ein Teil der galaktischen Botschaft wieder eingefallen und das musste eine Bedeutung haben. Ich musste Maks aufsuchen und mit ihm sprechen, sosehr ich mich auch davor fürchtete, ihm gegenüberzustehen. Doch es gab keinen anderen Weg, herauszufinden, woran er sich noch erinnerte, und ihm zu sagen, was geschehen war – und was wir tun mussten, ganz egal, wie größenwahnsinnig es sich anhören mochte.

Ich war es ihm schuldig.

ALLES WEG

»Joss! Warte!«

»Ja, ich weiß, es ist dein Rad und eigentlich wollen Mama und Papa nicht, dass ich Fahrrad fahre, aber ich …«

Verwundert brach ich ab. Sam ging es gar nicht um ihr Eigentum und auch nicht darum, dass ich so tollkühn war, es zu benutzen. Ehe ich sie fragen konnte, was sie vorhatte, hatte sie eine Packung Wimperntusche aus ihrer Hosentasche gezogen, schraubte sie auf und begann mit glasigen Augen in meinem Gesicht herumzufuhrwerken. Mir blieb nichts anderes übrig, als stillzuhalten, denn ich hatte keine Zeit, mich noch einmal abzuschminken. Um spätestens acht Uhr musste ich wieder zu Hause sein.

»Du fährst zu ihm, hm?« Konzentriert startete Sam einen zweiten Durchgang, während ich angespannt gegen ihre Hand atmete. »Zu Maks?«

»Ja«, erwiderte ich kurz angebunden und ein wenig zittrig. Einerseits vermisste ich Maks und er war stets mein einziger Freund gewesen; andererseits tat mein Herz schon weh genug und brauchte dringend Abstand von ihm. Ich wollte nicht noch Säure in meine Wunden gießen. Eine Wahl hatte ich dennoch nicht.

»So«, murmelte Sam und ließ ihre Hand sinken. »Boah. Das sind Fliegenbeine, keine Wimpern. Mann, hast du ein Glück, Joss. Du weißt gar nicht, was für ein Glück du hast.«

Nein, hatte ich nicht. Meine langen Wimpern konnten auch nichts daran ändern, dass Mars und Venus das extraterrestrische Schicksals-Liebespaar schlechthin waren – ganz gleich, wie hingebungsvoll Sam sie anpinselte.

»Hier. Guck mal.«

Sam zog einen Handspiegel aus ihrer Potasche und hielt ihn mir vor die Nase, während ein älteres Ehepaar neugierig zu uns in die Garageneinfahrt lugte. Auch hier befanden wir uns auf dem Präsentierteller, doch ich war so nervös, dass mir die fremden Blicke egal waren.

Die Sonne spiegelte, weshalb ich den Spiegel erst drehen musste, um mich darin erkennen zu können. Und selbst bei klarer Sicht fiel es mir schwer, zu glauben, dass ich das war.

»Heiliger Strohsack.« Ich zuckte vor meinem eigenen Anblick zurück. »Jetzt sehe ich wirklich aus wie ein Alien.«

»Ach Quatsch, red keinen Blödsinn! Du siehst abgefahren aus, aber auf gute Weise abgefahren!«

»Ich bin mir nicht sicher, ob ich das will, und … Sam«, unterbrach ich mich selbst warnend, als mir plötzlich ein Verdacht kam. »Verunstaltest du mich etwa, damit Maks mich erst recht nicht haben will und du es bei ihm probieren kannst?«

»Nein. Oh, Joss, was denkst du nur, nein!« Ihre Unschuldsmiene wirkte echt, und beleidigt schien sie obendrauf zu sein. »Ich hab einfach Freude daran, andere Menschen schöner zu machen! Und Typen wie Maks stehen eh nicht auf mich … die wollen schlaue Mädchen, mit Grips.«

Tja, da war ich mir nicht so sicher. Sally hatte auf mich gewirkt, als habe der liebe Gott bei der Zuteilung ihres Intelligenzquotienten seinen besonders sparsamen Schöpfungstag gehabt. Doch selbst wenn sie nur englisches Stroh im Kopf hatte – sie war Venus. Das war ihre Trumpfkarte.

»Na gut«, beschloss ich versöhnlich, ohne mein Misstrauen vollends aufgeben zu können. Ich konnte mich an den Kontrast zwischen den dunkelbraun getuschten Wimpern und meinen nun beinahe weißblau wirkenden Augen nicht gewöhnen. Doch je auffälliger ich aussah, desto größer war die Chance, dass ich Maks' Aufmerksamkeit wecken konnte. Und die brauchte ich nun mal. »Dann fahre ich jetzt los.«

»Hals- und Beinbruch!«, rief Sam mir grinsend hinterher, nachdem ich mich aufs Rad geschwungen hatte, in einem abenteuerlichen Bogen auf den Bürgersteig zugesteuert war und dabei beinahe das Gleichgewicht verloren hätte. Doch das Radfahren, bei dem ich früher so oft gestürzt war, klappte besser als erwartet, und nach den ersten wackeligen Kurven begann ich es sogar zu genießen. Der laue Wind kitzelte sacht in meinen kurzen Haaren, die sich so wunderbar leicht und locker auf meinem Kopf anfühlten, und solange ich mich bewegte, kam es mir vor, als könnte ich meiner Angst entfliehen.

Erst als ich das abgelegene, vornehme Viertel erreicht hatte, in dem Maks wohnte, kehrte das nervöse Flattern in meinen Bauch zurück und mein Herz fand es gar nicht gut, dass ich mich jenem Menschen nähern wollte, der es so schwer verletzt hatte. Es hörte sogar testweise auf zu schlagen, nachdem ich das Rad am Zaun abgestellt hatte und an die Haustür getreten war. Ich musste nach Luft schnappen, bevor ich mich so weit gefangen hatte, dass ich meinen Arm heben und auf den messingfarbenen Klingelknopf drücken konnte. Während ich mit den Händen in den Hosentaschen darauf wartete, dass mir geöffnet wurde, fiel mein Blick auf die Buchsbäume links und rechts neben dem Eingang. Sie sahen ein wenig verwildert aus, gar nicht so exakt getrimmt wie beim letzten Mal. Vielleicht hatte Frau Treborn ihren Gärtner gefeuert – schließlich gab es nur wenige Menschen, die ihren Ansprüchen gerecht wurden, und Männer gehörten traditionell nicht dazu. Bang wandte ich meine Augen wieder der Haustür zu. Wer würde mir wohl öffnen? Maks selbst oder wieder seine Mutter – und würde sie mich zu ihm lassen? Wollte ich das überhaupt? Wäre es nicht besser, ganz schnell umzukehren und …

»Hallo. Wer bist du?«

Oh nein, nicht dieses Spiel schon wieder. Ich unterdrückte ein genervtes Stöhnen und zwang mich zu einem Lächeln. Frau Treborn sah es offenbar immer noch nicht ein, sich mein Gesicht und meinen Namen zu merken. Ich musste ihr jedes Mal von Neuem erklären, wer ich war.

»Joss Heyne. Maks' Schulkameradin, Parallelklasse und …«

»Du!« Hinter ihrer kantigen Brille blitzte es erkennend auf und sie trat einen klackenden Schritt auf mich zu. »Du hast meinen Sohn nachts in die Wildnis entführt und ihm all den Ärger eingebrockt, den er jetzt ausbaden muss!« Okay, wenigstens eine, die mir glaubte – auch wenn ich es mir von ihr am allerwenigsten gewünscht hatte.

»Es war keine Wildnis, sondern ein Gerstenfeld, und er ist freiwillig mitgekommen. – Jemand wie Maks lässt sich nicht entführen, dazu ist er viel zu selbstbewusst und stark«, fügte ich rasch hinzu, als

Frau Treborns scharfer Blick sich verfinsterte. Doch mein Argument schien sie zu überzeugen, denn das Funkeln in ihren Brillengläsern wandelte sich zu einem kritischen Mustern (was in Frau Treborns Welt ein freundlicher Blick war).

»Du siehst verändert aus.«

Sie auch, dachte ich, was ich niemals gewagt hätte, auszusprechen. Ja, sie wirkte verändert. Ihre Haare taten es den Buchsbäumchen gleich – sie waren nicht so glatt geföhnt wie sonst – und ihren Pony, der stets ausgesehen hatte wie mit dem Lineal getrimmt, hatte sie sich mit zwei bunten Klämmerchen zurückgesteckt. Ich hätte nicht gedacht, dass sie so etwas wie Klämmerchen überhaupt besaß. Außerdem trug sie keine weiße, sondern eine weinrote Bluse unter ihrem Leinensakko. Für sie ein wahres Farbbad. Vor allem aber irritierte mich das seltsame Lächeln, das immer wieder über ihren Mund huschte, als habe es sich in ihrem Gesicht verirrt. Wem oder was galt es nur? Mir ganz bestimmt nicht.

»Ich möchte gerne mit Maks sprechen«, versuchte ich es dennoch mutig. »Ist er zu Hause?«

»Du möchtest nach diesem ganzen unseligen Drama, das du angerichtet hast, tatsächlich …« Wieder flackerte das merkwürdige Lächeln über ihr Gesicht und sie winkte plötzlich ab, als sei sie es leid, streng zu sein. »Ach, von mir aus, dann geh halt zu ihm. Er ist hinten im Garten.« Nachlässig deutete sie neben sich auf den Durchgang zwischen Garage und Haus, und ehe ich nachfragen konnte, ob ich sie richtig verstanden hatte, fiel die Haustür vor mir ins Schloss.

»Was war das denn?«, fragte ich mich wispernd, entschied mich aber dazu, die Gunst der Stunde zu nutzen, bevor Frau Treborn es sich anders überlegte und zu ihrer üblichen Abwehrhaltung zurückfand. Ich musste über einen schmalen Plattenweg an drei weiteren Buchsbäumchen und an einem Steingarten vorbeilaufen, in dem lediglich ein paar kümmerliche Kakteen wuchsen, bis ich in den Garten gelangte, der die Form eines riesigen rechteckigen Handtuchs hatte. Er war vollkommen schmucklos; in ihm wuchsen noch weniger Büsche und Blumen als in Mamas Garten – allerdings schien es hier Absicht zu sein. Nur im hinteren Bereich ragten einige alte, hohe Tannen und Fichten in den Himmel, am Zaun eingerahmt von einer stacheligen Hecke. Der Rest sah aus wie ein penibel getrimmter Fußballplatz. Kaum hatte ich mich auf den Rasen begeben, sah ich Maks' dunkelroten Schopf durch das dichte Geäst der Nadelbäume leuchten und mein Magen machte einen unangenehmen Satz in Richtung Kehle. Noch hatte er mich nicht gesehen … noch konnte ich umkehren …

Nein. Hiergeblieben, Joss, mahnte ich mich in Gedanken. Es war außergewöhnlich genug, dass Frau Treborn mich unbeaufsichtigt zu ihrem Sohn ließ.

Ich konnte jetzt nicht kneifen, diese Chance war einzigartig.

Mein schmaler, langer Schatten kroch wackelig neben mir über das kurz geschnittene Gras, als ich zu den Bäumen ging, und ich konnte förmlich spüren, wie Maks auf mich aufmerksam wurde und seinen Blick auf mich richtete. Doch ich hob meine Lider erst, als ich im Schatten der Zweige angelangt war und meine Silhouette sich aufgelöst hatte. Unter dem schützenden Dach der Bäume war es merklich kühler und das konnte ich dringend gebrauchen. Ich kam mir vor, als habe jemand meinen Rücken angezündet.

»Hey«, begrüßte ich Maks so nüchtern wie möglich, doch selbst bei diesem kleinen Wort zitterte meine Stimme.

»Hey, Joss.« Maks sah aus wie ein kanadischer Bilderbuch-Holzfäller. Das rot-schwarz karierte Hemd, das er trug, stand etwas zu weit offen, seine Jeans waren an mehreren Stellen zerrissen, die Boots wirkten noch verlebter als in England schon. In der rechten Hand trug er einen Hammer, die linke stützte sich lässig an einer Tanne ab. Seine Unterarme waren von Kratzern übersät – und von kleinen purpurfarbenen Pünktchen; das Einzige, was seine »Ich bin ein tougher Kerl«ausstrahlung trübte. Seine alte Sommerallergie war zurückgekehrt – und das war kein gutes Zeichen. Nachdem er endlich damit angefangen hatte, darauf zu vertrauen, dass er vom Mars kam, hatten sich auch seine Allergien und Unverträglichkeiten gelegt. Bedeutete ihre Wiederkehr etwa das, was ich die ganze Zeit schon befürchtete? Er wusste nichts mehr von seinen Erkenntnissen? Als spürte er meine Gedanken, kratzte er sich mit der freien Hand über den Ausschlag. »Wie siehst du denn aus?« Maks fuhr sich langsam durch seine Locken, in denen Sägespäne und Holzschnipsel hingen, und musterte mich fast so kritisch wie Frau Treborn eben noch. Verdammt, sein Kanada-Outfit gefiel mir. Es gefiel mir viel zu gut.

»Das könnte ich dich auch fragen«, erwiderte ich schnippisch. »Und deine Mutter gleich mit dazu.«

»Ach, die …« Maks machte eine wegwerfende Handbewegung, wobei der Hammer meinem Kopf gefährlich nahe kam. »Sie hat 'nen Typen da.«

»Deine Mutter hat einen Freund!?« Diese Neuigkeit ließ mich für einen Moment alles Unbehagen vergessen – und auch das dumpfe Gefühl in meinem Bauch. »Das glaub ich nicht.« Frau Treborn pochte darauf, dass Frauen keine Männer bräuchten und alles alleine machen könnten. Auch ein Grund, weshalb Maks das Ergebnis einer anonymen Samenspende war und nie einen Vater gehabt hatte – sogar in Fernseh-Talkshows hatte sie darüber gesprochen, zu Maks' Leidwesen.

»Glaub es, es ist wahr. Als wir in England waren,

hat sie eines Abends beschlossen, auszugehen, um für eine neue Studie zu analysieren, wie die Männerwelt sich inzwischen so entwickelt habe.« Maks verzog spöttisch den Mund, als glaubte er ihr kein Wort. »Tja, und dann ist ihr ein Kerl ins Auto gefahren, ehe sie sich ins Nachtleben stürzen konnte – und der ist jetzt dauernd bei ihr.« Gleichmütig zuckte er mit den Schultern. »Mir soll es recht sein. So hängt sie mir wenigstens nicht ständig auf der Pelle und ich kann in Ruhe hier werkeln.«

Ich brauchte einige Sekunden, um all diese neuen Informationen zu verarbeiten. Frau Treborn und sich ins Nachtleben stürzen – das war eine Kombination, die ich mir überhaupt nicht vorstellen konnte, und erst recht nicht, wie sie in ihrem Wohnzimmer saß und mit einem Typen Händchen hielt. Doch das sollte nicht meine Sorge sein und ich sah es wie Maks – dass sie abgelenkt war, konnte nur zu seinem und meinem Vorteil sein. Bei dem Gespräch, das ich jetzt führen musste, konnte ich keine neugierigen Ohren gebrauchen.

»Was machst du hier eigentlich genau?«, wählte ich einen möglichst harmlosen Anfang.

»Bau mir 'ne Hütte«, erwiderte Maks knapp, als sei das das Normalste der Welt. Dabei hätte er bis vor einigen Monaten niemals freiwillig einen Hammer angerührt. Was wollte er nur mit einer Hütte?

»… und dann?«, hakte ich vorsichtig nach.

»Na, dann hab ich eine Hütte. Mit eigener Feuerstelle. Kann hier grillen und so.«

»Ah, okay, verstehe«, entfuhr es mir erkennend. Natürlich, seine Mars-Wurzeln machten sich mal wieder bemerkbar. Nur schien Maks diesen Zusammenhang leider nicht zu kapieren. Was wusste er überhaupt noch von den vergangenen Wochen? Hatten die Männer in Schwarz alles gelöscht oder nur unser Erlebnis im Gerstenfeld?

»Feuer. Das ist ja dein Element. Marsianisch, hm?« Ich versuchte mich an einem verschwörerischen Zwinkern, doch ich hatte das Gefühl, dass meine Wimpern sich dabei ineinander verklebten, sodass ein hektisches Blinzeln daraus wurde. Maks' Gesicht verwandelte sich in ein Fragezeichen.

»Hm?« Mit der Linken angelte er sich einen Holzbalken und betrachtete ihn prüfend, um eine passende Stelle für den nächsten Nagel zu finden.

»Mars. Feuer. Dein Element«, wiederholte ich etwas deutlicher. »Du erinnerst dich?«

»Oh, Joss, was redest du da nur? – Und was ist mit deinen Augen passiert, sind die wieder geschminkt?«

»Das ist jetzt nicht wichtig«, erwiderte ich ruppig und vergaß vor lauter Unmut sogar meinen Liebeskummer. Wurden meine schlimmsten Befürchtungen etwa wahr – Maks erinnerte sich noch nicht mal daran, dass er vom Mars kam? Das war eine Katastrophe! »Weißt du noch, was in England passiert ist?«

»Klar«, brummte er und griff nach dem nächsten Balken. Leichthändig wuchtete er ihn auf seinen Arbeitstisch. »War heftig.«

»Genauer, bitte. Was ist am letzten Abend passiert, bevor wir nach Hause geschickt wurden?«

»Wieso fragst du das alles?« Maks wirkte bereits leicht genervt. Meine Fragen waren ihm lästig. »Bist ja fast wie Mutter.«

»Erzähl es einfach. Woran erinnerst du dich?«, entgegnete ich fordernd.

»Na, wir sind nachts spazieren gegangen, du wolltest unbedingt ins Freie und deine Sterne angucken. Und da ich um die Uhrzeit keine Mädels alleine draußen herumlaufen lasse, bin ich mitgekommen.« Oh nein, das klang nicht gut. Das klang gar nicht gut. So war das nicht gewesen. Trotzdem versuchte ich ruhig zu bleiben.

»Und weiter?«

»Wir sind auf dieses Feld gelatscht, weil du dort gute Sicht nach oben hattest – denke mal, dass das der Grund war.« Kurz fielen seine Lider herab, und als er seine Augen wieder öffnete, wirkten sie glasig. »Tja, und dann war da dieses Mädchen … Sally … Oh Gott. Sally.« Mit einem Mal war sein kanadischer Traum vergessen, und mit ihm die eigene Hütte samt Grillstelle. Schwer seufzend ließ sich Maks auf einen Baumstumpf sinken und den Hammer zwischen seine Boots fallen. »Ab da …« Sein Blick richtete sich träumerisch in die Ferne. »Sehe ich nur noch sie vor mir. Sally.«

»Sonst keine Erinnerungen?« Meine Stimme klang gequetscht. Jetzt tat es weh, zu sprechen. Ich hasste es, wenn er von ihr redete, und ich hasste diesen sehnsüchtigen Ausdruck auf seinem Gesicht. Denn er galt nicht mir.

»Doch, klar. Die Polizei kam, wir wurden auf die Wache gebracht, unsere Eltern holten uns ab … und, Joss, ich kann Sally nicht finden. Ich kann sie nicht finden!« Brennend richteten sich seine Augen auf mich, als könnte ich ihm helfen. Doch das Feuer in ihnen loderte anders als sonst. Schwelender, schwerfälliger, dunkler. Das war nicht das reine, starke und ungetrübte Mars-Licht, das ich so an ihm mochte. Die Männer in Schwarz hatten es vergiftet. »Warum habe ich sie nicht nach ihrer Handynummer gefragt? Wie konnte ich nur so blöd sein!«

»Ist das denn jetzt so wichtig?«

»Ja, klar ist es das!« Maks warf erregt seine Locken zurück. »Ich muss sie finden, ich denke ununterbrochen an sie! Mensch, Joss, wie oft gibt es so was … dass man jemanden trifft, irgendwo in der Fremde, und es macht Peng!«

»Na, bei dir passiert das immer wieder mal. Erinnere dich an den Mann in den Dungeon. Da hat es auch Peng gemacht.«

Doch Maks war zu verliebt, um meine Ironie zu

erkennen – und für meine Traurigkeit war er ebenfalls blind geworden.

»Ich weiß nur ihren Nachnamen, den hab ich in der Wache aufgeschnappt. Miller. Und dass sie aus London kommt. Aber weißt du, wie viele Sally Millers es dort gibt? Und ich kann sie weder auf Facebook noch auf Instagram finden … immer nur andere Sally Millers … und die Bullen wollen ihre Daten nicht rausrücken!«

Ach du grüne Neune, er hatte sogar schon bei der englischen Polizei nachgefragt. Dass Sally nicht aufzufinden war, war einerseits gut, denn ich wollte nicht, dass Maks ihr erneut begegnete, nicht in diesem Zustand – und andererseits war es denkbar schlecht. Sally war eine Auserwählte, eine Sternenabgesandte wie wir. Sie stammte von der Venus, dessen war ich mir sicher, und es war nun mal mein verfluchter Job, die Auserwählten zusammenzuführen und gemeinsam mit ihnen die Welt zu retten, wie auch immer das vonstattengehen sollte. Doch zunächst musste ich den Auserwählten direkt vor meiner Nase daran erinnern, dass er einer war – und das konnte knifflig werden.

»Zurück zu dem Feld. Erinnerst du dich an die Lichter und das Zeichen, das wir gesehen haben? Wie es entstand?« Maks' verständnislose Miene war Antwort genug – und so ernüchternd, dass ich meine Stirn ermattet gegen einen Baumstamm sinken ließ. »Das ist nicht wahr, oder? Du hast alles vergessen?«

»Was, Joss? Was soll ich vergessen haben? Ich erinnere mich doch! Ich weiß noch genau, wie es war, Sally da stehen zu sehen, mitten im Feld, und auf sie zuzulaufen und in ihre Augen zu sehen … Mensch, Joss, ich hätte nie gedacht, dass das so sein kann. Hier.« Mit der Faust schlug er sich auf seine Brust. »Da drinnen brennt es.«

»Ja, weil du vom Mars kommst, du Idiot«, sagte ich so leise, dass er mich nicht hören konnte, und löste meine Stirn wieder vom Baum, um ihn fest anzublicken.

»Da ist noch viel mehr passiert. Viel, viel mehr, Maks. Du hast das Wichtigste vergessen, weil es dir aus dem Gedächtnis gelöscht wurde.« Ich ließ mich nicht von seinem fragenden Blick stoppen, und auch nicht von seinem belustigten Grinsen. »Ich werde dich noch daran erinnern, denn ich habe Beweise. *Wir* haben Beweise. Ich hab sie nicht dabei, aber ich werde sie dir bringen, und dann … dann wirst du alles anders sehen!«

Aufgebracht drehte ich mich um, weil ich sein Grinsen nicht mehr ertragen konnte, marschierte über den Rasen zurück zu den Kakteen und Buchsbäumen und versuchte meine Tränen herunterzuschlucken – und auch meinen Zorn.

Es war alles weitaus schlimmer, als ich gedacht

hatte. Maks war nicht nur bis über beide Ohren in Sally verliebt und hatte sogar schon nach ihr gesucht, sondern überdies komplett vergessen, dass er vom Mars kam – und es war schwierig genug gewesen, ihm das überhaupt erst zu vermitteln. Um ein Haar wäre dabei unsere Freundschaft in die Brüche gegangen.

Nun musste ich wieder ganz von vorne anfangen. Doch dieses Mal hatte ich Beweise; er selbst hatte sie verfasst. Maks und ich hatten uns auf der Fahrt nach England Nachrichten über unsere Veränderungen geschrieben, in unserer Geheimschrift – und diese Aufzeichnungen hatte ich noch.

Morgen würde ich wieder zu ihm kommen, mit diesen Beweisen, und sie ihm zeigen – und er würde verstehen, dass es Wichtigeres gab, als einem Mädchen hinterherzuweinen.

Denn wir hatten einen Auftrag. Und wir kamen nicht von dieser Welt.

GRAUE STILLE

»Erster Einsatz, Joss.« Herr Maziere strahlte mich fröhlich an, während ich schon nach dem Aufwachen wie drei Tage Regenwetter in den Spiegel geguckt und es vor lauter Frust zugelassen hatte, dass Sam sich erneut mit ihrer Mascara über mich hergemacht hatte. An meiner miesen Laune hatte es jedoch nichts geändert. Ich war noch immer geschockt darüber, dass Maks sich nicht daran erinnerte, ein Auserwählter zu sein, und das Symbol im Feld vergessen hatte. Wahrscheinlich waren wir die einzigen Menschen auf dieser Erde, die dabei zugesehen hatten, wie der Kornkreis entstanden war, und wussten, dass er durch flirrende Lichter erzeugt worden war – alleine das war eine Sensation! Jeden Abend vor dem Einschlafen sah ich dieses Wunder wieder vor mir, ohne zu verstehen, was es uns eigentlich hatte sagen wollen. Doch es war da gewesen. Nur – was nützte das, wenn ich niemanden hatte, der mir das glaubte?

Außerdem hatte ich Angst, alles zu zerstören, was noch von unserer Verbindung übrig war, wenn ich Maks zu sehr bedrängte. Zu gut erinnerte ich mich daran, wie wütend er geworden war, als ich ihm das erste Mal erzählt hatte, dass er vom Mars stammte. Er hatte in seinem Zornesblitz sogar unseren Freundschaftsvertrag zerrissen. Aber damals hatte es wenigstens nur mich in seinem Leben gegeben und noch keine Sally. Ich klammerte mich an die Hoffnung, dass meine Beweise die Lage wenden konnten – doch vorher musste ich meine erste Mittagspause mit Julius überstehen. Noch immer spürte ich so viel Widerwillen in mir, dass ich am liebsten abgehauen wäre. Es war alleine mein Pflichtbewusstsein, das dafür gesorgt hatte, dass ich pünktlich an Herrn Mazieres Türe geklopft hatte und nun vor ihm stand, als wartete ich auf meine Hinrichtung.

»Das ist das Notfallpaket – mit so was kennst du dich ja aus«, scherzte Herr Maziere, der genau zu spüren schien, wie sehr mir vor den nächsten sechzig Minuten graute. »Ihr werdet es schon nicht brauchen, es ist eine reine Sicherheitsmaßnahme; Julius weiß außerdem damit umzugehen«, fügte er beruhigend hinzu, als er sah, dass meine Hand beim Entgegennehmen der kleinen schwarzen Tasche leicht zitterte. Unbeholfen hängte ich sie mir über die rechte Schulter. »Prima. So, und nun läufst du als Erstes zur Mensa und holst an der Ausgabe das

Essen ab. Du schiebst es in einem Wagen über den Zwischenhof zum Nebeneingang der Schule und trägst es in euren Aufenthaltsraum ganz am Anfang des Gangs, linke Seite. Deine und seine Portion, in Ordnung?«

Ich nickte stumm. Der Transport war nicht das Problem, sondern das Abholen. Denn Maks musste, wie ich heute Morgen erfahren hatte, seinen Wiedergutmachungsdienst bei der Essensausgabe leisten. Warum hatten sie nicht ihn zu Julius geschickt? Die beiden waren Jungs und interessierten sich für Naturwissenschaften, es wäre eine passende Kombination gewesen. Andererseits wusste ich zu gut, dass keiner der Lehrer es für sinnvoll gehalten hätte, Julius einen Schüler an die Seite zu stellen, der in der jüngsten Vergangenheit vor allem durch seine Wutausbrüche auf sich aufmerksam gemacht hatte.

»Hast du noch Fragen, Joss?«

»Nein, im Moment nicht.« Das stimmte nicht ganz. Ich hatte unzählige Fragen zu Julius auf dem Herzen, aber sie betrafen allesamt seine Behinderung und ich wollte den Menschen in ihm sehen, nicht sein Handicap. Allerdings zweifelte ich mehr denn je daran, dass mir das gelingen würde. Ich hatte noch nie direkt mit einem behinderten Menschen zu tun gehabt und niemand konnte mir erzählen, dass an ihm alles so war wie an mir. Doch selbst wenn Julius nicht im Rollstuhl gesessen hätte, hätte ich mich bei der Vorstellung, Zeit mit ihm verbringen zu müssen, unwohl gefühlt – das redete ich mir zumindest ein.

»Okay – dann mach dich auf den Weg, du kriegst das schon hin!«

Wieder nickte ich, murmelte ein gedämpftes »Tschüss« und lief mit der Tasche auf der Hüfte zur Mensa rüber und zur Essensausgabe, wo sich mir ein Anblick bot, der bereits die Mädchen in Scharen angelockt hatte. Maks stand eingerahmt von unseren drei fülligen Köchinnen hinter einem dampfenden Topf Gulasch und stach aus ihnen hervor wie ein leuchtend bunter, stolzer Hahn aus einer Schar brauner, mickriger Hühner. Er hatte sich ein weißes Küchenhandtuch über seine Schulter geworfen und seine Haare mit einem schwarzen Band aus der Stirn gebunden, was bei jedem anderen Jungen albern ausgesehen hätte, seine markanten Gesichtszüge und die Narbe an seinem Auge aber zusätzlich betonte. Obwohl die Männer in Schwarz das Feuer in ihm verändert hatten, leuchtete das Flackern in seiner Iris bis zu mir herüber. Er sah nicht aus wie ein Schüler, der seine Strafe absaß, sondern wie ein Pirat, der hergekommen war, um die Kantine aufzumischen und eine gefährliche Revolte in Gang zu setzen, die alles verändern würde. Selbst die dunkelblau-weiß karierte Schürze um seine Hüften stand ihm verstörend gut.

Mit angewinkelten Ellenbogen quetschte ich mich

durch den Pulk flüsternder und kichernder Mädchen, der sich vor der Theke gebildet hatte, zu ihm durch. Immerhin, als Julius' Betreuerin hatte ich Sonderrechte – ich musste nicht anstehen. Maks schien zu wissen, was ich wollte, und nickte mir knapp zu, um nach hinten zu gehen und mit einem kleinen Wagen zurückzukommen. Beinahe militärisch winkte er mich zur Seite der Ausgabe und lupfte die Hauben über den beiden Tabletts an. »Das ist für Julius, Gulasch mit Nudeln und Dessert. Das hier ist dein Teller.« Dinkelbratlinge mit Möhrengemüse, mal wieder. Ich konnte diesen Körnerfraß nicht mehr sehen.

»Ich will auch das normale Essen bekommen. Geht das?«

»Was?« Eine Locke fiel über das schwarze Haarband und berührte sacht seine linke Braue, wobei ich meinte, ein leises Knistern zu hören.

»Du hast mich schon verstanden, ich will heute das normale Essen. Gulasch mit Nudeln.«

»Aber Joss … in den Nudeln ist doch Gluten drin und in dem Gulasch Schweinefleisch …«

»Ich weiß. Und wenn du nicht alles vergessen hättest, was in den vergangenen Wochen mit uns passiert ist, wüsstest du, warum ich es jetzt trotzdem essen kann. Weil ich weiß, wer ich bin. Und du solltest dich auch so langsam daran erinnern, wer du bist.«

Jetzt wandelte sich das Flüstern und Kichern um uns herum in neugieriges Getuschel. »Weiter, bitte!«, rief eine der Köchinnen, denn neben uns war ein Stau entstanden. Alle schauten auf Maks und mich – ich hatte versehentlich viel zu laut gesprochen. »Maksymilian, wir brauchen dich hier!«

»Gulasch mit Nudeln«, wiederholte ich leise, aber bestimmt.

Mit einem Schulterzucken und hochgezogenen Brauen tauschte Maks die Teller aus und schob den Wagen an der Ausgabe vorbei in meine ausgestreckten Hände. »Von mir aus. Wohl bekomm's.«

»Wir sprechen uns noch, Maks.« Oh Gott, klang das bescheuert. Jetzt hatten die anderen wirklich Grund, mich zu hänseln, und so gerne ich mich auch vor meinem Julius-Dienst gedrückt hätte: Ich war froh, dass ich einen triftigen Grund hatte, in Windeseile aus der Mensa zu flüchten, vorbei an dem Palmentisch in der Ecke, an dem Maks und ich sonst immer gesessen und uns gegenseitig beschützt hatten. Den Wagen heil über den kleinen Zwischenhof zu bringen, war schwieriger als erwartet, denn eine der Rollen verkantete sich ständig, und als ich am Seiteneingang des Schulhauses ankam, war ich mir sicher, dass die Hälfte des Gulaschs sich nun neben den Tellern befand. Wäre es nicht einfacher gewesen, Julius jeden Mittag die Stufen zur Mensa hochzutragen, als ihm das Essen bringen zu lassen? Wer hatte sich diese beknackte Prozedur eigentlich ausgedacht?

Schnaufend bugsierte ich Tablett Nummer eins zur ersten Tür links. Sie war geschlossen, doch ich hatte keine Hand frei, um anzuklopfen. Was jetzt? Rufen? Aber war das denn fair? Er war an seinen Rollstuhl gefesselt, also musste ich zusehen, wie ich ohne seine Hilfe in den Saal gelangte. Ich wollte gerade versuchen, mit dem Ellenbogen die Klinke herunterzudrücken, als die Tür plötzlich wie von Geisterhand bewegt vor mir aufschwang.

»Komm rein, Joss.« Ein frostiger Schauer rieselte über mein Rückgrat. Seine Stimme … So leise und durchdringend, als würde sie sich durch jeden einzelnen meiner Knochen säbeln. Trotzdem sprach er sanft und ohne jede Aggression. Ich konnte es schon jetzt kaum ertragen.

»Hi, Julius.« Ich vermied es, ihn anzusehen, und hielt instinktiv die Luft an, als ich das Tablett dort abstellte, wo schon sein Handy auf dem Tisch lag. »Muss meines noch holen, bin gleich zurück.«

Erst vor der Tür atmete ich wieder, doch es fiel mir schwerer als vorhin. Wie sollte ich mich nur mit ihm unterhalten, wenn ich es nicht mal schaffte, ihn anzuschauen? Fast schämte ich mich für meine abwehrende Haltung. Musste man zu Behinderten nicht doppelt und dreifach nett sein? Weil sie es so schwer im Leben hatten?

Doch auch beim zweiten Anlauf gelang es mir nicht, ihn anzublicken oder gar anzulächeln. Ich murmelte nur ein weiteres Hi, setzte mein Tablett ab, schloss die Tür und nahm am Pult neben ihm Platz, um die Haube abzunehmen und das Risikoessen Gulasch mit Nudeln anzugehen. Julius hatte auf mich gewartet und seine Portion noch nicht angerührt.

»Guten Appetit, Joss«, wünschte er mir ebenso leise wie vorhin.

»Ja, guten Appetit.«

Obwohl die breiten Nudeln und die dunkle Soße eine Wohltat im Vergleich zu dem Getreide-Gemüse-Matsch waren, den ich sonst serviert bekam, kriegte ich schon nach wenigen Bissen nichts mehr runter. Wie sollte man auch in diesem lastenden Schweigen genüsslich essen – zusammen mit einem Fremden, den man gar nicht kannte?

Doch sobald ich kapituliert und die Haube zurück aufs Tablett gesetzt hatte, wurde mir noch mulmiger zumute. Denn meine Augen waren zu neugierig, um weiter auf meinem Pult kleben bleiben zu können, auf dem es ohnehin nichts Interessantes zu sehen gab. Ohne dass ich damit einverstanden war, wanderten sie zu Julius und beobachteten ihn – immer nur ein, zwei Sekunden lang, doch diese kurzen Momente genügten, um mein Unbehagen weiter anwachsen zu lassen. Er hatte sichtlich Schwierigkeiten damit, sein Glas gerade zum Mund zu führen, wegen seines schiefen, verkrampften Rückens, und auch das Aufpicken der Nudeln dauerte lange und wirkte mühselig. Er musste Schmerzen haben, bei jeder einzelnen Bewegung, die er vollführte. Dabei wirkte er wesentlich entspannter als ich, beinahe gelöst. Und er hetzte sich nicht, sondern aß in seiner Zeit – einer, wie ich fand, entsetzlich langen Zeit, in der ich schweigend neben ihm saß und nicht wagte, ihn anzusprechen. In akribischer Kleinarbeit leerte er seinen Teller, wischte sich seinen schmalen Mund mit der zusammengelegten Serviette ab und stülpte anschließend ebenso akribisch die Haube über das Tablett.

Mein Gehirn hatte also Gelegenheit genug gehabt, sich sein Aussehen einzuprägen, und ich war mir sicher, dass es mich von nun an auf Schritt und Tritt verfolgen würde. Ständig versuchte ich mich daran zu erinnern, dass er nichts für sein Äußeres konnte und es auf die inneren Werte ankam, schließlich hatte ich selbst jahrelang darauf gebaut, doch es nützte nichts. Ich fand Julius nach wie vor unheimlich, obwohl er keineswegs hässlich war. Im Gegenteil, er hatte ein feines, aristokratisches Gesicht mit einer langen, geraden Nase, klugen dunkelgrauen Augen und einer hohen Stirn – und seine Hände waren, das musste ich ehrlich zugeben, schlichtweg wunderschön. Noch nie hatte ich so gepflegte Jungsfinger gesehen, mit exakt gefeilten, sauberen Nägeln und in perfekter Symmetrie, doch vor allem faszinierte mich die Art und Weise, wie er sie bewegte. Langsam, bedacht, elegant. Doch gleichzeitig musste ich ständig an ein Skelett denken, wenn ich ihn betrachtete. Er war so dünn und knochig, darüber konnte auch das weite Ringelshirt, das er trug, nicht hinwegtäuschen. Im Nacken traten seine Wirbel hervor und ich war mir sicher, dass sich seine Rippen unter seiner Haut abzeichneten. Seine Handgelenke waren so schmal, dass die Knöchel wie Überbeine hervorstachen und jede Ader blaugrau unter seiner blassen Haut hindurchschimmerte.

»Möchtest du etwas über mich wissen?«, riss mich seine prägnante Stimme aus meinem versunkenen Starren und ich erschrak so heftig, dass ich beinahe das Tablett von meinem Pult stieß. Der Teller unter der Haube schepperte laut.

»Ich … äh … ich, also ich weiß schon fast … nein, ich weiß nichts. Nicht viel«, stammelte ich hilflos und riss mich errötend von seinem Anblick los.

»Das war nicht die Antwort auf meine Frage.«

Geplättet hob ich wieder meinen Blick, ließ ihn aber sofort abschweifen, als ich sah, dass Julius mich anlächelte. Seine langen Zähne standen etwas schief, doch seine Augen trugen wieder dieses merkwürdige Glitzern in sich. Wurde das jetzt ein Spiel – machte er sich einen heimlichen Spaß daraus, mit der Verlegenheit seiner Mitmenschen zu spielen? Und wäre es ihm zu verdenken?

»Es ist mir egal, dass du im Rollstuhl sitzt.«

Oh je. Das hatte trotzig geklungen, nicht nett, und gelogen war es dazu.

»Ist es nicht.« Er lächelte immer noch, wissend und gleichmütig, und mir wurde kurz so schwindelig, dass ich Sternchen und wirbelnde Ringe vor meinen Augen tanzen sah. »Kein Problem, Joss – jedenfalls für mich.« Schief und krumm, wie er war, lehnte er sich in seinem Rollstuhl zurück, schloss seine Augen und zog mit der linken Hand einen Fidget Spinner aus seiner Hosentasche. Ohne hinzusehen, was er da tat, begann er damit, ihn kreisen zu lassen, gleichmäßig und ohne jeden Trick, und hätte der Fidget Spinner sich nicht permanent weiterbewegt, wäre ich mir sicher gewesen, dass Julius eingeschlafen war. Sein immer noch leicht lächelnder Mund stand ein winziges Stückchen offen, ab und zu zuckten seine Lider, sein Atem ging ruhig und gleichmäßig; eigentlich ein friedlicher Anblick. Trotzdem war mir so kalt, als würde ich in einem Grab sitzen und dazu verdammt sein, ununterbrochen auf ein Skelett zu gucken. Man konnte es in ihm sehen, dieses kalte, starre Gerippe … das wir alle in uns trugen, auch ich … Auch meine Gebeine würden irgendwann in einem dunklen Grab liegen; ein Bild, das ich nicht mehr von mir abschütteln konnte.

Als es endlich zu den Nachmittags-AGs läutete,

war mein Schwindel so stark geworden, dass ich kaum aufstehen konnte, ohne gleich wieder umzufallen. Ich hatte geschlagene dreißig Minuten lang nichts anderes getan, als abwechselnd auf den Fidget-Spinner und die Uhr zu schauen, und sie waren mir vorgekommen wie eine halbe Ewigkeit. Das sollte von nun an mein tägliches Mittagsprogramm sein? Julius dabei zuzusehen, wie er dösend in seinem Rollstuhl hing, und mich dabei zu fürchten, als wäre ich in einen finsteren Kerker gesperrt worden?

»Tschüss, bis morgen«, krächzte ich mit trockener Kehle, als ich mit den übereinandergestapelten Tabletts nach draußen wankte.

»Ja, bis morgen, Joss. War schön mit dir.«

»Wie bitte?«, fragte ich mich keuchend, nachdem ich den Wagen im Zwischenhof erreicht und die Tabletts darauf abgestellt hatte. »Es war schön mit mir?« Wir hatten doch gar nichts miteinander gemacht, nicht einmal geredet, und er hatte das schön gefunden? In welcher Welt lebte Julius denn? Alles, was ich getan hatte, war, ihm sein Essen zu bringen, ihn ständig anzustarren und zu allem Überfluss auch noch anzulügen. Oder wollte er mich auf den Arm nehmen? Mich verunsichern?

Mir war so kalt, dass ich mit dem ratternden Wagen und den scheppernden Tellern zur Mensa joggte, um wieder Wärme in meine Knochen zu bekommen – und ich schaffte es nicht mehr, jenen

Gedanken zu verdrängen, der sich schon die ganze Zeit an mich herangepirscht hatte und keinerlei Logik zu haben schien. Etwas an Julius erinnerte mich an die Männer in Schwarz. Ich wusste, dass dieser Gedanke Quatsch war. Weder war Julius erwachsen noch trug er Anzug und Hut oder hatte farblose Wimpern und Brauen. Schon gar nicht hatte er in mein Gedächtnis eingegriffen; es funktionierte besser, als mir gerade lieb war. Vor allem aber saß er im Rollstuhl und ich konnte mir nicht vorstellen, dass diese Männer einen schwerbehinderten Jungen unter sich dulden würden. Trotzdem – seine leise, aber durchdringende Stimme, sein seltsames, gleichgültiges Benehmen und dieses Kalte, Graue, Skelettartige, das ich an ihm wahrnahm, ließ mich unweigerlich an die Männer in Schwarz denken. Und das war kein schönes Gefühl, denn Maks hatte vergessen, dass es sie gab, und nun hatte ich niemanden mehr, der mich vor ihnen beschützen konnte.

Die Mensa war bereits wie leer gefegt, als ich den Essenswagen zur Ausgabe schob und die Reste in den Müll entsorgte. Auch Maks war verschwunden, nur das karierte Handtuch und das schwarze Haarband am Haken neben der Spüle erinnerten noch an ihn.

Nach den AGs würde ich mich ihm und seinem Loch im Gehirn erneut stellen müssen, dieses Mal mit Beweisen in der Hand. Das Zusammensein mit

Julius hatte mich daran erinnert, dass es nicht nur um unsere Mission ging, sondern auch um meine Sicherheit. Ich brauchte wenigstens einen Menschen, dem ich mich anvertrauen und der mir Schutz geben konnte, und dieser Mensch konnte nur Maks sein. Niemand sonst.

Obwohl ich kaum Hoffnung hatte, ihn dort zu finden, rannte ich vor der AG schnell runter zu unserem Kellerraum hinter der Cafeteria, den Herr Maziere Maks vor der England-Fahrt überlassen hatte und den wir als Besprechungsraum für unsere Sternen-Mission hatten nutzen wollen. Er war schalldicht, konnte von innen abgeschlossen werden und in ihm gab es keinen Internet- oder Handyempfang. Maks war der Meinung gewesen, dass uns dort niemand abhören oder ausspionieren konnte. Den Schlüssel, den er mir extra hatte anfertigen lassen, trug ich immer noch bei mir. Doch der Raum begegnete mir dunkel, muffig und leer. Als ich das Licht anschaltete, huschte eine aufgeschreckte Spinne über den Linoleumboden und versteckte sich hinter dem staubigen Sofa. Es war lange niemand mehr hier gewesen. Auch unseren Bunker hatte Maks vergessen.

Bevor ich nach der Ganztagsschule nach Hause lief, sah ich noch, wie Julius von seinem Vater abgeholt und fürsorglich von ihm ins Auto getragen wurde. Für einen kurzen Augenblick schien es, als würde er mir aus der Ferne zulächeln. Wieder packte mich ein kalter Schauer.

Auf dem gesamten Heimweg begegnete mir kein einziger Mann in Schwarz.

AUSERWÄHLTEN-AMNESIE

»Hey, Kleine.« Mit einem Lächeln, das mir etwas zu fröhlich (und zu künstlich) ausfiel, lehnte sich die junge, solariumsgebräunte Frau hinter dem Tresen nach vorne, um mich zu begutachten. »Willst du dich bei uns anmelden? Dazu brauche ich eine Unterschrift deiner Eltern, sorry.«

»Nein, möchte ich nicht.«

»Sicher?« Wieder glitten ihre stark geschminkten Augen über meine Statur. »Im Spinning wäre noch was frei …«

»Nein, danke«, lehnte ich höflich ab, obwohl Conny – so stand es auf ihrem Namensschild – der festen Überzeugung schien, ich müsse dringend täglich Sport treiben, um in Form zu kommen. Doch mein Spinning-Training hatte ich heute schon hinter mir und zwar auf einem echten Fahrrad. Nachdem Frau Treborn mich mit dem knappen Hinweis, Maks sei im Fitnessstudio, wieder fortgeschickt hatte, war ich den ganzen Weg zum anderen Ende der Stadt geradelt. Jetzt brannten meine Waden und ich brachte es kaum fertig, gleichmäßig zu atmen. Dieses Workout genügte für die nächsten drei Wochen. »Ich suche jemanden. Maks. Maks Treborn. Sieht älter aus als ich, rotbraune Locken, schlank, eine frische Narbe über dem Auge …« Jetzt machte es Klick bei Conny.

»Aaaah, ja, Maks.« Sie grinste wissend. »Der ist hinten bei Susa. Einfach den Gang durch, immer geradeaus, der letzte Raum rechts!«

»Okay, danke! – Hinten bei Susa«, wiederholte ich raunend, nachdem ich mich von der Empfangstheke gelöst und auf den Weg gemacht hatte. Er hatte also schon seine eigene Trainerin? Noch vor Wochen hätten ihn keine zehn Pferde – und er mochte Pferde, vor allem Schlachtrösser – dazu gebracht, ein Studio wie dieses zu betreten. Er besaß Atteste für sämtliche Ballsportarten, arrangiert von seiner Mutter, und wenn er sich doch daran beteiligt hatte, war dies fast nie ohne Verletzungen vonstattengegangen. Im Vergleich zu ihm war ich geradezu sportbegeistert gewesen, auch wenn ich immer als Letzte in die Mannschaften gewählt worden war und denkbar schlecht Bälle fangen konnte. Trotzdem fühlte ich mich in diesem Studio absolut fehl am Platze. Am liebsten hätte ich mich unsichtbar gemacht, während ich zwischen den wuchtigen Trainingsgeräten, an denen viel zu knapp gekleidete Männer und Frauen schwitzten und keuchten, durchlief und versuchte, nicht zu lange nach rechts oder nach links zu schauen. Jetzt war ich froh, dass Sam mich mit ihren alten Klamotten ausgestattet und mir eine neue Frisur verpasst hatte, sonst wäre ich noch mehr aufgefallen als ohnehin schon. Wie konnte sich Maks hier drinnen nur wohl fühlen? Die Luft war stickig, es roch nach Schweiß und tausend unterschiedlichen Parfums und laut war es auch – eine Kombination, die wir beide nie gemocht hatten und die es leider an viel zu vielen Orten dieser Erde gab.

Umso verblüffter war ich, als ich endlich den offen stehenden letzten Raum erreicht hatte und durch die Tür lugte. Wie es aussah, hatte Maks sich nicht nur mit dem ungewohnten Ambiente arrangiert – er liebte es sogar. Leichtfüßig tänzelnd drosch er auf einen schwankenden Boxsack ein, während »Thunder« von den Imagine Dragons aus den Lautsprechern dröhnte und Susa ihm seine Anweisungen zubrüllte.

»Doppelrechts, Doppellinks, im Wechsel! Kopf gerade, Ellenbogen angewinkelt, ja, genau so, nicht stehen bleiben! Ja! Das ist es, du hast es, Maks, dranbleiben! Go, Maks! Nicht nachlassen!«

Maks sah nicht aus, als wollte er nachlassen. Jeder neue Schlag brachte den Boxsack stärker zum Schwanken, seine Augen hatten sich zu glühenden Schlitzen verengt, die Sohlen seiner Schuhe quietschten schrill und der Schweiß rann in dicken Tropfen von seinen Schläfen, unter denen die angeschwollenen Adern dick pulsierten. Ich wusste nicht, in welchem Film er gerade unterwegs war, aber es musste darin ums Töten gehen – oder wenigstens ums nackte Überleben.

»Hallo!«, versuchte ich auf mich aufmerksam zu machen, doch weder Susa noch Maks hörten oder sahen mich. »Hey! Maks! Hallo!«, versuchte ich es etwas lauter. Immer noch keine Reaktion. Weil ich mir nicht anders zu helfen wusste, trat ich zu dem Gettoblaster in der Ecke des Raums und drehte die Lautstärke auf null. Maks verlor seinen Rhythmus, worauf der Boxsack seinem Kopf gefährlich nahe kam und er ein akrobatisches Ausweichmanöver starten musste, das ihn beinahe über seine eigenen Füße stürzen ließ. Keuchend drehte er sich zu mir um, die Augen immer noch kampfeslustig verengt.

»Was soll denn das?«, riefen er und Susa gleichzeitig, und auch von den anderen beiden Boxsäcken, an denen sich zwei schwergewichtige, schweißüberströmte Typen abrackerten, die mehr Affen als Menschen ähnelten, tönte unwilliges Murren herüber. Hastig drehte ich den Regler wieder ein Stückchen nach oben.

»Ihr habt mich nicht gehört!«, rief ich mit einer entschuldigenden Geste. »Ich muss mit Maks sprechen. Geht das?«

Susa, die bei näherer Betrachtung von Kopf bis Fuß durchtrainiert war und allen Anwesenden ihren makellosen (und gepiercten) Waschbrettbauch präsentierte, zuckte nur mit den Schultern und warf Maks ein weißes Handtuch zu. Geschickt fing er es auf, hängte es sich um den Nacken und kam auf mich zu.

»Mensch, Joss, muss das sein? Ich hatte mich gerade erst aufgewärmt …«

Eigentlich sah er eher aus, als würde sein Blut bereits kochen, doch ich sparte mir einen bissigen Konter. Ich musste um sieben zu Hause sein, ich hatte keine Zeit für Spielchen. Trotzdem konnte ich nicht gleich mit der Tür ins Haus fallen; das hatte bei Maks nie gut funktioniert.

»Können wir uns irgendwo unterhalten, wo ich nicht schreien muss, damit du mich verstehst?«

»Dauert es denn lange?«, fragte Maks unwillig und wischte sich mit dem Zipfel des Handtuchs den Schweiß von seiner Stirn. Obwohl ich es nicht wollte, huschten meine Augen neugierig über seinen Körper. Er trug nur ein graues Muskelshirt und lockere schwarze Shorts mit engen dunkelroten Pants drunter – wieder ein Outfit, das bei anderen lächerlich gewirkt hätte und ihm so gut stand, dass ich beinahe vergaß, warum ich hier war, und ihn auffordern wollte, doch ruhig weiter den Boxsack zu verprügeln, damit ich ihm ein wenig dabei zuschauen konnte.

Doch sein forschender Blick lotste mich rasch in die Realität zurück. Maks mochte zwar ganz nett aussehen in seinem Rocky-Dress, hatte aber ein Leck im Gedächtnis, und das musste dringend geflickt werden.

»Kommt drauf an«, erwiderte ich vage. »Aber ich möchte es nicht hier tun.«

»Okay, von mir aus …« Stöhnend bückte Maks sich und zog eine dunkelgraue Kapuzenjacke aus seiner Sporttasche, die ebenso neu wirkte wie sein gesamtes übriges Trainings-Outfit. Woher hatte er den Kram nur? Seine Mutter war allerorts als leidenschaftliche Sportgegnerin bekannt – erst recht, wenn es um solch martialische Trainingsmethoden ging, wie Maks sie gerade zelebrierte. »Dann lass uns zum Pilates-Raum gehen, die Yoga-Tanten sind gerade weg. – Ist gleich da drüben«, er deutete auf einen kleinen Korridor am Ende des Box-Raums und lief mir voraus zu einer lilafarbenen Tür. Mit der Fußspitze kickte er sie auf und blockierte sie, damit ich hindurchgehen konnte.

»Ja, das ist besser.« Erleichtert schloss ich die Tür hinter uns und sah mich kurz um. Die Wände waren verspiegelt, sodass mir erschreckend viele Joss- und Maks-Kopien entgegensahen, doch in diesem kleinen, übersichtlichen Raum war es ruhig, kühl und ein wenig dämmrig, was mir helfen würde, mich aufs Thema zu konzentrieren, anstatt auf Maks' nackte

Oberarme zu starren. »Was machst du eigentlich in einem Fitnessstudio?«

»Trainieren …?«, entgegnete Maks langsam, als hätte ich eine besonders dumme Frage gestellt. »Macht Spaß, ich komme dabei runter.«

»Weißt du auch, warum du das alles tust?«

»Na, weil es Spaß macht! Hab ich doch eben gerade gesagt! Was soll die Fragerei? Bist du hier, um mich auszuhorchen?«

»Nein«, entgegnete ich ruhig. »Ich möchte nur wissen, ob dir klar ist, wieso du dich an einem Boxsack abreagieren musst und dabei mehr Power hast als …«

»He, soll ich es ein drittes Mal sagen? Ich muss es nicht, aber es tut mir gut. Das ist so viel besser als diese doofen Atemübungen und der Entspannungsscheiß, den ich im Camp machen musste. Ed hat auch gemeint, ich solle meine Kraft lieber rauslassen, anstatt sie wegzuatmen.«

»Ed?« Dieser Name war mir noch nie begegnet.

»Der neue Typ von meiner Mutter. Ed. Er hat mir das Abo geschenkt und er sagt, er sei früher auch so gewesen wie ich …«

»Der will sich doch nur bei dir einschleimen!«, rief ich belustigt. »Raffst du das nicht?« Ich musste Ed nicht kennen, um dieses Spiel zu durchschauen – es war doch bekannt, dass neue Partner von Müttern so was gerne taten, um bei den Kindern gut dazustehen. Dennoch war es nicht einmal verkehrt, was er Maks riet. Ich hatte es vor nicht allzu langer Zeit ebenfalls getan. Ja, ich hatte Maks dazu ermuntert, seine Mars-Energie im Kampfsport auszuleben, aber es war in meinen Augen ein riesiger Unterschied, ob man wusste, was einen dabei antrieb, oder nicht. Und eines war doch sonnenklar: Maks hatte keine Ahnung, warum er wie entfesselt einen Boxsack verdrosch, und dieser Ed erst recht nicht. »Der will dich auf seine Seite ziehen.«

»Und wenn schon. Dann schleimt er sich eben bei mir ein, ist mir doch egal!« Maks rieb mit der Kapuzenjacke über seinen feuchten Nacken. »Ich bin froh, dass ab und zu ein Mann im Haus ist. Ich meine, wir begegnen uns nicht oft, ich bin ja meistens draußen oder hier, aber das Training hab ich ihm zu verdanken. Ist doch cool, oder?«

Ich zuckte missmutig mit den Schultern. »Kann sein.«

»*Ich* finde es cool. Mutter lässt mich endlich mal in Ruhe und stürzt sich nicht dauernd auf mich, wie sie es früher immer getan hat, und sie hat einen Kerl, der besser als sie versteht, was mir guttut. Willst du mir das jetzt etwa vermiesen?«

»Nein. Sorry, nein, das will ich nicht«, lenkte ich kleinlaut ein und bekam ein schlechtes Gewissen. Maks hatte nie einen Vater gehabt, er war immer nur mit seiner Mutter alleine gewesen, ohne Geschwister.

Das musste hart gewesen sein. Kein Wunder, dass ihm die neue Situation gefiel. Endlich wehte mal ein Hauch Männlichkeit durch das Haus Treborn. »Ich will trotzdem mit dir über das Warum sprechen. Denn es ist wichtig.«

»Dann mach schnell. Susa hat in einer halben Stunde einen Kurs und sie wollte mir vorher noch eine neue Schlagtechnik beibringen.«

»Für eine langsame Version habe ich eh keine Geduld mehr«, erwiderte ich trocken und holte den Notizblock von unserer England-Fahrt aus meiner Tasche. »Das hier ist der Beweis für das, was ich dir jetzt in der Kurzfassung sagen werde. Also bitte hör mir einfach zu. Okay? – Paragraf 3«, fügte ich mahnend hinzu, weil Maks mich immer noch ansah wie ein cholerisches Kind, dem im Sandkasten das Förmchen weggenommen worden war und das deshalb jeden Moment wie am Spieß zu schreien beginnen würde – und einen Atemzug lang fragte ich mich, wie ich mich nur in ihn hatte verlieben können. Mies gelaunt war er wirklich unerträglich. »Gut.« Ich holte tief Luft und mein Zwerchfell machte einen nervösen Hüpfer. »Ich komme von den Plejaden, du vom Mars. Es ist unsere erste Inkarnation auf der Erde und in einem menschlichen Körper, weshalb wir nicht besonders gut darin zurechtkommen. In dir ist deine Herkunft erst kürzlich hervorgebrochen. Zeitgleich habe ich einen Auftrag aus dem Kosmos bekommen. Zunächst soll ich die anderen Auserwählten finden. Denn ich bin die Auserwählte Nummer 1 – und du bist der Auserwählte Nummer 2. Seitdem ich diesen Auftrag bekommen habe und ihm nachgehe, verfolgen mich Männer in Schwarz. Wir haben noch nicht herausgefunden, wer sie sind, aber sie haben etwas damit zu tun und arbeiten gegen mich. In England haben wir versucht, andere Auserwählte zu finden, und nachts mit eigenen Augen gesehen, wie vor uns auf dem Gerstenfeld ein Kornkreis entstand. Kurz darauf erschien Sally in diesem Kornkreis und wir liefen auf sie zu. Doch dann kamen die Schwarzen Männer dazu und haben dein Gedächtnis gelöscht. Deshalb kannst du dich an all das nicht mehr erinnern – außer an Sally.«

Jetzt sah Maks nicht mehr aus wie ein Kind, das gleich zu brüllen anfing. Sondern wie ein erfahrener, rational denkender Arzt, der felsenfest davon überzeugt war, dass sein Patient so schnell wie möglich aus dem Verkehr gezogen werden musste, weil er den Kontakt zur Realität vollkommen verloren hatte. Ich hasste diesen Blick, denn ich war der Patient. Doch ich konnte ihn auch verstehen. Mein Geschwafel klang wie das einer Irren. Die Verschwörungstheorien der UFO-Szene waren nichts dagegen. Deshalb riss ich die vollgekritzelte erste Seite des Notizbuchs ab und warf sie ihm hastig vor die Füße. In eleganten Kreisen segelte sie nach unten, was meiner Geste einiges an Überzeugungskraft nahm. »Da. Lies selbst«, bat ich ihn dennoch forsch. Aber Maks unternahm gar nicht erst den Versuch, es zu tun.

»Joss … Magst du dich vielleicht mal in aller Ruhe mit meiner Mutter unterhalten? Zu ihren Klienten ist sie wirklich nett und … du … du wirkst – verwirrt.«

Immerhin, er gab sich Mühe, es freundlich zu formulieren, und trotzdem war ich versucht, ihm gegen das nackte Schienbein zu treten.

»Lies einfach!«, blaffte ich ihn an. Stöhnend ließ er sich auf dem Boden nieder und ich tat es ihm gleich, um auf Augenhöhe mit ihm zu bleiben. Mit deutlich sichtbarem Widerwillen zog er den Zettel zu sich heran. »An unsere Geheimschrift erinnerst du dich doch hoffentlich noch!?«

»Ja.« Maks' Brauen kräuselten sich. Wie dicht und dunkel sie geworden waren … »Aber ich hab jetzt keine Lust, sie zu entziffern. Woher stammt das überhaupt? Und wieso muss ich es lesen?«

»Weil du in diesen Notizen höchstpersönlich über die Männer in Schwarz gesprochen hast! Hier …« Ich riss einen weiteren Zettel ab und hielt ihn in die Luft, dass wir beide draufschauen konnten. »Ich zitiere: ›Wie war es eigentlich in den letzten Tagen außerhalb der Schule? Hast du Schwarze Männer gesehen?‹ Das hast du geschrieben!«

»Hab ich nicht«, widersprach Maks bleiern. »Ich hab im Bus nichts geschrieben, das packe ich gar nicht mit meiner Reisekrankheit. Wir saßen nebeneinander und haben gepennt.«

»Danach! Danach haben wir gepennt! Erst haben wir darauf gewartet, dass uns schlecht wird, aber uns wurde nicht schlecht, und weil die anderen uns von allen Seiten belauscht haben, als wir uns darüber ausgetauscht haben, haben wir uns diese Nachrichten geschrieben. Das musst du doch noch wissen!«

»Joss, weder du noch ich können im Bus auch nur einen Buchstaben lesen oder schreiben, ohne zu kotzen. Das weißt du genauso gut wie ich.« Maks' Oberlehrerton reizte mich so sehr, dass ich beinahe mit der Faust auf den Boden haute – doch noch größer war meine Verzweiflung. Aber konnte ich ihm seine Amnesie wirklich vorwerfen? Ich hatte mich im Frühling selbst eine Woche lang an fast nichts mehr erinnern können und Maks nur gesagt, er solle mich in Ruhe lassen, wenn er versucht hatte, mich an unseren kosmischen Auftrag zu erinnern. Erst ein grässlicher Albtraum, in dem irgendwelche halb transparenten Wesen an meinem Körper herumgeschraubt hatten und dann durch die Wand verschwunden waren, hatte mir meine verlorenen Erinnerungen zurückgebracht. Wie nur sollte ich Maks wieder aufwecken? Ich konnte ja schlecht einen Albtraum kreieren. »Du hast deine Tabletten genommen und hast gepennt, ich hab gepennt«, sprach er so langsam weiter, als sei ich grundsätzlich sehr schwer von Begriff. »Und da war kein Zeichen im Feld. Da war nur Sally. Langsam glaube ich, du willst zwanghaft auf dich aufmerksam machen, weil ich neue Interessen habe und nicht mehr so ein uncooler Außenseiter bin wie früher … und schreibst dann Nachrichten in Geheimschrift, die angeblich von mir stammen …«

»Ich bin nicht zwanghaft!«, rief ich erzürnt und zerknüllte vor Anspannung den Zettel in meiner Hand. »Und schon gar nicht bin ich jemand, der sich anderen Menschen aufdrängt, denn am liebsten bin ich alleine, und eigentlich weißt du das auch!« Jetzt schrie ich ihn an, doch es war mir egal. Maks erinnerte sich an nichts und hielt mich (mal wieder) für verrückt, also konnte ich sagen, was ich wollte. »Du hast dich eh nur in sie verliebt, weil sie von der Venus kommt, und wenn du glaubst, ein Venus-Mädchen interessiere sich nur für *einen* Gott, bist du auf dem Holzweg! Da waren noch einige andere im großen weiten Universum, die ihr verfallen sind, und außerdem ist sie mit einem hässlichen, hinkenden Kerl verheiratet und du wärst ohnehin nur ihr Geliebter …« Nun hatte ich mich hoffnungslos in der griechischen Mythologie verheddert, mit der ich mich gestern Abend noch beschäftigt hatte, und sie ziemlich unglücklich mit der Realität vermischt. Bald hatte Maks mich so weit. Dann brauchte ich wirklich einen Termin bei seiner Mutter. Genervt von mir selbst stampfte ich mit dem Fuß auf. »Egal, vergiss es. Diese Notiz hast jedenfalls du geschrieben. Und noch mehr.« Ich riss ihm den ersten Zettel aus den Händen. »Da. Ich zitiere: ›Ich hab mich seit zehn Tagen nicht mehr verschluckt und mir macht das Kauen Spaß. Vor allem das Kauen von Fleisch!‹«

»Niemals«, spottete Maks und lachte kalt auf. »Niemals hab ich so was behauptet. Das hast alles du geschrieben, gib es doch zu! Mutter musste gestern den Notarzt rufen, weil ich beinahe erstickt bin – an einem Stück weich gekochtem Hühnchen! Ich hab zwar Bock auf Fleisch, ja, geb ich zu, und …«

»Und ich auf Erdnüsse. – Warte hier, ich bin gleich wieder zurück.« Wutentbrannt fegte ich aus dem Yoga-Raum, trabte den nach Schweiß müffelnden Gang zum Bistro direkt neben der Empfangstheke und klaubte einen Erdnuss-Energie-Riegel aus einem der Verkaufsständer. »Ich zahle ihn nachher!«, rief ich der verdatterten Conny hinter der Bar zu und rannte zurück zu Maks, der wieder aufgestanden war und fachmännisch, aber mit finsterem Gesicht seine Waden dehnte. Seine Augen weiteten sich, als ich mich vor ihn stellte, den Riegel auspackte und ihn demonstrativ in die Luft reckte, sodass Maks mühelos erkennen konnte, dass er fast ausschließlich aus Erdnüssen bestand.

»Damit du mir glaubst, dass eine kolossale Veränderung mit uns geschehen ist und diese Veränderung nur von Bestand ist, wenn wir uns erinnern, wer wir sind, esse ich jetzt diesen Riegel. – Lass mich ausreden!«, fuhr ich ihn an, als er den Mund aufmachte, um etwas zu sagen, und verdattert schloss er ihn wieder. »Ich habe seit Wochen keinen Heuschnupfen mehr. Keine Allergien. Mir wird nicht mehr schlecht im Bus. Ich habe gestern Gulasch mit Nudeln gegessen und es bekam mir ganz wunderbar.« Das stimmte zwar nicht, denn die Zwiebeln darin hatten mir abends schwer zu schaffen gemacht – doch es war kein Vergleich zu früher. »Und das ist alles nur der Fall, weil ich mich immer noch daran erinnere, woher ich komme, und dazu stehe und bereit bin, meinen kosmischen Auftrag zu erfüllen und die anderen Auserwählten zu finden. Du aber hast es vergessen und nun kommen deine Allergien zurück …« Ich deutete auf seine gesprenkelten Unterarme, »… und du kannst dein Fleisch nicht mehr richtig kauen, genau wie früher. Früher wäre auch ich nach einem Bissen von diesem Riegel reif für die Notaufnahme gewesen. Richtig?«

Maks nickte erstarrt, die Augen nun nicht mehr geweitet, sondern aufgerissen. Seine linke Hand zuckte, doch ansonsten stand er still, als wartete er ab, wie weit ich gehen würde. Glaubte er etwa, ich würde bluffen?

»Schön. Schau genau hin, Maks …« Ich öffnete

meinen Mund, führte den Riegel zwischen meine Zähne und …

»Joss! Nein!« Ich erwischte nur ein winziges Eckchen, bevor Maks sich mit seinem ganzen Körper auf mich stürzte, mir den Riegel aus der Hand riss und ihn weit von mir wegwarf. Ich wollte ihm hinterherlaufen, doch Maks packte mich mit einem Arm um die Taille, hielt mich eisern fest und versuchte mit der anderen Hand, die Erdnusskrümel aus meinem Mund zu fischen. Prustend begann ich zu zappeln und mich zu winden, ohne die geringste Chance, mich zu befreien. Er war einfach viel zu stark für mich. »Laff loff«, quiekte ich lispelnd und biss mit aller Kraft auf seine Finger, die sich immer noch in meinem Gaumen zu schaffen machten. Ich bereitete ihm eindeutig Schmerzen, aber Maks ließ nicht locker und gab mich erst wieder frei, als er sich sicher war, dass er jedes winzigste Erdnussbröckchen aus meinem Mund gefischt hatte. Blitzschnell hechtete er in die Ecke des Raumes, angelte sich den angebissenen Riegel vom Parkett und stopfte ihn in seine Hose.

»Bah!« Angeekelt spie ich auf den Boden. »Das war widerlich! Du hast kein Recht, mir im Mund herumzufummeln! Pfui!« So schlimm war es eigentlich gar nicht gewesen. Maks' Finger hatten salzig geschmeckt und generell hasste ich es, wenn Menschen sich ungefragt an meinen Zähnen zu schaffen machten, aber ich hätte ihn gerne noch einmal gebissen – nur so, als bleibende Erinnerung.

»Paragraf 1, Joss«, erinnerte er mich mit dunkler Stimme. »Ich musste das machen. Denn du drehst offenbar durch und weißt nicht mehr, was du tust. Warum machst du so eine Scheiße? Mann, du hättest dabei draufgehen können!«

»Nein, hätte ich nicht«, entgegnete ich, nun etwas ruhiger. »Ich bin ein Plejadenkind, Maks. Und mir geht's nur gut auf der Erde, wenn ich mich daran erinnere und dazu stehe, es lebe! Erinnere du dich endlich daran, dass du vom Mars kommst und alles wird wieder besser.« Ich nahm meinen ganzen Mut zusammen – viel war nicht mehr übrig – und blickte tief in seine Augen, die mich ernüchternd fremd und fragend ansahen. In meinen eigenen Augen habe er den bläulichen Merope-Staub des Siebengestirns sehen können, hatte er noch vor Kurzem zu mir gesagt. Sie wären sein persönlicher Beweis dafür, dass wir von den Sternen kamen. Doch das Feuer in seinem Blick blieb trüb und glanzlos.

»Es ist doch alles gut, Joss. Bei mir ist alles gut, da muss nichts besser werden«, erwiderte Maks leise, doch sein Gesichtsausdruck strafte seine Worte Lügen. Er wirkte plötzlich sehr verloren, beinahe traurig. »Ja, ich sehne mich wie blöd nach Sally. Ich hab das Gefühl, meinen Verstand zu verlieren, wenn ich sie nicht bald sehen kann. Aber solange ich hier im Studio bin und trainiere oder im Garten an meiner Hütte baue, kann ich sie für eine Weile vergessen, okay? Lass mir das doch. Ich brauche das. Wir beide können nicht immer aneinander kleben.«

Mit Tränen in den Augen wandte ich mich von ihm ab. Sollte ich nicht froh darüber sein, dass er versuchte, nicht an Sally zu denken? Sich von ihr abzulenken? Aber was wurde dann aus unserem Auftrag? Was aus unserer Freundschaft? Doch es ging mir gar nicht mehr nur um den Gedächtnisraub. Es musste mehr passiert sein, als die Männer uns auf dem Feld umzingelt hatten, als ein rasches Löschen von Erinnerungen. Maks entwickelte sich in eine Richtung, die sich ungesund und bedrohlich anfühlte. Er kam mir noch getriebener vor als sonst, noch unruhiger und angespannter, ja, als verstärkten das Boxtraining und seine Holzfäller-Anwandlungen seine negativen Energien, anstatt sie zu zerstreuen. Doch in seinen Augen war ich diejenige, die aus dem Ruder lief.

»Joss«, versuchte sich Maks erneut als gut meinender Therapeut. »Rede doch mal mit meiner Mutter, bitte. Du bist irgendwie durcheinander. Das gefällt mir nicht.«

»Du gefällst mir auch nicht mehr.« Ich kam mir zickig und ungerecht vor, als ich die Zettel und den Block zurück in meine Tasche stopfte und ohne ein Wort des Abschieds aus dem Raum stürmte, doch ich konnte immer noch nicht fassen, dass meine Beweisstücke keine Wirkung erzielt hatten. Maks erkannte seine eigenen Notizen nicht mehr, und wenn er nicht ständig anfangen würde, von Sally zu faseln, hätte meine Sorge um ihn mich fast umgebracht. Der Eingriff in sein Gedächtnis musste viel massiver gewesen sein als der in meines – und womöglich war er sogar irreparabel. Doch daran durfte ich nicht denken. Es musste einen Plan B geben, einen weiteren Beweis, irgendetwas, das in ihm zumindest Misstrauen an seiner eigenen Version der England-Fahrt weckte.

Zerstreut blätterte ich der Frau hinter dem Tresen – es war immer noch die gleiche von vorhin – einen Fünf-Euro-Schein hin, um den Erdnussriegel zu bezahlen, den ich nicht hatte essen dürfen, weil Maks geglaubt hatte, es würde mich umbringen. Dass er immer noch versuchte, mich zu beschützen, und sich dabei gewissenhaft an unseren Vertrag hielt, konnte mich jedoch nur wenig trösten. Was nutzte mir sein Beschützerinstinkt, wenn er nichts von meiner größten Bedrohung wusste – den Männern in Schwarz?

»Wir hätten da auch noch Platz im Zumba-Kurs. Hat letzte Woche erst angefangen! Oder Pilates? Für Anfänger?«

Respekt, Conny ließ nicht locker. Eine Sekunde lang zögerte ich, obwohl mir das Nein schon auf den

Lippen lag. Wäre das womöglich eine Chance? In diesem Studio mit einem Kurs zu beginnen und dadurch Maks im Auge zu behalten, auch wenn ich mich bei Zumba vermutlich zu Tode blamieren würde? Nein, das grenzte wirklich an Stalking und ich hatte nie aufdringlich sein wollen. Schlimm genug, dass Maks es mir unterstellt hatte.

»Danke, das ist nichts für mich.«

»Oder Mini-Trampolin! Der Kurs ist echt gut und …«

Den Rest hörte ich schon nicht mehr, weil ich mit schnellen Schritten das Studio verlassen hatte. Das waren alles keine Sportarten für mich. Das waren Sportarten für Mädchen wie Sandra und Justine und … Moment. Sandra und Justine. Die leidenschaftlichsten Verehrerinnen von Maks – es fehlte nur noch, dass sie einen Fanclub für ihn gründeten.

Abrupt blieb ich stehen. »Das ist es …«, flüsterte ich und schlug mir gegen die Stirn. Ja, es gab noch eine Chance, Maks zu erinnern, und ich musste sie nutzen, auch wenn ich mich dabei mit meinen persönlichen Feindinnen verbünden musste – zwei oberflächlichen Schulkameradinnen, die sich vor Kurzem noch darüber ausgelassen hatten, dass ich nicht hübsch genug für jemanden wie Maks sei.

Nun, vielleicht war ich ja stattdessen schlau genug für jemanden wie Maks – und ich war zu allem bereit, um seine Erinnerungen zu retten. »Das wird nicht lustig, Joss«, warnte ich mich selbst und erntete den fragenden Blick eines in lila Ballonseide gekleideten älteren Mannes, der zielstrebig und in schwungvollem Schritt das Fitnessstudio ansteuerte. Doch auch sein Grinsen war mir egal.

Ich hatte Plan B gefunden! Er schmeckte mir nicht und bekommen würde er mir auch nicht. Aber da musste ich durch – und ich würde gleich morgen damit beginnen.

MÄDCHENGEDÖNS

»Hier.« Das Tablett knallte mehr auf Julius' Pult, als dass ich es ihm hinstellte, und ich schickte sofort ein gemurmeltes Sorry hinterher. Wir verbrachten erst die vierte Pause miteinander und es kam mir bereits vor, als würden wir seit Ewigkeiten zusammen zu Mittag essen. Beinahe sehnte ich mich nach den Hänseleien der dicken Jungs zurück, nach fliegenden Essensresten und Allergie-Attacken. Hier, in diesem stillen, nüchternen Klassenzimmer attackierte mich niemand, ich war vollkommen sicher. Im Vergleich zu Julius hatte ich außerdem die Konstitution einer Superheldin. Selbst wenn er wollte, konnte er mir nichts tun.

Und doch suchte mich jedes Mal eine drückende, fiese Unruhe heim, wenn sich unsere gemeinsame Mittagspause näherte, und sobald ich den Raum betrat und ihn in seinem Rollstuhl sitzen sah, gelang es mir nicht mehr, tief und gleichmäßig zu atmen – ganz im Gegensatz zu ihm. Julius atmete so ruhig, dass ich manchmal gar nicht sehen konnte, dass er lebte, und damit hatte er mir schon so manchen Schrecken eingejagt. Auch die letzten beiden Tage hatte er sich nach dem Essen zurückgelehnt, die Augen geschlossen und gleichmäßig seinen Fidget Spinner kreisen lassen, während ich ihn bang beobachtete und herauszufinden versuchte, was er mit diesem offensiven Dösen bezweckte. Machte er wirklich ein Nickerchen? Aber wieso spielte er dann mit dem Fidget Spinner? Oder wollte er mich damit zu einem Gespräch provozieren? Manchmal machte er sogar kleine Kunststücke, ließ ihn von einer Hand zur anderen springen, ohne hinzusehen – und gestern und vorgestern war der Spinner plötzlich still stehen geblieben und eine unvergleichliche Panik hatte mich gepackt, die ich mir nicht erklären konnte. »Mach weiter! Weiter! Er muss sich drehen!«, hatte ich ihn angeherrscht. Er hatte nur gelächelt – sein feines, intelligentes und unlesbares Lächeln – und den Spinner wieder in Bewegung gesetzt. Irgendwann würde ich ihn fragen müssen, warum er sich so rätselhaft verhielt; es musste Methode haben. Doch heute galt es erst einmal eine andere Challenge zu bewältigen und mir graute schon jetzt davor.

Ohne ein weiteres Wort trug ich auch mein Tablett in den Raum und setzte mich an das Pult neben Julius. Ich würde heute kein einziges Fischstäbchen herunterbringen und die Begegnungen mit Maks an der Essensausgabe verdarben mir sowieso stets den Appetit. Es wurmte mich, wie mitleidig und väterlich er mich neuerdings ansah, wenn wir uns begegneten. Gestern hatte er mir schon wieder ein Gespräch mit seiner Mutter angeboten. Selbst wenn ich tatsächlich psychische Probleme hätte – sie wäre die Letzte, der ich erzählen würde, was mich beschäftigte! Fakt war allerdings, dass es seit Maks' Gedächtnisschwund keinen einzigen Menschen gab, dem ich mich noch hätte anvertrauen können – und auch das lastete auf mir.

»Wir kriegen heute wahrscheinlich Besuch«, verkündete ich Julius nach den ersten beiden lustlosen Gabeln Kartoffelbrei beiläufig, um mich wieder auf das Wesentliche zu konzentrieren und ihn vorzuwarnen. »Eine Freundin von mir wird …« Schon klopfte es zaghaft an der Tür. »Oh. Das ist sie wohl.« Ich hatte keine andere Wahl gehabt, als Justine zu Julius und mir kommen zu lassen. Erst in der zweiten Pause hatte ich es geschafft, sie vor dem Mädchenklo abzupassen, nur wenige Sekunden vor dem Gong zur nächsten Stunde. Sie hatte achtlos an mir vorbeigehen wollen, in ihrer üblichen arroganten Art und Weise, mich wie Luft zu behandeln. Erst als wir schon den Klassensaal erreicht hatten und ich wie eine Klette an ihrem Ärmel hing, gelang es mir, ihre Aufmerksamkeit zu wecken, indem ich behauptete, ich müsse ihr etwas Wichtiges sagen, es gehe um

Maks. Sie solle doch bitte in der Mittagspause zu mir und Julius kommen.

»Keine Chance«, hatte sie eisig gezischt und war an mir vorbeigerauscht, um sich zu Sandra zu setzen und sofort mit dem Tuscheln zu beginnen. Also schickte ich ihr ein Briefchen, in dem ich schrieb, dass nur sie mir helfen könne und ich sie brauche. Ich musste fast würgen vor Widerwillen, als ich den Zettel an meinen Banknachbarn reichte, damit er zu Justine wandern konnte, und ihr kaltes Kichern beim Lesen des Briefchens tat mir weh. Doch ich hatte ihre Neugierde richtig eingeschätzt. Gegen Ende der Stunde kam ein Briefchen zurück, auf das sie schlampig »Von mir aus, aber nur kurz« geschmiert hatte. Ich sendete rasch ein »Danke« mit Herzchen zurück, das aussah wie eine verschrumpelte Tulpe. In den Spiegel würde ich heute nicht mehr schauen können, aber das war nun mal der Preis. Ich musste so tun, als sei ich eine von ihnen, um Maks zu helfen.

Meine Schritte kamen mir lauter vor als sonst, als ich zur Tür ging und sie öffnete. Justine hatte Wort gehalten – und es ging ihr nicht gut dabei. Sofort huschten ihre Augen zu Julius, der gerade versuchte, eine Portion Kartoffelbrei an seinen Mund zu führen, und dabei auf sein Ringelshirt (heute dunkelgrün-grau gestreift) kleckerte. Mit der einen Hand hob er das Shirt ein Stück an, behielt die Gabel im Mund und wischte den Fleck geschickt mit der anderen weg. Der Saum rutschte dabei so weit nach oben, dass wir auf seinen nackten Bauch schauen konnten. Eine wulstige Narbe zog sich über seine Rippen, die sich deutlich unter der blassen Haut abzeichneten – genau so, wie ich es geahnt hatte. Julius war spindeldürr.

»Komm«, raunte ich, packte Justines Handgelenk, bevor sie fliehen konnte, und zog sie rüber zum Fenster. Hier würden wir zwar immer noch gut zu hören sein, doch wir befanden uns nicht mehr in Julius' direkter Nähe – und die schien für Justine noch unbehaglicher zu sein als für mich. »Ich muss das halt tun, wegen England«, wisperte ich entschuldigend.

»Ekelst du dich nicht vor ihm?«, wisperte Justine zurück und zog die Mundwinkel nach unten, als habe sie auf eine zu saure Gurke gebissen. »Er ist wie eine Spinne … und stimmt es, dass er Windeln trägt?«

»Pscht«, versuchte ich sie zu stoppen, denn ich war mir sicher, dass Julius ein verflucht gutes Gehör besaß und jedes Wort verstand. »Nein, ich ekel mich nicht. – Können wir jetzt über Maks reden?«

»Ja.« Wissbegierig hefteten sich Justines Augen auf mich. »Was ist denn los mit Maks?«

Ich linste zu Julius hinüber. Er stocherte mit gesenktem Blick in seinen Fischstäbchen herum, als seien wir gar nicht da. »Maks … hat sich verändert«, begann ich stockend. »Seit England ist er nicht mehr der Gleiche, weißt du?« Redeten Mädchen so miteinander? War das die Art von Gesprächen, wie Sam sie führte, wenn sie stundenlang telefonierte? Justines Gesicht blieb ausdruckslos. »Du weißt, was auf dem Feld passiert ist, auf dem wir nachts unterwegs waren?« Ha, endlich wieder ein Funken Neugierde in ihrem Blick.

»Naja, nicht genau …«, gab sie blinkernd zu. »Was ist denn passiert?«

»Da war plötzlich ein anderes Mädchen. So eine Engländerin.« Ich versuchte, »Engländerin« möglichst abfällig auszusprechen, und Justine rückte ein Stückchen näher. War das eines der Geheimnisse der Mädchengespräche? Über andere schlecht zu reden? »Nicht hübsch, wenn du mich fragst. Ich meine, ich weiß, ich bin auch nicht hübsch, aber …«

»Wie sah sie aus?«

Okay, über mich brauchte ich nicht zu sprechen. Von mir aus. »Mollig.« Ich zog ein abschätziges Gesicht. »Zu dicke Hüften. Komische Frisur, da hatte sie echt Mist gebaut.« Justine entfuhr ein leises Kichern. »Keine richtige Augenfarbe und auch keine richtige Haarfarbe. Eigentlich eine graue Maus.« War *ich* das nicht immer gewesen? Die graue Maus? Es fühlte sich nicht gut an, auf diese Weise über Sally zu reden. Sie war eine Auserwählte, wie Maks und ich! »Ihre Klamotten waren auch … naja«, fuhr ich dennoch fort.

»Wo wir gerade bei Klamotten sind«, zwitscherte Justine, deren Miene sich zunehmend entspannte. »Woher hast du eigentlich diesen Pulli? Der ist total süß!«

»Von meiner Schwester«, erwiderte ich kurz angebunden. »Zurück zu Maks. Er hat sich total in diese Bitch verliebt.« Oh, verdammt. Was redete ich da nur! Ich hasste es, wenn Mädchen andere Mädchen Bitch nannten. Und erst recht, wenn Sam es mal tat (was sie nur konnte, wenn Mama und Papa nicht zu Hause waren). Das Wort klang nicht schön und seine Bedeutung war erst recht nicht schön. So sollte kein Mädchen ein anderes nennen, ganz egal, warum. »Ja, innerhalb von Sekunden! Und seitdem faselt er nur noch von ihr … mit mir will er nichts mehr zu tun haben … Er hat sogar versucht, sie zu finden, im Internet …«

»Oh. Oh Joss, Süße … aber das war doch immer klar, oder?« Ein bisschen zu betulich legte Justine ihren Arm um meine Schultern. »Dass du bei ihm keine Chance hast? Oder hast du echt gedacht, du …?«

Ich nickte betrübt, obwohl wieder Wut in mir aufflackerte. Wieso glaubte eigentlich jeder, ich hätte keine Chance bei Maks!? »Ich hatte es zumindest gehofft.« Schniefend suchte ich nach einem Taschentuch. Justine war schneller und drückte mir eines von ihren in die Hand. Tränen vorzutäuschen, fiel mir nicht schwer, obwohl es eher Zornestränen waren als Liebeskummer-Tränen. Mit einem leisen Schluchzer drückte ich es mir gegen meine Augen und warf unauffällig einen Blick zu Julius. Er hatte aufgehört zu essen und ließ dösend den Fidget Spinner kreisen. Doch er lauschte. Ich wusste es genau. »Wir waren ja so was wie beste Freunde und er ist so hübsch …« Hübsch. Naja. Maks war zu wild, um ihn hübsch nennen zu können, aber trotzdem ein 1-a-Model-Kandidat. »Jetzt redet er kaum mehr mit mir und ich hab nicht mal ein Foto von ihm, kein einziges … jedenfalls keines, auf dem er so aussieht wie jetzt …«

Ich log nicht. Ich hatte kein Foto von Maks nach seiner Mutation. Doch Justine musste welche haben – und zwar jede Menge.

»Ich hätte so gerne wenigstens ein Bild von ihm. Das ich mir abends anschauen kann. Verstehst du das?«

Justine nickte eifrig. »Klar verstehe ich das. Ich hab auch drei Poster von K. J. Apa über dem Bett und der sieht Maks sogar ähnlich. Der von Riverdale, weißt du? Archie? Netflix?«

Ich hatte keine Ahnung, wen oder was sie meinte, und Netflix hatten wir auch nicht, nickte aber ebenfalls, und das so wissend wie möglich, in der Hoffnung, sie würde mir keine Fangfragen stellen. »Stimmt. Du und Sandra, ihr habt doch Fotos von Maks gemacht auf der England-Fahrt, oder? Mit dem

Handy? Könntet ihr mir die schicken, über WhatsApp? Bitte, Justine, bitte … Das wäre so lieb von dir …«

»Najaaa … ich weiß nicht …« Zögernd angelte Justine ihr Handy aus der Hosentasche und klickte darauf herum, ohne dass ich eine Chance hatte, auf das Display zu gucken. »Das sind schon ziemlich private Fotos …« Ha, von wegen. Sie wurden allesamt in der Öffentlichkeit gemacht – allerdings heimlich. Mit der Hand schottete sie den Bildschirm vor mir ab und scrollte sich durch ihre Galerie.

»Verstehe ich ja«, lenkte ich ein und schluchzte noch einmal auf. Es klang so echt, dass ich beinahe lachen musste, so elend mir auch zumute war. »Ich will ja auch nicht alle haben. Mir reichen die aus dem Bus, wo er und ich nebeneinander saßen … was wahrscheinlich nie wieder geschehen wird …« Vielleicht sagte ich sogar die Wahrheit. Vielleicht würde es wirklich nie wieder so sein. Jetzt war mein Kummer echt – und Justine wurde weich.

»Hey, ist okay. Die Bus-Fotos bekommst du, ja? Allerdings – hm.« Justine verfrachtete das Handy zurück in ihre Hosentasche und ihr Gesichtsausdruck kühlte sich ab. »Da muss schon auch was für mich drin sein, Joss. Und Physik ist bei mir wirklich eine …«

»Katastrophe, ich weiß«, vollendete ich ihren Satz und bereute ihn sofort, denn ihre Augen verwandelten sich in blankes Eis. »Ist ja auch kein Wunder beim Groß, er kann einfach nicht gut erklären.« Herr Groß erklärte ganz wunderbar, aber Justine tat im Unterricht nichts anderes, als unter der Bank auf dem Handy herumzutippen oder in Magazinen zu blättern. »Du kannst meine Hausaufgaben abschreiben, kein Thema.«

»Na gut. Und beim Test neben dir sitzen?«

»Von mir aus«, willigte ich ein. Abschreiben musste sie immer noch selbst und auf eigenes Risiko. Dadurch entstand mir kein Schaden.

»Okay, einverstanden. Ich schicke dir die Fotos zu Hause durch, wenn ich wieder WLAN habe. Gibst du mir deine Nummer?«

»Klar«, seufzte ich erleichtert und kritzelte ihr rasch meine Nummer auf einen Zettel. »Nicht vergessen, ja?«

Justine murmelte etwas Unverständliches, ließ mir großzügigerweise noch ein sauberes Taschentuch auf das Pult fallen und flüchtete mit wehendem Schal aus dem Raum. Gerne wäre ich ihr gefolgt, denn ausnahmsweise war Julius plötzlich hellwach, und ohne ihn anzuschauen, wusste ich, dass seine anthrazitfarbenen Augen sich fest auf mich gerichtet hatten.

»Was war denn das eben für eine Theatervorstellung, Joss?«

»Was meinst du?«, stellte ich mich verständnislos

und stülpte mit bebenden Fingern die Haube über das Tablett.

»Das warst nicht du. So bist du nicht, Joss. Das war eine Rolle und deine Performance reicht nicht einmal für eine billige Soap.«

»Was weißt *du* denn schon über *mich*?«, fuhr ich ihn an, doch als ich endlich aufsah, erkannte ich errötend, dass er mich immer noch gelassen anlächelte, während der Spinner erneut kreiste. »Ich bin in Maks verliebt, das ist die Wahrheit!« Oh verdammt, wieso sagte ich das nur?

»Ja, das ist wohl wahr«, gab Julius ungerührt zurück. »Aber andere Mädchen anzubetteln und sich für sie unter Wert zu verkaufen, um an Fotos von ihm zu kommen? Das nehme ich dir nicht ab. Mach doch einfach selbst eins, wenn du ihn siehst!«

»Das geht dich alles überhaupt nichts an!«, fauchte ich. Mein Gesicht musste inzwischen krebsrot geworden sein, so heiß fühlte es sich an. Zum Glück war Justine nicht so schlau wie Julius, dachte ich ertappt. Stimmt, niemand konnte mich davon abhalten, ein Foto von Maks zu schießen. »Ist meine Privatsache«, schob ich etwas sanfter hinterher, weil mir mein rauer Ton selbst unangenehm war.

»Nichts ist eine Privatsache, Joss. Und doch ist alles persönlich. Kommt auf die Perspektive an.«

»Hä?« Was sollte das nun werden? Eine Philosophie-Debatte? Dafür hatte ich heute keine Kraft mehr.

»Ist das, was wir hier zusammen jeden Mittag tun, privat?«, redete Julius weiter, ohne seine schillernden Augen von mir zu nehmen.

»Nein, eigentlich nicht … es ist meine Strafe und …«

»Und du denkst seit dem ersten Tag darüber nach, ob ich Windeln trage. Ziemlich privat, oder?«

»Ich … nein, ich … also … pffff«, machte ich ermattet, weil mir mein eigenes Gestotter auf den Senkel ging. »Ja, okay, tu ich, und ja, das ist privat, aber ich wollte das nie und ich …«

»Ich trage keine, falls dich das beruhigt. Diesen Bereich meines Körpers habe ich gerade noch unter Kontrolle. Vielleicht hilft dir das.«

Julius sprach freundlich und leise, aber mir war dabei so kalt geworden, dass meine Zähne kurz aufeinanderschlugen. Mühsam brachte ich meinen Kiefer wieder zur Ruhe.

»Nein, ehrlich gesagt hilft es mir nicht«, erwiderte ich flüsternd – irgendwie war mir meine Stimme abhanden gekommen. Dass er keine Windeln trug, war ein Punkt weniger, um den ich mir Gedanken machen musste, aber eigentlich war er egal, und ich schämte mich plötzlich dafür, dass ich mich überhaupt damit beschäftigt hatte. Julius hatte recht, das war verdammt privat und eigentlich ging es mich überhaupt nichts an. Doch ob Windeln oder nicht – etwas an ihm jagte mir nach wie vor Angst ein. Er kam mir vor, als wartete er auf etwas, und hatte Justine ihn nicht vorhin mit einer Spinne verglichen? Ja, wie eine Spinne, die in einem riesigen, klebrigen Netz sitzt und geduldig verharrt, bis ihr Opfer endlich reinfliegt und hängen bleibt … »Sorry, ich schaffe das heute nicht die ganze Stunde. Tut mir leid.«

Obwohl es noch nicht geklingelt hatte, stapelte ich eilig unsere beiden Tabletts übereinander, wobei ich mich mit Remoulade und Fischstäbchenpanade bekleckerte, hastete aus dem Klassensaal und ließ Julius alleine zurück.

Er versuchte nicht, mich aufzuhalten. Und doch hörte ich den ganzen Nachmittag seine Stimme in meinem Kopf, leise, aber überdeutlich.

»So bist du nicht, Joss.«

FLASHBACK-GEWITTER

»Das finde ich nicht witzig.« Meine Stimme klang so ängstlich und überdreht wie die eines Geistes, der kurz davor stand, sich in pures Nichts aufzulösen – und einsehen musste, dass das ewige Leben ein dummer Irrtum war. Ich kam mir tatsächlich geisterhaft vor, und was mit mir geschehen war, musste aus einer anderen Dimension stammen. Es war mit nichts von dem zu erklären, was ich bisher für möglich gehalten hatte. Dabei war es mir im Grunde gar nicht mal neu. Doch es am eigenen Leibe zu erleben, ließ beinahe meinen Kreislauf zusammenbrechen. Ich hyperventilierte bereits. »Tüte …«, keuchte ich, riss das Badezimmerschränkchen auf und wühlte mit beiden Händen die Fächer durch, fand aber nur einen ausgedienten Waschlappen, in den ich testweise hineinatmete, während meine Augen mir entsetzt aus dem Spiegel entgegenblickten. Mit der freien Hand riss ich an meinen Haaren, schob sie nach links und nach rechts und wirbelte sie grob durch, doch es änderte nichts. Ich brauchte sie auch kein drittes Mal zu waschen, weder mit Sams Teebaum-Shampoo noch mit Papas herber »Pure Man«-Variante. Kein menschliches Mittelchen würde gegen diese Mutation ankommen.

»Joss, Liebes? Alles in Ordnung bei dir?«, drang Mamas besorgte Stimme durch die verschlossene Badezimmertür. »Ich müsste auch noch mal rein, Zähne putzen, und du verpasst dein Frühstück …«

Nein. Kein Frühstück heute. Mein Magen tanzte unaufhörlich Samba, seitdem ich entdeckt hatte, was über Nacht geschehen war.

»Alles gut!«, rief ich zurück, doch meine Stimme wackelte verräterisch.

»Joss – hast du vielleicht zum ersten Mal deine …«

»Hab ich nicht, keine Sorge«, gab ich rasch zurück. Meine Regelblutung ließ immer noch auf sich warten und ich hätte sie mit lauten Freudengesängen begrüßt, wenn sie mir wieder meine alte Haarfarbe zurückgegeben hätte. Denn was geschehen war, konnte ich niemandem vernünftig erklären. Ich war über Nacht vollkommen ergraut, ja, ich hatte mich in eine Oma verwandelt! Sogar mit bläulichem Schimmer – es war einfach entsetzlich. Ich hatte Unmengen an Shampoo und Spülungen verbraucht bei meinem Versuch, das Hellgrau wieder herauszuwaschen, weil ich gehofft hatte, Sam habe sich einen doofen Streich erlaubt, doch nun hatte ich Gewissheit. Was auf meinem Kopf prangte, war Plejadenblond, und offenbar mochte man es auf dem Siebengestirn greisenhaft.

»Joss, was tust du da drinnen?«

»Mir überlegen, ob ich hier den Rest meines Lebens verbringen kann«, antwortete ich unglücklich, aber ehrlich. In diesem Zustand konnte ich nirgendwohin gehen. Wie sollte ich Mama und Papa nur erklären, was geschehen war? Und erst meinen Klassenkameraden, meinen Lehrern, Maks …

»Nein, das kannst du nicht.« Mama klang so tröstend, dass mir Tränen in die Augen traten. Sie hatte ja keine Ahnung … Wie so oft. Und ich konnte es ihr nicht vorwerfen. »Joss, was immer auch los ist, lass uns drüber reden. So schlimm kann es nicht sein. Mach die Tür auf, bitte.«

»Es ist etwas schiefgelaufen«, warnte ich sie dumpf vor. »Ich wollte das so nicht, aber es geht nicht mehr weg.«

»Hast du dir etwa ein Tattoo gestochen!?« Jetzt klang Mama panisch. Erst kürzlich hatte sie von einer Schülerin erzählt, die sich mit Nadeln und blauer Tinte ein Kreuz in den Arm tätowiert hatte und deshalb wegen einer Blutvergiftung in der Notaufnahme gelandet war.

»Nein! Nein.« Okay, in ihren Augen gab es wohl doch dramatischere Dinge als Omahaare bei einer Vierzehnjährigen. Das ließ mich hoffen. Seufzend wandte ich mich vom Spiegel ab, kramte in meiner Fantasie nach einer möglichst glaubwürdigen Erklärung, fand sie und schloss die Tür auf. Doch ich konnte nicht die Kraft aufbringen, sie auch zu öffnen. Mama tat es für mich, trat ein und machte sie sofort wieder zu, um überrascht die Hände vor den Mund zu schlagen.

»Ui«, war alles, was sie hervorbrachte.

»Ja, ich weiß.« Die Tränen tropften auf meine Socken, als ich nach unten starrte, um bloß nicht in ihr Gesicht sehen zu müssen.

»Um Himmels willen, Joss, wie kommst du auf die Idee, dir deine Haare färben zu müssen? Und warum weiß?«

»Das ist nicht weiß, dass ist hell-… hell … ach, keine Ahnung. Hellblond?«

»Nein, ist es nicht. Es ist weiß. Naja, weiß mit Schimmer. Blauschimmer? Grau? Was schimmert da?« Skeptisch trat Mama an mich heran und betastete meinen Wirbel. »Wieso hast du das getan, Joss?«

Ich habe doch gar nichts getan, dachte ich hilflos und lehnte mich ans Waschbecken, weil mir wieder schwindelig wurde. Seit dem Aufwachen hatte ich permanent das Gefühl, in Ohnmacht fallen zu müssen.

»Ist es, weil Maks sich die Haare tönt? Wolltest du es ihm nachmachen?«

»Nein, ich …« Oh je. Genau so musste Maks sich gefühlt haben, dachte ich erkennend. Ja, so musste es ihm gegangen sein, als er morgens in den Spiegel geschaut hatte und seine Haare kastanienbraun schimmerten. Auf einmal fühlte ich mich ihm so eng verbunden, dass ich geplagt aufstöhnte. Er hatte den gleichen Schrecken gefühlt wie ich, war genauso ratlos gewesen, hatte es niemandem erklären können. Allerdings war die Veränderung von stumpfem Braun zu Rotbraun noch als harmlos einzustufen. Das schaffte ein simples Tönungsshampoo. Die Mutation von Dunkelblond zu Greisenweiß jedoch durfte mit Fug und Recht als Katastrophe bezeichnet werden. »Ich weiß es nicht, Mama. Es kam so über mich, das mit dem Färben machen alle Mädchen in meiner Klasse und ich versuche gerade, mich mit Justine anzufreunden, und dachte, wenn ich das tue, dann … werde ich vielleicht beliebter und sie gibt mir eine Chance. Es sollte auch hellblond werden, nicht weiß!« Jetzt heulte ich. »Ich kann heute nicht in die Schule gehen! Bitte schreib mir eine Entschuldigung, ich will zu Hause bleiben!«

»Nein, Joss, tut mir leid.« Mama lächelte bemüht und der Schreck lauerte noch in ihren Augen, doch ihr Tonfall war verdächtig streng geworden. »Du hast das alleine ausgefressen und nun stehst du auch dazu. Ich könnte dir rasch einen Termin bei meinem Frisör organisieren und der könnte dir dein Aschblond zurückgeben, doch das wäre in meinen Augen zu einfach. Du solltest etwas aus dieser Erfahrung lernen.«

»Aber ich seh aus wie eine Oma!«, rief ich so laut, dass meine Stimme durchs ganze Haus schallte und sich sofort Schritte von unten näherten. Sam. Natürlich Sam … »Ich bin total hässlich.«

»Ach, so ein Blödsinn.« Resolut schnappte sich Mama eine Geltube, verrieb eine Portion in ihren Händen und stylte mir meinen Sidecut, den sie anfangs auch nicht gut gefunden, sich aber inzwischen daran gewöhnt hatte. »Eine Oma hat Falten und Runzeln im Gesicht und du hast eine Haut wie ein Babypopo. Du siehst nicht aus wie eine Oma. Nur etwas – naja. Ungewohnt.« Mama untertrieb. Ich war ein fleischgewordener Farbunfall.

»Was ist denn hier los? Uuuuuh!«, quiekte Sam und schlug sich wie Mama die Hände vor den Mund, doch ihre Augen lachten. »Joss! Mann, Haare grau färben ist doch eigentlich schon wieder out …«

»Das war mal in? Echt?«, murmelte Mama rätselnd, doch Sam hatte sich schon zwischen uns geschoben und zog neugierig meine frisch gestylten Strähnen auseinander, um auf meine Kopfhaut schauen zu können.

»Kompliment, Schwesterchen. Man sieht keinen Ansatz, das hast du echt gut hingekriegt fürs erste Mal.« Sie trat einen Schritt zurück und musterte mich mit schräg gelegtem Kopf. »He, das steht dir sogar. Doch, Mama, tut es, schau doch mal genau hin! Ja, es ist heftig, aber es passt zu Joss! Du solltest sie immer so tragen! »

Muss ich wohl auch, dachte ich resignierend und wischte mir die Tränen aus dem Gesicht. Es blieb mir gar nichts anderes übrig, als aus der Not eine Tugend zu machen. Egal, wie viel Farbe ich auf meine Haare schütten würde, meine Herkunft würde sich durchsetzen, genau wie bei Maks. Oh je, Maks … ihm wollte ich doch heute die Fotos zeigen …

»Ich finde es gut.« Sam verschränkte zufrieden die Arme. »Ist doch klasse, ich bin die Hübsche, du die Coole. So kommen wir uns nicht ins Gehege.«

»Besten Dank, Sam.« Erschauernd schluchzte ich auf. Ich konnte mich immer noch nicht beruhigen, während Mama uns ratlos anschaute und versuchte, unserem schwesterlichen Dialog zu folgen.

»Hör schon auf zu heulen, Joss.« Sam reichte mir ein Kleenex. »Du wolltest anders aussehen, jetzt siehst du anders aus. Die Models bei Heidi Klum sind auch erst mal alle total geschockt nach dem Umstylen. Aber dafür macht man es ja auch! Damit alles anders ist!«

»Bisschen viel Anderssein für meinen Geschmack«, mischte sich Mama wieder ein. »Ich hätte es dir nicht erlaubt, Joss, niemals, und ich finde es nicht gut, dass du mich nicht gefragt hast. Aber Sam hat recht, du solltest aufhören zu weinen, denn selbst wenn du grüne Haare mit roten Punkten hättest, wärst du nicht hässlich. Okay?«

Schniefend holte ich Luft, putzte mir die Nase und warf einen letzten Blick in den Spiegel. Auch Sam und Mama starrten hinein. Ich sah so anders aus als sie … Spätestens jetzt konnte nichts mehr darüber hinwegtäuschen, dass wir nur Blutsverwandte waren, aber keine Seelenverwandten.

»Platin, oder?«, mutmaßte Sam mit Kennerblick. Ich nickte. Ja, am ehesten sah es noch nach Platin aus und das gab es immerhin als Haarfarbe. Wenn auch vorwiegend für Omis. »Platin. Krass, Joss. Hätte ich dir nicht zugetraut. Bist mutig.« Grinsend rempelte sie mir ihren Ellenbogen in die Seite, während Mama leicht genervt die Brauen verzog.

»Etwas weniger Mut wäre auch in Ordnung gewesen. Reicht nicht ein rötlicher Schimmer? Bei uns hat das damals gereicht. Hennaspülung, fertig.« Ja, hätte dicke gereicht. »Vor allem hättest du mich informieren müssen, Joss! Und nun ab nach unten, ihr zwei wilden Hühner, ihr müsst in die Schule. Frühstück fällt heute aus. Esst unterwegs was, ja?«

Sam kriegte gerade noch ihren Bus zur Realschule, ich schwang mich auf ihr Rad, und während ich in Richtung Gymnasium fuhr, fing ich mich wieder so weit, dass ich anschließend den zahlreichen Blicken und Tuscheleien standhalten konnte, die sich sechs lange Stunden über mich ergossen – plus Mittagspause mit Julius, der heute so still war wie ich und weder provokative Fragen stellte noch eine Bemerkung zu meinem neuen Look machte. Doch ich konnte unser Schweigen nutzen, um mich noch einmal durch die Bilder zu klicken, die Justine mir gestern wie abgemacht geschickt hatte – zwar erst gegen Mitternacht, aber sie hatte Wort gehalten.

Ich hatte sie sofort auf meinen PC gezogen, um sie maximal vergrößern zu können – und hatte Glück gehabt. Auf einem der Bilder kritzelte Maks auf den Notizblock, und nachdem ich die Aufnahme nachbearbeitet hatte, konnte man eindeutig erkennen, dass er in unserer Geheimschrift Notizen machte; exakt jene, die ich ihm im Fitnessstudio vorgelesen hatte. Dieses Foto war der Beweis, dass ich nicht log und wir die Busfahrt anders verbracht hatten, als er es in Erinnerung hatte. Es musste ihn stutzig machen!

Sofort hatte ich die überarbeitete Version wieder auf mein Handy übertragen, wo sie nun zusammen mit den anderen Bildern nur noch darauf wartete, Maks gezeigt zu werden. Ich sah sie mir viel zu gerne an, diese Bilder. Justine hatte ein Händchen fürs Fotografieren, das musste ich ihr lassen. Einmal hatte sie Maks im Profil eingefangen, wie er in London in lässiger Kriegerhaltung an einer Straßenlaterne lehnte und mit prüfendem, düsterem Blick in die Ferne sah. Er hatte nach Männern in Schwarz Ausschau gehalten, erinnerte ich mich wehmütig. Für mich. Es wurde Zeit, dass er sich wieder an sie erinnerte. Erst gestern Abend beim Gang zum Drogeriemarkt hatte ich wieder das Gefühl gehabt, von dunklen Schatten verfolgt zu werden, zum Glück ohne dass sie mir zu nahe kamen.

Als ich nach einem kurzen Abstecher nach Hause wieder aufs Rad stieg, um das Fitnessstudio anzusteuern, verfolgte mich der leicht fassungslose Blick von Papa, dem ich im Flur begegnet war und der mich angeschaut hatte, als sei ich das, wofür ich mich noch heute früh gehalten hatte – eine Geistererscheinung. Mama musste ihn bereits geimpft haben, denn er stellte keine Fragen und machte mir auch keine Vorwürfe. Trotzdem bedrückte mich seine Reaktion – und auch sein »Du musst so was nicht tun, um von den anderen gemocht zu werden. Das weißt du, Joss«, das er mir leise hinterherrief, als ich zehn Minuten später schon wieder das Haus verließ.

Doch ich fuhr umsonst zum Fitnessstudio. Maks war nicht dort und ich musste mir im nahe gelegenen Park eine kleine Verschnaufpause gönnen, um wieder zu Atem zu kommen, bevor ich zu ihm nach Hause radelte. Maks war, ohne es zu wissen, mein persönliches Workout geworden. Sein Gedächtnisschwund zwang mich dazu, Strecken zurückzulegen, angesichts derer ich früher nur dankend abgewunken hätte. Obwohl mir das Radfahren inzwischen sogar Freude machte, kam es mir heute besonders anstrengend vor. Eine unangenehme Schwüle lag wie eine riesige Gasglocke auf der Stadt und die Wolken nahmen nach und nach eine bedrohliche Form an, wie ich sie nur selten gesehen hatte – sie wölbten sich dunkelgrau nach unten, in einem fast regelmäßigen Muster, als würden sie Richtung Erde und nicht Richtung Himmel wachsen. Sie schienen mit unsichtbaren Rüsseln den Sauerstoff aus der Luft zu ziehen, und nachdem ich mich wieder in den Sattel geschwungen hatte, vernahm ich das erste Donnergrollen – nicht von ferne wie sonst bei einem aufkommenden Gewitter, sondern es ließ den Asphalt unter mir vibrieren und dröhnte gedämpft in meinen Ohren, auf eine leise, warnende Art und Weise.

Während Sam als Kind bei Gewitter am liebsten halb nackt im Regen herumgesprungen war und sich anschließend im Schlamm gewälzt hatte, hatte ich den Himmelslärm nur in Papas Armen ausgehalten und bang die Sekunden zwischen Blitz und Donner gezählt. Als wir in der Grundschule bei einem Klassenausflug in ein Gewitter hineingeraten waren, hatte ich vor lauter Angst so heftig geweint, dass ich meinem Lehrer schließlich auf die Hose gekotzt hatte. Inzwischen pflegte ich mich mit allerlei Statistik zu beruhigen. Ein Gewitter war zwar laut und unangenehm, aber die Wahrscheinlichkeit, von einem Blitz erschlagen zu werden, so gering, dass es keinen Sinn hatte, sich davor zu fürchten. Allerdings hatte mir heute Nacht ein vierhundert Lichtjahre entfernt liegendes Gestirn die Haare platin gefärbt. Statistiken hatten seitdem ein wenig von ihrer besänftigenden Wirkung verloren, denn die Wahrscheinlichkeit, dass so etwas passierte, lag vermutlich unter null – und mir war es dennoch widerfahren.

Trotzdem war es wichtiger, Maks die Fotos zu zeigen. Also nahm ich jede Abkürzung, die ich kannte, und trat so sportlich in die Pedale, wie meine dünnen Beine es vermochten – mit dem Ergebnis, dass mein Shirt an meinem Rücken klebte, als ich vor Maks' Haus ankam, und meine Jeans sich klamm an meinen Po schmiegte. Kein gutes Gefühl. Doch so gerne ich Frau Treborn auch aus dem Weg gehen wollte – ihr Heim war garantiert mit einem soliden Blitzableiter ausgestattet und den sollte ich nutzen.

Mein Finger lag schon auf dem Klingelknopf, als ich trotz meiner Gewitterphobie plötzlich zögerte. Ein unruhiger, heißer Wind war aufgekommen und gleichzeitig herrschte eine lähmende, unnatürliche Stille um mich herum. Kein Vogel sang mehr, kein Kind lief durch die Straßen, auch kamen mir die anderen Häuser wie ausgestorben vor. Die sprichwörtliche Ruhe vor dem Sturm, dachte ich und zuckte zusammen, als ein giftgelber, zackiger Blitz quer über den dunklen Himmel jagte. Doch das Donnern begann erst mehrere Sekunden später zu rumpeln, also lag das Unwetter noch einige Kilometer entfernt – und ich beschloss, so mutig zu sein, wie Sam von mir glaubte, es zu sein. Ich würde nicht klingeln, sondern direkt in den Garten laufen, wo Maks vermutlich wieder an seinem kanadischen Blockhüttentraum arbeitete. Mit meinem neuen Look würde ich Frau Treborn erst wieder umständlich erklären müssen, wer ich war, und mit etwas Pech ließ sie mich gar nicht zu ihrem Sohn.

Ich hatte mir in den Augen der anderen unbefugt die Haare grau gefärbt, also konnte ich auch unbefugt diesen Garten betreten. Trotzdem hielt ich kurz an, als ich die Rückfront des Hauses mit der schmucklosen, nüchternen Terrasse erreicht hatte, und lugte durch das Fenster mit den halb heruntergelassenen Rollläden ins Wohnzimmer hinein. »Sieh einer an …«, raunte ich, als ich Frau Treborn entdeckte – oder besser gesagt: ihren leicht zerzausten Pagenschnitt. Er ragte schief über die Sofalehne heraus, da sie sich an einen anderen Kopf schmiegte, der aussah, als gehöre er Meister Proper persönlich. Zu diesem Verdacht passten auch die breiten, bulligen Schultern, an die sich Frau Treborn gekuschelt hatte; ein befremdliches Bild, doch noch befremdlicher fand ich die Tatsache, dass beide vollkommen vertieft dabei zuguckten, wie auf QVC Haushaltsreiniger angepriesen wurden (oder waren sie bereits eingeschlafen?). Trotzdem wurde mir bei diesem Anblick einiges klarer. Der rasierte Schädel und die Muckischultern passten zu Maks' Abo beim Fitnessstudio und vermutlich war Frau Treborn beidem voll und ganz erlegen – und das, wo sie doch früher gegen alles gewettert hatte, was nur ansatzweise nach Testosteron roch. Das musste irgend so ein Kompensations-Ding sein, von dem Papa kürzlich gesprochen hatte. Man verfiel plötzlich genau dem, was man vorher mit allen Mitteln gemieden und verteufelt hatte, und merkte es nicht einmal.

Achselzuckend wandte ich mich ab, denn mir sollte es recht sein, dass die beiden vor dem Fernseher eingedöst waren, obwohl die Donnerschläge jetzt so laut wurden, dass nur Verliebte davon unbeeindruckt blieben. Mit fliegenden Schritten rannte ich zum Ende des Gartens, wo Maks wie erwartet mit der Axt auf ein paar schwere Stämme einschlug, ohne mich bemerkt zu haben. Holzspäne tanzten durch die schwefelige Luft und für einen Moment glaubte ich, sie um Maks herum wie Glühwürmchen aufglimmen zu sehen. Prüfend schnupperte ich. Hatte hier schon etwas Feuer gefangen oder war es Maks, der diesen rauchigen Geruch verströmte?

»Maks?«, rief ich durch das stärker werdende Heulen des Windes. »Maks, hallo, kannst du mal bitte … huch!«, kiekste ich erschrocken und sprang zur Seite, weil direkt neben mir ein Ast zu Boden gekracht war. Zeitgleich zuckte ein neuer Blitz über den Himmel, begleitet von einem sirrenden Geräusch, das die Haare in meinem Nacken vibrieren ließ. »Maks!!«

»Hey, Joss«, las ich von seinen Lippen ab, nachdem er sich endlich zu mir herumgedreht hatte, ohne jedoch damit aufzuhören, seine Axt zu schwingen. Ihm schien vollkommen egal geworden zu sein, wo sie ihre Spuren hinterließ – Hauptsache, sie konnte etwas zertrümmern. Seine nackten Oberarme glühten rötlich, als habe er sich verbrannt, doch sie waren kein Vergleich zu seinen Augen, die selbst mir beinahe unheimlich wurden – so schmutzig und gleichzeitig teuflisch wirkte ihre purpurne Farbe. Das Licht hatte sich tief nach innen zurückgezogen.

»Maks …« Zwischen herunterfallenden Tannennadeln arbeitete ich mich zu ihm durch, die schwingende Axt und die Blitze über uns ignorierend, bis ich so dicht neben ihm stand, dass er aufhören musste, den Baumstamm zu malträtieren. Erstaunt stellte ich fest, dass die untere Konstruktion der Hütte bereits fertig war. Es sollte wohl eher eine Art Hochsitz werden; Maks arbeitete nun an der Bodenplatte, die er aus groben Balken zusammensetzte. Schlief er überhaupt noch? Oder half Ed ihm bei seinem Bauwerk?

»Was is' denn jetzt schon wieder los?« Gereizt warf Maks die Axt neben sich ins Unterholz und heftete seinen Höllenblick auf mich. Nie hatte ich mich vor ihm und seiner Mars-Energie gefürchtet, aber nun begannen meine inneren Alarmglocken zu schrillen. Womöglich war er unberechenbar – auch für mich. Ich wollte gerade einen Schritt zurücktreten, als seine Miene sich urplötzlich aufhellte. »Ach, stimmt ja, du wolltest mit meiner Mutter sprechen, oder? Ja? Warte, ich …«

»Stopp«, unterbrach ich ihn und hob warnend meine Hand. »Deine Mutter hält da drinnen ein Nickerchen mit Meister Proper. Und ich will nicht mit ihr sprechen.«

»Aber du …« Geschickt bugsierte mich Maks einen halben Meter zur Seite, bevor ein weiterer Ast zu Boden krachte – genau an der Stelle, an der ich eben noch gestanden hatte. Das Unwetter schien ihn überhaupt nicht zu stören, genauso wie seine Mutter, die doch in den Jahren zuvor vor lauter Sorge um ihn fast umgekommen war. Es war mir ein Rätsel, wie sie bei diesem Getöse weiterschlafen konnte. »Du wolltest doch …«

»Nein, wollte ich nicht. Du wolltest das, nicht ich. Ich bin wegen dir hier, Maks. Nur wegen dir. – Heiliger Bimbam!«, keuchte ich und drückte beide Hände auf meine Ohren, wie ich es als Kind immer getan hatte. Jetzt war das Gewitter direkt über uns – und das Krachen so laut, dass mein Trommelfell schmerzte. Blitze und Donner attackierten uns zur fast gleichen Zeit und wieder roch es verbrannt. Doch am meisten machte mir Angst, wie Maks' Augen aufglühten, wenn die Blitze über den Himmel wanderten. Beinahe war mir, als sei er persönlich die Ursache des Unwetters – oder als habe er es zumindest in diesen Garten gelockt.

Eins zu sechs Millionen, versuchte ich mich in Gedanken zu beruhigen und zog das Handy aus der Tasche, bevor die Wolken über uns ihre Schleusen öffneten. »Du wolltest mir nicht glauben, dass du die Notizen geschrieben hast, aber hier habe ich die Beweise dafür! Schau es dir an!«, schrie ich durch das Poltern des Donners und hielt Maks das Bild aus dem Bus vor die Nase. Noch in der gleichen Sekunde schlug direkt neben uns der Blitz ein. Seine Wucht riss mich von den Füßen und schmerzte in meinen Adern, doch noch während ich fiel, sah ich ein grelles weißliches Licht in Maks' Augen aufleuchten. Die Flammen in ihnen flackerten gleißend hell in die Höhe und auf einen Schlag veränderte sich seine gesamte Ausstrahlung. Er wirkte wacher, aufmerksamer, präsenter, obwohl sein Körper unter der Elektrizität des Blitzes bebte und zitterte. Krachend entlud sich der Donner, begleitet von dem wütenden Fauchen des Sturmes. Doch Maks stand in Balance, seinen Blick fest auf das Display gerichtet, während ich Schwierigkeiten hatte, meine Füße zu fühlen, und mich auf dem Boden wand wie ein Fisch auf dem Trockenen.

»Maks!«, wimmerte ich. »Maks, ich …«

»Scheiße, Joss!« Mit einem Mal löste er sich aus seiner Erstarrung und kniete sich zu mir, um mich mit beiden Armen unter den schützenden Boden seines Hüttenprovisoriums zu zerren, denn die ersten dicken Regentropfen fielen vom Himmel und um uns herum tanzten abgerissene Tannenzweige durch die Luft. Der Wind drehte sich in einer wilden Böe im Kreis, als freue er sich über den Schaden, den er nun anrichten durfte. »Alles in Ordnung? Geht's dir gut? Kannst du atmen?«

»Ja, kann ich«, antwortete ich zähneklappernd. Mein Körper wollte nicht aufhören, zu schlottern, doch im Großen und Ganzen ging es mir gut. Viel wichtiger als mein eigenes Befinden war mir jedoch Maks' Gedächtnis. Funktionierte es endlich wieder? »Und? Was sagst du?«

»Verdammt«, flüsterte er und hockte sich im Schneidersitz neben mich. »Ja, das bin ich … ich schreibe diese Zeilen und jetzt weiß ich auch wieder, warum … oh Gott …« Er ließ das Handy in seinen Schoß gleiten und rieb sich angestrengt die Augen. »Aber wie … das … ich weiß nicht, was passiert ist! Wieso hab ich das alles vergessen?«

»Erinnerst du dich auch an das Zeichen im Feld?«, hakte ich freudig nach. Ich hatte es geschafft, er erinnerte sich – oder der Blitzeinschlag hatte es geschafft, doch das Ergebnis zählte und dieses Ergebnis war sensationell. »Und daran, dass wir dabei zugesehen haben, wie es entstand?«

»Ja! Ja, natürlich, es war magisch, und dann kamen die … die … Männer in Schwarz?« Fragend sah Maks mich von der Seite an. Ich nickte. »Ab da ist alles … verschwimmt alles. Das Nächste, woran ich mich erinnern kann, ist die Polizeiwache. Und Sally …«

»Sally ist jetzt nicht wichtig«, lenkte ich ab, obwohl das eine Lüge war. Sally war sehr wohl wichtig und ich würde auf Dauer nicht darum herumkommen, ihm zu offenbaren, dass sie nicht zufällig dort gewesen war, sondern die Auserwählte Nummer 3. Doch ich war zu glücklich darüber, dass er sich wieder erinnerte, um es mir von seinem Sally-Liebesgefasel verderben zu lassen. Eines nach dem anderen. »Wichtig ist, dass du weißt, woher du kommst. Und das ist der …?«

»Mars«, flüsterte Maks ehrfurchtsvoll und nahm das Handy von seinem Oberschenkel, um es mir in die Hand zu drücken. Seine Finger fühlten sich an, als habe er sie in heißes Öl getunkt. »Ja, ich komme vom Mars, und was mich antreibt, ist die Mars-Energie, das hattest du mir ja alles erklärt. Verdammt, ich hatte meine Heimat vergessen!«

»Ja, ich weiß. Nicht schlimm«, beschwichtigte ich ihn eilig, denn der Regen war nun so stark geworden, dass er durch die Balken tropfte, und es wurde ungemütlich kühl in unserem Mini-Unterstand. »Mir hatten sie ja auch im Gehirn herumgefuhrwerkt. Entscheidend ist, dass du es nicht ein zweites Mal vergisst, okay? Ja? Denn wir müssen etwas Wichtiges miteinander besprechen, morgen, in unserem Bunker. Nach den AGs, in Ordnung?« Doch Maks schien erst jetzt meine Veränderung bemerkt zu haben und sein Gesicht verhieß nichts Gutes. »Ja, du irrst dich nicht, meine Haare sind grau«, sagte ich locker, bevor er sich darüber lustig machen konnte. »Kam über Nacht. So wie bei dir das Rotbraun. Nichts Dramatisches.« Ha, von wegen. »Plejaden-Blond.«

»Stimmt, du bist ja von den Plejaden …« Mit geweiteten Augen musterte er mich, als sähe er mich zum ersten Mal. Ich musste ihm etwas Zeit geben, das Ende seiner Amnesie zu verdauen. Seine Bestürzung war echt, ich konnte jetzt nicht mit der Tür ins Haus fallen und ihm verkünden, dass wir zusammen die Welt retten mussten und Sally von der Venus kam. Aber ich hatte wieder eine solide Basis, auf der wir aufbauen konnten – und das war Gold wert.

»Ich muss das erst einmal verarbeiten, Joss. Jetzt weiß ich, warum es heißt ›Vom Donner gerührt‹. Boah, ich fass es nicht, dass sie das alles aus meinem Kopf gelöscht haben!« Wütend ballte Maks die Fäuste und seine Augen huschten sehnsüchtig zu der Axt hinüber, die in einem der im Regen glänzenden Baumstämme steckte.

»Präge dir bis morgen jedes Detail ein, das dir zu den vergangenen Wochen einfällt, Maks, ok? Machst du das?« Er nickte verwirrt. Ja, so war es mir auch ergangen, als mir plötzlich alles wieder eingefallen war. »Ich fahre jetzt nach Hause, meine Eltern warten bestimmt schon auf mich, und wir reden morgen in Ruhe. Geh ins Haus, wir sind ja schon klatschnass …« Der Regen war zwar warm, doch wenn ich mich nicht bald bewegte, würde ich zu zittern beginnen. Und ich hatte gerade erst mit dem Schlottern aufgehört.

»Ja. Ja, das werde ich.« Wie ferngesteuert stand Maks auf und sah sich um, als würde er zu begreifen versuchen, was er hier eigentlich die ganze Zeit getan hatte – und wieso. Um ihn herum sah es aus wie auf einem Schlachtfeld, nur mit dem Unterschied, dass er Baumteile ermordet hatte statt gegnerische Einheiten. »Es tut mir leid, Joss. Ich hätte … hätte dir glauben sollen und …« In Zeitlupe schüttelte er den Kopf, an dem seine nassen Locken wie rote Schlangen klebten.

»Geh ins Haus, Maks!«, rief ich noch einmal, denn er machte keine Anstalten, sich zu rühren, völlig überwältigt von dem, was nach und nach zurück in sein Gedächtnis schoss. Obwohl ich mich wie ein Kind darüber freute und am liebsten sofort neue Pläne mit ihm geschmiedet hätte, zog es mich unweigerlich zu meinen Eltern zurück, die womöglich schon vor Sorge vergingen. Mama hatte außerdem darauf bestanden, dass ich um punkt 19 Uhr zurück war. Sie wollte wohl irgendetwas mit mir besprechen.

»Bis morgen! Mach's gut!«

Im Gehen warf ich noch einen Blick durchs Wohnzimmerfenster. QVC war bei blumenübersäter Bettwäsche angelangt, doch Frau Treborn und Ed bekamen immer noch nichts davon mit. Nun war mir ihre Verliebtheit doppelt und dreifach willkommen, denn sie würde Maks und mir viele kostbare Gelegenheiten schenken, miteinander Zeit zu verbringen, ohne dass seine Mutter uns wie ein dritter Schatten belauerte.

Ich konnte es schon jetzt kaum erwarten.

WIEDERSEHENSSCHRECK

Mit Schwung und einem glückseligen Lächeln auf dem Gesicht ließ ich mich auf den letzten freien Platz im Bus fallen – dort, wo mir früher unweigerlich todsterbensübel geworden war. Jetzt war ich einfach nur froh, im Trockenen zu sein, pünktlich nach Hause zu kommen und mich in aller Ruhe über meinen Etappensieg freuen zu können. Maks erinnerte sich wieder. Noch heute Früh hatte ich kaum daran zu glauben gewagt; nun war es wahr – und so lachte ich nur amüsiert auf, als ich meinen hellen Schopf in der Spiegelung des Busfensters sah, denn selbst mein platinfarbenes Haar konnte mich nicht mehr runterziehen und den Gedanken an Sally verdrängte ich einigermaßen erfolgreich. Vielleicht schwand ja Maks' Verliebtheit auch dahin, sobald ihm bewusst wurde, dass sie eine von uns war und es bei unserer Mission um Wichtigeres ging als um Gefühle? Oder – oder ich würde ihm gar nichts davon sagen, erst einmal? Bis er sich für ein anderes

Mädchen interessierte und – nein, um Himmels willen, wenn schon, dann sollte er sich für mich interessieren … sodass Sally als Mädchen unwichtig wurde und ich sie als …

Das Vibrieren meines Handys bereitete meinem wirren Gedankenreigen ein jähes Ende. Wer rief mich denn jetzt an? Ach, das war bestimmt Mama, die in Sorge war, ob ich das Gewitter heil überstanden hatte. Doch auf dem Display leuchtete mir zu meiner Überraschung »Maks« entgegen. Das hatte ich ja noch nie erlebt, dachte ich schmunzelnd – wahrscheinlich konnte er nicht mehr bis morgen warten und musste unbedingt mit mir über seine wiedergewonnenen Erinnerungen sprechen.

»Hi Maks«, begrüßte ich ihn gut gelaunt. »Was gibt es denn?«

»Joss …? He, Joss, ich … also …« Misstrauisch richtete ich mich auf. Seine Stimme klang auffallend dumpf und hohl. Lag das an unserer Handy-Verbindung? Oder stimmte etwas mit ihm nicht? »Joss?«

»Ja, ich bin noch dran. Was ist los?«

»Sag mal – wolltest du nicht mit meiner Mutter reden?« Noch immer sprach er schleppend. »Warum bist du einfach wieder abgehauen, ohne dich mit ihr zu unterhalten? Du warst doch … extra wegen ihr hier … und …«

»Nein, das war ich nicht.« Ein frostiger Schauer heftete sich auf meine Schultern, obwohl es im Bus mollig warm war. »Ich war wegen dir da, Maks. Du weißt doch noch, weshalb, oder?«

Bitte sag, dass du es weißt. Bitte, bitte, bitte …

»Nee, Joss, du wolltest mit meiner Mutter sprechen, weil es dir nicht so gut geht, und jetzt ist sie wach und sagt, du warst nicht bei ihr … aber du warst doch bei uns … hast du Schiss gekriegt?« Noch immer hörte sich Maks an, als sei er gerade aus einem tagelangen Tiefschlaf gerissen worden – und dieser Klang jagte mir eine Heidenangst ein. Ich war doch vor zehn Minuten noch bei ihm gewesen! Was nur war in dieser Zeit mit ihm geschehen?

»Maks, was hast du gemacht, nachdem ich weg war? Ich hatte gesagt, du sollst ins Haus gehen! Hast du das getan?« Hektisch blickte ich mich um, doch der Regen fiel so dicht, dass ich keine Chance hatte, durch die Fenster nach draußen zu schauen. Ich war blind vor Freude gewesen, als ich zur Bushaltestelle gerannt war, ohne nach rechts oder links zu gucken – aber genau das hätte ich tun müssen! Wahrscheinlich hatten die Männer in Schwarz längst Position bezogen und nur auf eine günstige Gelegenheit gewartet, erneut in Maks' Kopf herumzuradieren.

»Nein, ich war … ich … also, der Wind hatte eine Mülltonne umgestoßen, deshalb bin ich noch mal auf die Straße gelaufen und dann … keine Ahnung. Wieso ist das so wichtig?«

»Verdammt!«, entfuhr es mir so laut, dass die beiden Frauen vor mir sich fragend zu mir umdrehten und etwas zu lange auf meine Haare starrten. Die Männer in Schwarz mussten ihm aufgelauert haben! Schon wieder war alles hinüber, was ich mühsam aufgebaut und zurückgeholt hatte. Das durfte doch nicht wahr sein!

»Hey, Joss, du kannst morgen noch mal kommen, wenn du magst, okay? Morgen Nachmittag. Muss jetzt los, ins Studio … hab noch Training. Bis dann …«

»Nein, Maks, warte, leg nicht auf, ich … Verfluchter Mist.« Wieder tangierte mich ein mahnender Blick, doch ich ignorierte ihn. Ich hätte schreien können vor Ohnmacht. Wieso hatte ich die Männer nicht bemerkt? Ich schaute mich doch ständig nach ihnen um, das war inzwischen zu einer festen Gewohnheit geworden. Andererseits hatte ich kein anderes Ziel mehr im Kopf gehabt, als so schnell wie möglich zur Haltestelle zu rennen … Wie dumm von mir! Andererseits, was hätte ich schon gegen sie ausrichten können? Im Feld war ich ja auch machtlos gewesen. Ich selbst hatte mich gegen ihr Eingreifen wehren können, aber Maks hatte ich nicht schützen können. Und auch jetzt hatte ich keine Idee, wie ich ihm hätte beibringen können, immun gegen sie zu werden.

Erschauernd wickelte ich meine dünne Sweatjacke um meinen Bauch. Sie waren uns wieder einmal voraus – und sie mussten in unsere Köpfe sehen können, ein durchweg gruseliger Gedanke. Es war ganz so, als würde jedes Mal, wenn ich Maks etwas begreiflich machte, ein Signal zu ihnen geschickt werden, sodass sie sich sofort an ihr zerstörerisches Werk machen konnten. Und sie waren schnell. Für einen Moment lang fühlte ich mich wie ein Insekt, das gelähmt in einem Spinnennetz festhing und von Kopf bis Fuß eingewebt wurde, ohne die geringste Chance, sich zu bewegen oder gar seinem tödlichen Schicksal zu entfliehen. Gleichzeitig war ich unsagbar wütend. Wütend auf Maks, weil er so unvorsichtig war und den Ernst der Lage nicht begriff, wütend auf mich, weil ich es ebenfalls gewesen war. Außerdem stand ich vor einem Rätsel, denn obwohl ich stets das Gefühl hatte, von den Männern in Schwarz verfolgt zu werden, griffen sie in mein eigenes Gedächtnis nicht mehr ein. Ich erinnerte mich nach wie vor an alles. War das so, weil sie mit mir viel Grundlegenderes planten, wenn sie mich endlich erwischten? Vielleicht, mir den Kopf gleich von den Schultern zu schlagen, anstatt ihn umständlich umzuprogrammieren? Schließlich stand und fiel die Mission alleine mit mir. Und ich konnte niemanden aus der Erwachsenenwelt um Hilfe bitten, nicht einmal meine Eltern.

Eines war inzwischen jedenfalls so klar, dass ich es nicht mehr übersehen konnte: Sie wollten mit aller Macht verhindern, dass wir Auserwählten uns gegenseitig fanden und unserer Mission nachgehen konnten. Und solange Maks nicht wusste, woher er kam, und Sally weit weg in England weilte, genügte es vollkommen, sein Gedächtnis zu manipulieren. Würden sie das noch ein paarmal tun, würde ich mich freiwillig in die Geschlossene einliefern lassen und sie hätten mich aus ihren Füßen. Wie ich es auch drehte und wendete – ich sah keine Möglichkeit, ihnen zuvorzukommen, und meine Angst vor ihnen war wieder voll da, wie ein unverdaulicher, schwerer Kloß in meinem Magen, den ich immer spüren würde, selbst im tiefsten Schlaf.

Als der Bus die Innenstadt erreicht hatte, hatte die Sonne sich wieder durch die Wolken gekämpft und die Luft roch süß nach nassen Blättern und Blüten. Sobald ich ausgestiegen war, drehte ich mich argwöhnisch einmal um mich selbst, bereit, jeden Moment loszusprinten. Weit und breit waren keine Männer in schwarzen Anzügen zu sehen – aber warum auch? Sie hatten gewonnen. Vorerst, dachte ich grimmig, obwohl ich schon jetzt nicht mehr wusste, woher ich die Energie nehmen sollte, ein weiteres Mal ganz von vorne zu beginnen. Wir drehten uns im Kreis! Und jetzt würde ich auch noch Ärger mit Sam bekommen, weil ich ihr blödes lilafarbenes Einhorn-Fahrrad in Maks' Straße hatte stehen lassen. Sie fuhr zwar kaum mit ihm, aber sie liebte es abgöttisch.

In nachtschwarzer Stimmung öffnete ich das Törchen, marschierte über Hunderte auf dem Boden klebender Blüten zur Haustür, schloss sie auf und wollte gerade »Bin wieder da, bitte lasst mich in Ruhe« rufen, als meine Familie mir zuvorkam – und ihre Stimmen klangen so fröhlich, dass ich fast würgen musste. Fröhliche Menschen konnte ich jetzt nicht ertragen.

»Hallo, Jo-hoss! Komm ins Wohnzimmer!«

»Was gibt denn das, wenn es fertig ist?«, fragte ich humorlos, nachdem ich zu ihnen getreten war, und schmiss meine nasse Jacke in die Ecke. Das Wohnzimmer sah aus, als wollten sie im nächsten Moment eine Überraschungsparty starten. »Ich hab erst im August Geburtstag, falls ihr das vergessen habt.«

»Oh oh«, formte Mama mit dem Mund und warf Papa einen vielsagenden Blick zu, während Sam mit einem seligen Strahlen auf den großen Kuchen schielte, der auf dem Tisch stand, in seiner Mitte ein Marienkäfer aus Marzipan. »Warst du bei Maks?«, fragte Mama vorsichtig.

»Will nicht drüber sprechen.«

Vielsagender Blick Nummer zwei, doch die erschreckend gute Stimmung meiner Eltern blieb. Irgendetwas planten sie und es machte sie geradezu euphorisch – doch was war es nur? Und wieso hing eine riesige »Herzlich willkommen«-Girlande in der Ecke über dem Fernseher? So lange war ich doch gar nicht weg gewesen.

»Gut. Joss, Liebes – wir haben eine Überraschung für dich«, begann Mama, und Papa und Sam nickten eifrig. »Du warst in letzter Zeit nicht sehr – glücklich und deshalb haben wir uns gedacht, du … sagen wir es ihr oder holen wir sie einfach runter?«, unterbrach Mama sich selbst und wandte sich Papa zu.

»Welche sie?«, hakte ich misstrauisch nach. Hatte Mama mir heute Morgen meine Ausrede etwa geglaubt und Justine zu uns eingeladen? Für sie hatte ich jetzt wahrlich keine Energie mehr übrig.

Doch Papa nickte nur eifrig. »Ja, wir rufen sie.«

»Nein, stopp, ihr sagt mir erst, was los ist!« Auf einmal war mir schwummrig, ein unwirkliches, traumähnliches Gefühl, als würde der Boden unter meinen Füßen sich in Pudding verwandeln. Der Luftdruck kam mir unerträglich vor, trotz des reinigenden Gewitters, und obwohl die Kerzen neben dem Kuchen noch nicht angezündet worden waren, schien sich ein grau-roséfarbener Nebel durch den Raum zu bewegen, in watteartig gebauschten Schlieren … Er roch nach Veilchen, stellte ich angewidert fest, und gegen die war ich immer hochgradig allergisch gewesen. Merkten meine Eltern das nicht? Oder war ich in einer Art Vision gelandet, weil die Männer in Schwarz auch in meinen Kopf eingegriffen hatten, auf eine andere Art und Weise als vorher? Begann ich gerade, meinen Verstand zu verlieren?

»Gut, wir verraten es dir rasch«, drang Mamas

Stimme durch den Nebelschleier, der sich permanent veränderte und nun wellig über die Treppenstufen nach oben wanderte. Fiel das denn niemandem außer mir auf? »Es hat sich plötzlich alles ganz schnell gefügt, wie von Zauberhand! Sam möchte ja unbedingt ins Ausland, du brauchst ein wenig Ablenkung und eine gute Freundin, und deshalb haben wir uns vor einigen Tagen bei einem Schüleraustausch-Programm angemeldet und – na ja, heute ist sie schon da.« Mit beiden Armen wies Mama auf die Treppe, wo die zarten Nebel langsam die Wand hinaufkrochen und eine Farbe annahmen, als würden sie vom kitschigsten Alpenglühen aller Zeiten angestrahlt werden. »Penelope! It's your turn!«

Ja, das musste eine Vision sein – anders konnte ich mir die Situation nicht erklären. Rosa Nebel wallte durch unser penetrant nach Veilchen stinkendes Wohnzimmer, Mama sprach plötzlich Englisch und buk aufwändige Torten, Sam sabberte fast vor Glück – das konnte alles nicht echt sein.

Doch es war echt; so echt, dass es wehtat. Ich wusste es in dem Augenblick, als der Fuß Penelopes die oberste Treppenstufe berührte, eingepackt in ein mattgraues wildledernes Stiefelettchen mit keckem Pfennigabsatz, und obwohl ich den Rest ihrer Gestalt noch nicht sehen konnte, spulte mein Kopf bereits einen alarmierenden Déjà-vu-Moment nach dem anderen ab.

Nein, dachte ich panisch und bewegte mich rückwärts, bis ich gegen die Vitrine stieß und stehen bleiben musste. Nein, nicht sie, bitte nicht! Doch, sagte nun auch Fuß Nummer zwei, sagten ihre runden Waden, die in unsäglichen Leggins steckten, doch, sagten ihr langer, wolliger Strickmantel, ihr seidiges Blüschen, die buschigen blonden Locken, ihr herzförmiges Gesicht mit den auffallend rauchigen, benebelt blinzelnden Augen, seinen vollen Wangen und diesem ätzend liebevollen Lächeln.

Doch, ich bin es.

Sally.

»Nein! Nein, das mache ich nicht mit!«, rief ich aufbrausend und stürzte ihr entgegen, weil die Treppe nun mal der einzige Weg nach oben zu meinem Dachboden war und dies der letzte Platz in diesem Haus war, an dem ich jetzt Zuflucht suchen konnte. »Ihr hättet mich vorher fragen müssen, das ist nicht fair!«

»Aber wir … Joss, wir dachten, du …« Hilflos brach Mama ab und auch Papa wirkte schockiert und ratlos.

»Hi, sweety«, hörte ich Sally säuseln, als ich an ihr vorbeirauschte und der Duft nach Veilchen fast unerträglich wurde. Wie die Berührung eines weihnachtlichen Rauscheengels streifte ihr Mantel meinen nackten Arm und der hohe Luftdruck raubte mir sämtliche Kraft. Für einen kurzen Moment wollte ich mich fallen lassen, direkt vor ihre Stiefelettchen (Schuhgröße 36? Das waren Puppenschuhe!), und laut weinend meinen Gefühlen freien Lauf lassen. Doch ich riss mich zusammen, rannte stolpernd weiter und machte erst wieder Halt, nachdem ich die Tür des Dachbodens mit einem lauten »Rumms« hinter mir zugeschlagen hatte.

»Ich will das alles so nicht!«, flüsterte ich anklagend in Richtung meiner Sternwarte und ließ mich rücklings auf die Flickenteppiche fallen. »Das ist nicht fair! Ich will Maks, nicht Sally!«

Was war das nur wieder für eine aberwitzige Fügung? Sally als unsere neue Austauschschülerin, in unserem Haus, konnte das wirklich wahr sein? Oder waren meine Nerven mit mir durchgegangen? Nein, ich hatte sie im Feld sofort als Venus erkannt, und dieses Mal ebenfalls. Sie *war* es. Sie musste es sein, auch wenn ich nicht verstand, warum Mama sie Penelope nannte. Aber hatte Sally denn auch mich erkannt? Schließlich hatte ich mich seit unserer ersten Begegnung auf dem Feld optisch grundlegend verändert. Und kapierte sie auch nur einen Hauch von dem, was hier vor sich ging? Meine Eltern, so viel stand fest, kapierten jedenfalls gar nichts.

»Joss?« Behutsam klopfte Mama an die Tür. »Kann ich einen Moment zu dir reinkommen?«

»Von mir aus«, brummelte ich und setzte mich stöhnend auf. Mamas Fragen würde ich nicht ausweichen können – und vermutlich hatte sie einige davon, genau wie ich. Sie sah etwas blass um die Nase aus, als hätte mein Ausbruch sie erschreckt, und ihr Lächeln wirkte gezwungen.

»Schatz, was ist denn nur los mit dir? Wir wollten dir eine Freude machen, denn wenn Sam erst einmal im Ausland ist …« Mama unterdrückte einen Seufzer. »Dann bist du sicher glücklich, jemanden in deinem Alter hierzuhaben und …«

»Aber nicht sie!«, brach es aus mir heraus. »Nicht Sally!«

»Sally?« Mama blickte mich fragend an. »Wieso denn Sally?«

»Mensch, Mama, das da unten ist Sally, das Mädchen aus dem Feld! Ihr habt euch Sally ins Haus geholt! Kapiert ihr denn gar nichts?«

»Aber das … das kann doch nicht …« Mamas Gesicht wurde starr vor Verwirrung. Als würden ihre Beine plötzlich wackelig werden, setzte sie sich neben mich auf den Boden und zog einen zusammengefalteten DinA4-Zettel aus ihrer Hosentasche, den sie mit leicht bebenden Händen öffnete und glatt strich. »Hier steht ›Penelope S. Miller aus …‹«

»Genau«, unterbrach ich sie eisig. Nun gab es keine Zweifel mehr, sie war es wirklich. »Penelope S., Mama. Penelope Sally Miller. Sally ist ihr zweiter Vorname. Sie ist das Mädchen aus dem Feld, nun glaub mir doch, ich habe sie sofort wiedererkannt!«

»Das – das gibt es doch gar nicht.« Mama lachte perplex auf. »Was für ein Zufall!«

»Allerdings.« Ich verschränkte die Arme fest vor meiner Brust, um ihr zu demonstrieren, was ich von diesem »Zufall« hielt.

»Aber das passt doch gar nicht zusammen!« Mama nahm ihre Brille von der Nase, wie so oft, wenn sie scharf nachdenken musste. »Sie ist höflich und wohlerzogen, interessiert sich für klassische Musik und Kunst, spielt Querflöte, hat ein kleines Kaninchen mitgebracht, ein wirklich süßes Ding, du wirst es lieben … es heißt … ähm …« Mama überlegte. »Irgendwas mit Aldi. Nein, Alde … Aldebar …«

»Aldebaran?«, riet ich in einer plötzlichen Eingebung.

»Ja! Ja, genau, Aldebaran.« Na, das war ja schon fast wieder komisch. Sally hatte ihr Kaninchen nach einem wahren Giganten von einem Stern benannt – er war einer der ersten gewesen, die ich nachts vor mein Teleskop bekommen hatte. Trotzdem war ich mir sicher, dass sie wie Mama nichts von diesen Zusammenhängen schnallte. »Muss ich den kennen? Ist das irgend so ein Teenie-Star?«

»So ähnlich«, erwiderte ich vage und musste trotz meiner Wut grinsen. »Ich bin mir trotzdem sicher. Sie kann so viel flöten und sich für Kunst interessieren, wie sie will. Sie war mit Maks und mir im Feld.« Und sie durfte Maks auf keinen Fall noch einmal begegnen. Jetzt erst wurde mir klar, dass ich das die ganze Zeit heimlich gehofft hatte – dass wir auch ohne Venus weitermachen können und wir sie niemals wiedersehen würden. Dass diese eine Begegnung ausgereicht hatte. Doch die Sterne planten anderes mit uns und ich konnte rein gar nichts dagegen ausrichten.

»Ah. Okay. Ja. Jetzt verstehe ich so langsam. Oh, Joss …« Mama strich vorsichtig mit den Fingerspitzen über meinen Rücken. »Deshalb willst du sie nicht als Austauschschülerin bei uns haben. Wegen Maks … Das verstehe ich. Ist ja auch wirklich ein blöder Zufall. Aber du darfst einem Jungen nicht solche Macht über dein Leben lassen, Liebes.«

»Maks ist mir egal«, log ich mit piepsiger Stimme. »Ich will sie hier nicht haben, basta. Wie lange soll sie eigentlich bleiben? Und wo wird sie schlafen?«

»Der Austausch geht über ein Jahr.« Grundgütiger. Ein Jahr rosa Nebel und Veilchengestank. Das würde ich niemals heil überstehen. »Und sie schläft bei dir, in deinem Zimmer, solange Sam noch bei uns ist.«

»Keine Chance.« Wieder verschränkte ich meine Arme. »Mama, das könnt ihr nicht von mir verlangen! Es ist mein Zimmer, mein Reich!«

»Dein Reich ist hier oben, und wenn dein Vater sich nicht in seinem Musikzimmer austoben kann, wird er unausstehlich, das weißt du doch, Joss. Deines ist größer als das von Sam und du hast ein Sofa, auf dem Sally schlafen kann. Sie hat nur ihren Notenständer aufgestellt und ihre Ballettschuhe an die Tür gehängt, sie wird nicht viel Raum einnehmen, keine Sorge …«

»Ballettschuhe!?«

»Ja, sie wird hier zum Ballett gehen, bei der Tanzschule Sternberger …«

Ich lachte höhnisch auf, was mir nicht sehr gut gelang. Es klang in erster Linie verzweifelt. »Hast du sie dir mal angesehen? Sie ist zu dick für Ballett!«

»Sie ist nicht dick, Joss«, erwiderte Mama streng. »Und ich finde, sie bewegt sich sehr feminin.«

»Pffff«, machte ich, weil mir dazu nichts mehr einfiel. Ich verhielt mich gerade fast so zickig wie Sam während ihrer Tollwut-Phasen, aber ich konnte Mama schlecht den wahren Grund erzählen. Die Plejaden und Venus passten nicht besonders gut zusammen. Zwischen uns lagen Welten. Trotzdem – den entscheidenden Teil davon ahnte sie sowieso. Maks war verrückt nach Sally. Und ich war verrückt nach Maks. Darauf konnte man auch kommen, ohne zu wissen, dass wir Auserwählte waren; dazu genügte eine mittelmäßige Beobachtungsgabe. »Ich schlafe jedenfalls nicht mit ihr in meinem Zimmer. Ich werde hier oben pennen, auf dem Luftbett. Ihr hättet mir echt was sagen müssen, Mama. Es ist schlimm genug, dass ich sie jetzt den ganzen Tag um mich haben werde.«

»Oh, das wirst du doch gar nicht.« Mama nötigte sich erneut zu einem Lächeln und knetete nervös ihre Hände. »Sie wird auf Sams Schule gehen, wegen des musischen Schwerpunkts und der Tanz-AG.« Mama hatte noch nicht fertig gesprochen, als wie zur Bestätigung liebliche Flötentöne die Treppe hinaufwehten, reichhaltig verziert mit allerlei Trillern und heiseren Zwischenfrequenzen. Ich tat so, als müsste ich mir den Finger in den Hals stecken. Mamas Brauen hoben sich erstaunt.

»Joss, ich muss schon sagen – du hast dich ganz schön verändert, nicht nur optisch.«

»Ist doch kein Wunder«, murrte ich etwas friedlicher, denn es gab immerhin ein kleines Glück im großen Unglück, ein winziger Hoffnungsschimmer, an den ich mich klammern konnte. Sally würde nicht auf unsere Schule gehen, sie würde Maks also nicht unweigerlich begegnen müssen. Somit war es von nun an mein Job, dafür zu sorgen, dass die beiden sich nicht über den Weg liefen und Maks mich auf keinen Fall zu Hause besuchen würde – was er vermutlich ohnehin nicht vorhatte. »Alles verändert sich und ich verändere mich halt mit. Warum habt ihr mich nicht gefragt, ob ich überhaupt eine Austauschschülerin haben will?«

Mama schlug die Wimpern nieder – sah ich da einen Hauch von Schuldbewusstsein? »Gut, ja, vielleicht hätten wir dich einweihen sollen. Aber als wir ihre Bewerbung sahen, dachten wir, das könne nur gut werden. Sie hat ausgezeichnete Noten, scheint ein anständiges Mädchen zu sein, und ich bin mir sicher, ihr beiden …« Mama brach ab, als sie meine sture Miene sah. »Ach, komm schon, gib ihr eine Chance, Joss. Sie ist doch ganz fremd hier.« Oh, dieses Gefühl hatte ich nicht. Von unten ertönten nun auch rhythmische Erschütterungen, während die Flöte munter weitertirilierte. Hatte Sally Papa und Sam etwa zum Tanzen animiert? Es klang, als würden zugedröhnte Elfen eine wilde Party feiern. »Und oft sind die Menschen, die man anfangs ablehnt, später die allerbesten Freunde.«

»Nicht in diesem Fall.« Sally und ich Freunde? Nein, das konnte ich mir nicht vorstellen, auch wenn ich kaum ignorieren konnte, welch genialen Schachzug die Sterne mir wieder einmal geliefert hatten. Meine Eltern persönlich hatten Venus zu mir gebracht, direkt in mein Zimmer, unüberseh-, überhör- und überriechbar. Irgendwann würde ich mich damit auseinandersetzen müssen – aber nicht heute. Heute wollte ich nur noch meine Ruhe haben.

»Ich bleibe dabei. Ich penne auf dem Luftbett.«

»Na von mir aus, Joss. Dann schlaf erst einmal hier oben. Ich möchte dich zu nichts zwingen«, gab Mama auf und erhob sich. Ich hatte den Eindruck, dass sie so schnell wie möglich wieder nach unten wollte, um ja nichts von dem lustigen rosa Flötenreigen zu verpassen. »Ich bringe dir nachher einen Teller Suppe und ein Stück Kuchen. Aber morgen reden wir noch einmal in Ruhe über alles, ja?«

Ich nickte nur, doch sobald sie die Tür hinter sich zugezogen hatte, drückte ich mir wie vorhin im Gewitter die Hände auf die Ohren, um von dem Flötengedudel verschont zu werden. Noch immer klebte der süße Veilchengeruch in meiner Nase und wenn ich die Augen schloss, sah ich Sally wieder direkt vor mir, wie sie auf der Treppe stand, umgeben von wallendem Nebel, und mich anlächelte.

Sie hatte so glücklich ausgesehen.

Und ich war so unglücklich.

Wir würden niemals Freunde werden.

LIEBESSPION

»Erschreck mich doch nicht so!«, wisperte ich der Amsel zu, die geckernd vor mir aus einem Busch geflattert war, weil ich mich samt Fahrrad zu nah an ihn gekauert und sie dabei in ihrer Privatsphäre gestört hatte. Doch mein Versteckspiel wäre gar nicht notwendig gewesen. Wie vor dem Gewitter vorgestern Nachmittag war die Straße, in der Maks wohnte, auch heute wie leer gefegt. Entweder hatten die Männer in Schwarz neuerdings die Fähigkeit errungen, sich unsichtbar zu machen, oder ihr Bann, den sie im Feld ausgeübt hatten, war so stark gewesen, dass ich Maks' Gehirn immer nur für Sekunden wachkitzeln konnte.

Ich hatte todesmutig das gesamte Viertel nach ihnen abgesucht, immer fluchtbereit und den Fahrradlenker in den Händen. Zwar zeigten sie sich selten, wenn ich bewusst nach ihnen Ausschau hielt, aber zumindest spürte ich ihre Gegenwart, vor allem, wenn sie in Gruppen lauerten. Doch jetzt war alles, was ich fühlte, die feuchte, klebrige Nachmittagsschwüle, mein leerer Magen und die lähmende Gewissheit, dass ich mich festgefahren hatte. Mein Leben dreht sich im Kreis, dachte ich entmutigt, und wie zur Bestätigung glitten meine Finger über den Fidget Spinner in meiner Tasche, den Julius mir heute zugesteckt hatte. »Vielleicht hilft er dir«, hatte er wissend gemurmelt und ich war so perplex gewesen, dass ich ihn angenommen und in meine Jeans geschoben hatte.

Er fühlte sich ebenso eisig an wie die Luft im Saal, wenn ich mit Julius zusammen zu essen versuchte. Es waren wirklich nur Versuche, mit wechselndem Erfolg. Wir beide taten uns schwer damit, jeder auf seine Weise. Er schaffte es mitunter kaum, seine Gabel unfallfrei zum Mund zu führen, und ich quälte mir das Essen mehr hinein, als dass es ein Genuss war, weshalb der größte Teil meiner Portion unangerührt zurückging. Heute hatte ich ihm sogar sein Schnitzel in mundgerechte Stücke schneiden müssen, weil ihm das Messer immer wieder aus der Hand geglitten war – offenbar tat das gewittrige Wetter seinen Knochen nicht gut. Ich war ihm dabei so nah gewesen, dass ich seinen kühlen Atem auf meinem nackten Unterarm gespürt hatte, und wahrscheinlich hatte er die Gänsehaut gesehen, die dabei über meine Haut gewandert war. Ach, mit Sicherheit hatte er sie gesehen. Ihm entging nichts.

»Bedrückt dich etwas, Joss?«, hatte er wenige Minuten später leise, aber mit kristallklarer Stimme gefragt, nachdem ich aufgegeben und die Haube auf den halb vollen Teller gesetzt hatte, und wie so oft hatte ich nicht sagen können, ob er mich nur provozieren wollte oder seine Frage ernst meinte. Aber selbst wenn er sie ernst meinte, freundschaftlich sogar, und ich ihm von meinen Problemen hätte erzählen wollen – ich hätte es nicht tun können! Was bei uns zu Hause geschah, seitdem Sally alias Venus eingezogen war, war nicht in Worte zu fassen, und erst recht nicht, was es für mich bedeutete.

Mir war es ja beinahe schon lieber, den Männern in Schwarz in die Arme zu laufen, als in Daueranspannung auf meinem Dachboden zu hocken und darauf zu warten, dass endlich alle schlafen gegangen waren und Ruhe einkehrte. Unser kleines Haus war innerhalb kürzester Zeit zu einem Venustempel mutiert, in dem es permanent nach Veilchen stank und ich vor lauter rosa Nebelschwaden manchmal kaum die Treppenstufen erkennen konnte. Als ich gestern Morgen unterirdisch gelaunt in mein Zimmer getreten war, um frische Klamotten herauszusuchen, perlte sanfte Harfenmusik durch den Raum, während Sally auf der Fensterbank in lilafarbenen Leggings, ihrem Nachthemdchen und Ballettschuhen ihre Beine dehnte und dabei mit geschlossenen Augen vor sich hin trällerte. Schweigend hatte ich meine sieben Sachen aus dem Schrank gekramt, in dessen Sockenfach Aldebaran sich eine gemütliche Kuschelecke gebaut hatte, und so schnell wie möglich die Flucht ergriffen.

Noch immer wusste ich nicht, ob Sally mich wiedererkannt hatte. Klares, logisches Denken schien ohnehin nicht zu jenen Fertigkeiten zu gehören, die sie in ihrem Leben anstrebte. Und obwohl Mama und Papa stets betont hatten, wie sehr sie doch meinen aufgeräumten Verstand und meine Intelligenz schätzten, störten sie sich nicht ansatzweise an Sallys impulsiver Dauerzerstreutheit – ja, sie hatten nicht einmal nachgefragt, was sie eigentlich mit Maks und mir mitten in der Nacht im Feld gemacht hatte. Dabei hatte diese Frage sie nach der England-Fahrt tagelang umgetrieben und wir hatten viele unangenehme Gespräche deshalb führen müssen!

Doch nun waren andere Dinge wichtiger. Mamas Rezension eines tausend Seiten dicken historischen Liebesromans war gestern Abend nur so in die Tasten geflossen, während Sam und Sally in der Küche aufwändige und mit pastellfarbenem Glitzer versehene Cupcakes gebacken und sich während der Garzeit gegenseitig Zöpfchen in die Haare geflochten hatten. Papa zupfte in jeder freien Minute hingebungsvoll seine Bassgitarre oder führte epische Gespräche mit seinem Freund Peter darüber, welchen Song sie wie arrangieren könnten, um endlich mal gemeinsam aufzutreten – ein Traum, den Papa eigentlich vor drei Jahren offiziell begraben hatte. Auch seine Leinwand musste wieder für seinen neuen Kreativitätsschub herhalten. Unter Sallys wirrer Anleitung entstanden wildromantische Sonnenuntergänge, die zwar nicht schöner aussahen als Papas frühere Gemälde, an denen er sich aber freute wie ein kleines Kind. Kurz: Meine gesamte Familie stand kurz vor dem Durchdrehen und hatte sich dabei schrecklich lieb, und wie es aussah, war Sally längst Teil dieser Familie geworden. Nur ich gehörte weniger dazu denn je. Selbst wenn ich das Mädchen gemocht und mich noch so sehr bemüht hätte: Eine künstlerische Ader besaß ich nicht.

Deshalb hatte ich nach einer kurzen Stippvisite – Mama las beseelt neue Kommentare zu ihrer Rezension, während Papa pfeifend Farbe an die Leinwand klatschte und sich an einem galoppierenden Pferd versuchte (es sah aus wie ein gereiztes Nilpferd) – beschlossen, mit dem Bus zu Maks zu fahren, Sams Fahrrad aufzulesen und bei dieser Gelegenheit zu schauen, ob Männer in Schwarz sein Haus belagerten. Natürlich hatte ich es in aller unauffälliger Vorsicht getan und stets war ich fluchtbereit gewesen, das Fahrrad dicht bei mir.

Doch nun war ich es leid, nach etwas Ausschau zu halten, das sowieso nur ich sah, und schloss Sams Rad wieder mit verschwitzten Fingern an einer Straßenlaterne fest. Eigentlich war ich auch gar nicht hier, um ernsthaft nach Männern in Schwarz zu suchen, stellte ich frustriert fest. Ich war wegen Maks hier, ohne jegliche Hoffnung, ihn dauerhaft aufwecken zu können. Aber da war etwas in mir, das mich zu ihm zog, und Sorge war eines der Wörter, die am besten auf dieses nagende Gefühl zutrafen.

Denn Maks hatte heute nicht an der Essensausgabe gestanden, als ich unseren Wagen abgeholt hatte, und auch im Hof hatte ich ihn nirgendwo sehen können. Ob er krank geworden war? Einen neuen Mars-Schub erlitt, ohne dass ihm jemand sagen konnte, was da genau mit ihm passierte? Hatte er sich vielleicht mit der Axt irgendeinen Körperteil abgeschlagen und lag schwer verletzt im Krankenhaus – oder hielt er es einfach nicht mehr für nötig, in die Schule zu gehen?

Was auch immer der Grund seines Fehlens war – ich musste es herausfinden und zu ihm gehen, obwohl ich mir tatsächlich langsam vorkam wie eine Stalkerin, die nicht akzeptieren konnte, dass ihr Angebeteter sie nicht wollte. »Ein einziges Mal noch«, beteuerte ich in Gedanken, als ich mir einen Ruck gab und auf sein Haus zulief. »Ich werde nur schauen, ob es ihm gut geht und dann sofort wieder verschwinden.«

Es bewegte sich kein einziges Lüftchen und so hörte ich die Axtschläge bereits zu mir hallen, als ich gerade erst die Haustür erreicht hatte – und wie vorgestern entschied ich, nicht zu klingeln und stattdessen direkt in den Garten zu Maks zu laufen. Vermutlich widmeten seine Mutter und Ed sich wieder bunten Verkaufssendungen, denn das Haus schien fest zu schlafen, als lebten in ihm schon lange keine Menschen mehr. Die Rollläden befanden sich auf gleicher Position wie vorgestern, sodass im Inneren Halbdunkel herrschte, nur bläulich flackernd erhellt von dem laufenden Fernseher.

Auch Maks hatte sich vollends in seine eigene schräge Welt zurückgezogen. Mit zusammengezogenen Brauen und schmalem Mund hieb er auf einen Holzstumpf ein und mir rann ein eiskalter Schauer über das Rückgrat, als ich sah, dass der Boden übersät mit Spänen und Splittern war, die Hütte sich aber exakt im gleichen Zustand befand wie vor zwei Tagen. Maks baute nicht mehr an ihr; er zerstörte nur noch, sinnlos und in blindem Zorn. Ohne mich zu bemerken, schwang er die Axt über seinen Kopf und schlug sie wieder und wieder in den malträtierten Holzstumpf. Seine Arme waren übersät von roten Punkten und bräunlichem, rostartigen Staub und seine Wangen sahen aus wie ein Mosaik aus hervortretenden Adern und weißer Haut, doch trotz der Hitze schwitzte er nicht.

»Maks. Hey … Maks!«

Dunkel und mit trüber Glut in seiner Iris sah er

mich an, ohne mich wahrzunehmen, dann hieb er erneut auf den Baumstumpf ein, als wäre ich gar nicht da. Er wirkte krank, fast so, als würde ihn etwas von innen verzehren und dabei Macht über ihn erlangen. Er hatte sich nicht mehr unter Kontrolle – und ungebremste Mars-Kräfte konnten vernichtend sein, wie ein Flächenbrand. Doch das durfte mich jetzt nicht beeindrucken. Obwohl ich mich damit in Lebensgefahr brachte und mich zwischen ihm und einer Tanne einpferchte, trat ich dicht hinter ihn und griff beim nächsten Schwung an seinen rechten Arm. »Autsch!«, entfuhr es mir und ich riss meine Hand zurück, als hätte ich mich verbrannt. Mein Gott, er glühte ja!

»Maks!« Anstatt ihn anzufassen, schnappte ich mir einen der auf dem Boden liegenden Äste, die der Sturm von den Bäumen gefegt hatte, und schlug ihn leicht gegen Maks' Ellenbogen – eine, wie ich aus leidvoller Erfahrung wusste, höllisch schmerzempfindliche Stelle. Seine Hand zuckte, die Axt rutschte heraus und ich schaffte es, sie mit der Linken abzufangen und so gebremst zu Boden gleiten zu lassen, dass sie mir nicht die Zehen abhackte. Aufgebracht fuhr Maks zu mir herum und geriet dabei ins Schwanken.

»Was soll das!?«

»Hast du heute schon etwas getrunken? Wasser?«

Meine sachliche Frage brachte ihn aus dem Konzept. Eben noch hatte er ausgesehen, als wollte er sich auf mich stürzen und mir den Garaus machen, jetzt kratzte er sich zerstreut in seinen dunkelroten Locken.

»Ich … weiß … nicht … Wasser?«

»Ja, Wasser!«, rief ich ungeduldig. »Deine Lippen sind ganz trocken und reißen auf, du blutest ja schon! Maks, du musst dringend etwas trinken, du bist völlig dehydriert …« Wahrscheinlich hatte er das Trinken schlichtweg vergessen, wie früher so oft – doch nun trainierte er wie ein Bekloppter, und wenn er nicht trainierte, zertrümmerte er Holz. Er war dabei, vor meinen Augen zu verdursten, ohne zu kapieren, was er sich antat! »Warte, ich hole dir ein Glas Wasser … Setz dich hin, bitte. Maks. Setzen!«, herrschte ich ihn an, weil er schon wieder nach der Axt greifen wollte. »Du musst dich ausruhen.« Kurz entschlossen packte ich erneut sein Handgelenk und keuchte auf, weil es so trocken und heiß war, dass es mich schmerzte, doch es gelang mir, ihn nach unten zu ziehen. »Bleib hier im Schatten, ich bin in ein paar Sekunden zurück.«

Im Eiltempo rannte ich über das feuchte Gras der Terrasse entgegen, doch kurz vor den Stufen hielt ich an, als sei ich gegen eine Wand geprallt. Eine böse Vorahnung ließ mich am gesamten Körper erstarren, ohne dass ich etwas sah oder hörte, womit ich sie hätte erklären können. Doch sie war da, wie in einem dieser Horrorfilme, zu denen mich Sam mal überredet hatte und bei denen ich gar nicht erst bis zu dem eigentlichen Schrecken gekommen war, weil mich bereits die Atmosphäre zu Beginn der Filme zermürbt hatte. Während der Held nichts ahnend seinem Alltag nachging, wusste man als Zuschauer ganz genau, dass etwas Furchtbares geschehen würde, tief im Bauch. Man wusste nur nicht, was es sein würde – und nun waren diese Filme Realität geworden. Gleich würde ich etwas sehen und erleben, das ich nicht würde verkraften können, und niemals würde ich mich davon erholen. Vielleicht starb ich sogar dabei.

Schon wollte ich mich umdrehen und an der Terrasse vorbei zur Straße rennen, als ich Maks im hinteren Teil des Gartens gequält aufstöhnen hörte. Ich musste weitergehen. Ich musste! Ich konnte ihn nicht tatenlos seinem Schicksal überlassen, denn das war das, was ich in solchen Filmen am allermeisten hasste. Hier aber war ich kein Zuschauer. Ich war mitten drin! Ächzend zwang ich mich aus meiner Starre heraus und kämpfte gegen meinen Fluchtinstinkt an, der so stark war, dass mir übel wurde und meine Verdauung verrückt zu spielen begann. Wie hypnotisiert saugten sich meine Augen an der offen stehenden gläsernen Terrassentüre fest, hinter der ich wie vorgestern die Hinterköpfe von Frau Treborn und Ed über die Sofalehne ragen sah.

Frau Treborns Pagenkopf sah inzwischen nicht mehr nur zerzaust, sondern verfilzt aus, als habe sie sich seit Tagen nicht mehr gekämmt. Auch das Sofa wirkte schmuddelig und der Teppich war voller Staubflusen, während sich auf der Spüle schmutziges Geschirr stapelte. Trotzdem hatten meine Augen keinen Sinn für derlei Nebensächlichkeiten. Sie klebten an Ed, der plötzlich seine blasse Hand hob und sich mit einer merkwürdig mechanisch wirkenden Bewegung sein Mr. Proper-Tuch vom Hinterkopf schob. Ein hilfloses Wimmern entfuhr mir, als seine Finger sich streckten und entgegen jeglicher körperlicher Logik verdrehten, um eine kleine Klappe in seinem Schädel zu öffnen und zwischen zwei silbrig flimmernden Kabelsträngen eine Art Batterie herauszunehmen – keine Batterie, wie wir Menschen sie erfunden hatten. Nein, sie schien zu rotieren und sendete unentwegt Lichtsignale aus, die in den gesamten Raum schossen und sich dabei ganz auf den zerzausten Schopf von Frau Treborn konzentrierten. Doch die Signale unterbrachen sich immer wieder gegenseitig, als würden sie an Kraft verlieren. Jetzt verschwand das längliche Ding in Eds Hand, bevor er mit der anderen eine neue Batterie in seinen Schädel einpflanzte, um sogleich die Klappe zu schließen und den leeren Akku in seinen Mund zu schieben und mit einem widerlich schmatzenden Geräusch herunterzuschlucken. Nun konnte ich die Lichtsignale nicht mehr sehen, sein Schädel schirmte sie optisch ab. Doch ich machte mir nichts vor – sie waren da, stärker denn je, und sie befeuerten nicht nur Frau Treborn. Vor allem befeuerten sie Maks. Frau Treborn war nur ein willkommener Wirt auf dem Weg zu ihm, mehr nicht. Doch wenn sie Pech hatte, würde sie ebenfalls dabei draufgehen, weil sie alles vergaß, was ihr zuvor wichtig gewesen war – sogar ihren eigenen Sohn.

Mit einem lautlosen Aufschrei fuhr ich herum und rannte zurück zu Maks, der schwer atmend auf dem Boden hockte, sein Blick leer.

»Wir müssen hier weg. Sofort. Maks, komm zu dir, bitte!« Obwohl er immer noch glühte, nahm ich ihn und schüttelte ihn, so gut es mir gelang. »Steh auf, du musst dich jetzt zusammenreißen. Schau mir in die Augen. Maks!« Widerwillig gehorchte er und ich dachte so fest an meine Sterne, wie ich nur konnte, in der Hoffnung, ihr Licht würde sich in meinen Augen zeigen und ihn zur Besinnung bringen. »Du hast hohes Fieber und deine Mutter schläft schon wieder«, redete ich weiter auf ihn ein. »Bitte komm mit mir. Ich brauche dich, Maks. Du musst etwas trinken und gesund werden, für mich, ich pack das ohne dich nicht!«

»Okay … is' gut, Joss … keine Angst … ich komm ja schon …« Den Sternen sei Dank, mein Flehen hatte seinen Beschützerinstinkt erweckt. Es rührte mich, dass er selbst jetzt noch funktionierte, wo er es kaum schaffte, für sich selbst da zu sein. Seufzend kämpfte Maks sich hoch und trotz seiner Gluthitze hakte ich mich bei ihm unter und dirigierte ihn aus dem Garten hinaus auf die Straße. Dem Fenster zum Wohnzimmer widmete ich keinen einzigen Blick; zu groß war meine Angst, Ed damit auf uns aufmerksam zu machen oder gar zu sehen, wie er sich erhob und unsere Verfolgung aufnahm – denn dann war der Horrorfilm endgültig Realität geworden. Immer wieder strauchelte Maks und drohte zu fallen, doch es gelang mir, ihn bis zu meinem Fahrrad zu zerren und ihn dazu zu überreden, sich auf meinen Gepäckträger zu setzen und mit seinen zerschundenen Händen am Sattel festzuhalten. Auf den Bus konnten wir nicht warten und Maks wäre bei der Fahrt sowieso schlecht geworden; ein zu hohes Risiko in seinem Zustand. Er durfte nicht noch mehr dehydrieren.

Ich war dankbar für jeden abschüssigen Weg, den ich nehmen konnte, denn Maks' Gewicht auf dem Gepäckträger brachte mich an meine Grenzen. Zweimal purzelten wir zusammen auf den Bürgersteig, sodass ich ihn laut schreiend dazu überreden musste, sich wieder vom Asphalt zu erheben und auf den Gepäckträger zu setzen. Denn er drohte, ohnmächtig zu werden, sobald er lag. Die letzten Meter durch die Fußgängerzone schob ich das Rad, mit ihm auf dem Gepäckträger, weil ich es nicht mehr schaffte, in die

Pedale zu treten. Ein paar Passanten hielten uns für betrunken und riefen uns wüste Beleidigungen hinterher, doch solange uns keine Männer in Schwarz folgten, war mir alles recht. Noch immer sah ich vor mir, wie Ed mit mutierten, schlangengleichen Fingern die Klappe in seinem Schädel öffnete, und konnte nicht fassen, was ich da beobachtet hatte. Ed war einer von den Männern in Schwarz, er hatte sich getarnt – und sie waren keine Menschen. Ich hatte es nie für möglich halten wollen, doch sie waren keine Menschen. Was sie waren, wusste ich jedoch nicht, und ich war mir auch nicht sicher, ob ich es jemals erfahren wollte.

Doch Maks war ein Mensch, allen Mars-Energien zum Trotz, und er war schwer krank – und nur das zählte jetzt. Alles andere konnte warten. Meine Eltern waren nicht immer einer Meinung, aber sie liebten sich und würden niemals einem Liebesschwindler wie Ed verfallen. In unserem Haus war zu viel Licht, zu viel Harmonie, zu viel rosa Nebel für Kreaturen wie ihn – und zum ersten Mal war ich dankbar für Sallys Venus-Zauber. Hierher würden sie sich nicht wagen.

Keuchend und fluchend schleppte ich Maks, der nun kaum noch selbst laufen konnte, die Stufen zur Haustür hoch, schloss sie auf und fiel zusammen mit ihm in den kleinen, kühlen Flur. Ein Zettel flatterte dabei vor meine Nase, eine Notiz von Papa. »Ich zeige Sally die Stadt, Sam ist dabei. Mama kommt gegen 19 Uhr nach Hause, wir sind um spätestens 20 Uhr zurück. Kuss, Papa.«

Irgendwo zwischen Panik und Erleichterung – Erleichterung, weil Sally nicht hier war, Panik, weil ich ganz alleine einen Verdurstenden verarzten musste – rappelte ich mich auf und stürzte in die Küche, um ein Glas mit Wasser zu füllen und ein Handtuch unter den Hahn zu halten, bis es klatschnass war.

»Ach du Scheiße«, flüsterte ich, als ich es Maks auf die Stirn legte und die dicke Baumwolle zischend zu trocknen begann. Dampfwolken stiegen auf und binnen Minuten war das Tuch nur noch klamm – und sehr, sehr warm. Maks stöhnte leise, seine marmorfarbenen Lider mit den dichten braunen Wimpern fest geschlossen. »So, und jetzt musst du trinken. Kopf hoch.« Ich fasste um seinen Hals und stemmte ihn nach oben, das Brandblasengefühl in meinen Fingern ignorierend. Doch Maks wusste anscheinend nicht mehr, wie man trank. Er verschluckte sich sofort und rang hustend und würgend nach Luft. Erst beim dritten Versuch schaffte er es, einen kleinen Schluck seine Kehle hinunterzubefördern, ohne mich dabei vollzuspucken. Ich war so sehr damit beschäftigt, sein Leben zu retten, dass ich nicht mitbekam, wie sich hinter uns die Haustür öffnete, und entsetzt schreiend zusammenfuhr, als plötzlich ein Schatten auf uns fiel.

»Ja, was ist denn hier los …« Gott sei Dank, es war Mama. Nur Mama. Kein Ed, kein Mann in Schwarz. Hysterisch kichernd ließ ich Maks' Kopf los. »Seid ihr etwa betrunken?«

»Oh Mann, ich werde noch wahnsinnig!« Kurzerhand goss ich den Rest Wasser über Maks' fieberheiße Stirn und drehte mich zu Mama um. »Denkt ihr eigentlich nur noch schlecht über Maks und mich? Er ist nicht betrunken, er ist krank, er glüht vor Fieber und seine Mutter kümmert sich nicht mehr um ihn. Wir müssen ihm helfen!«

»Oh …«, machte Mama bestürzt und griff sich an die Stirn, als begreife sie, auf welchem Holzweg sie sich befunden hatte. »Oh je, in Ordnung, Schatz, natürlich helfen wir ihm.« Sie ließ Handtasche und Einkaufskorb zu Boden fallen, um sich zu uns zu knien und Maks' Stirn zu fühlen. »Himmel, darauf kannst du ja ein Spiegelei braten. – Wir bringen ihn in dein Zimmer und dann …«

»Nein, nicht mein Zimmer!«, protestierte ich mit wedelnden Händen. »Bitte nicht, ich hab Angst, dass sich … dass ich mich dann anstecke und …«

»Joss, du hast ihn eben schon mit beiden Händen angefasst«, erwiderte Mama verwundert und brachte Maks am Türrahmen zum Sitzen. »Ich fürchte, das reicht dicke für eine Ansteckung.«

»Aber meine Hände kann ich waschen und desinfizieren. Meine Matratze saugt sich mit allen Bakterien voll und ich werde doch eh so schnell krank. Bitte nicht mein Zimmer.« Nicht zu Sally. Wir müssen Sally aus dem Weg gehen, solange es möglich ist!

»Na gut, dann kommt er eben in Papas Musikzimmer auf die Couch. Los, Joss, hilf mir, er ist schwer …« Ja, das hatte ich auch schon gemerkt. Doch mit vereinten Kräften ging es besser und Maks war wieder so weit zu sich gekommen, dass er sich alle Mühe gab, uns zu helfen. Nach fünf Minuten Keuchen, Schieben und Zerren lag er neben dem unvollendeten (Fluss-)Pferd auf Papas ausgezogener Schlafcouch und starrte glasig an die Wand.

»Weißt du denn, was er hat? Die Sommergrippe? Oder eine Infektion?«

»Keine Ahnung, aber er hat heute viel zu wenig getrunken und Maks bekommt schnell mal Fieber. Ist so eine Veranlagung.« Ich log nicht. Unspezifisches Fieber war eine von Maks' Lieblingserkrankungen gewesen und er hatte deshalb oft mit erhöhter Temperatur im Unterricht gesessen. Doch jetzt bewegten wir uns in einer ganz anderen Kategorie – und die durfte ich nicht unterschätzen.

»Er müsste eigentlich bei seiner Mutter sein, Joss. Sie muss zumindest wissen, dass er hier ist!« Besorgt blickte Mama auf Maks, dessen Lider wieder kraftlos herabsanken.

»Sie interessiert sich kaum mehr für ihn, ehrlich!«

»Das mag ja sein, aber ich muss ihr Bescheid

sagen, das ist meine Pflicht. Mach du ihm bitte kalte Wadenwickel, ich ruf sie derweil an.«

»Hm«, machte ich verunsichert, doch Mama war schon aus dem Raum gelaufen. Hatte sie kapiert, was sie mir da gerade aufgetragen hatte? Denn ich konnte Maks schlecht Wadenwickel machen, wenn er noch seine Jeans trug. Sie war unten viel zu eng, um sie so weit nach oben schieben zu können. Also musste ich sie ihm wohl oder übel ausziehen. Oh jemine … Umständlich und mit abgewandtem Blick nestelte ich an dem breiten Ledergürtel samt Schnalle und seinen Jeansknöpfen herum, bis ich beides endlich geöffnet hatte und ihm die Hose über seine muskulösen und ebenfalls mit winzigen roten Pünktchen übersäten Beine ziehen konnte. Die Unterhose schaute ich mir gar nicht erst an; ich sah nur aus den Augenwinkeln, dass sie schwarz und eng war, und schon alleine das reichte mir als erster Eindruck dicke; ich war ohnehin schon puterrot geworden. Verlegen schmiss ich die Jeans in die nächstbeste Ecke, flitzte ins Bad, durchfeuchtete zwei Handtücher, nahm zwei trockene dazu und wickelte seine Waden fest darin ein. Wie im Delirium brabbelte er vor sich hin; es klang wie eine fremde, exotische Sprache – und sehr sehnsüchtig.

»Das ist wirklich seltsam, Joss.« Mama war zurückgekommen, bewaffnet mit einem Fieberthermometer und einem weiteren Glas Wasser. Als sie sah, dass ich Maks seine Hose ausgezogen hatte, zuckte sie zusammen, sagte aber nichts. »Beim dritten Versuch hat Frau Treborn endlich abgenommen, aber sie will ihn nicht abholen. Sie meinte, er könne hierbleiben. Wäre ihr ganz recht, sie sei sehr beschäftigt. Was ist auf einmal los mit ihr? Sie ist doch immer eine solche Glucke gewesen!«

»Verliebt«, antwortete ich kurzatmig. Verliebt in einen getarnten Mann in Schwarz – ausgerechnet Frau Treborn. Wie hatte das nur passieren können?

»Oh weh. Armer Maks.« Mitfühlend strich Mama über seine markanten Wangen, unter denen sich immer noch seine Adern abzeichneten. »In einer halben Stunde wird Dr. Gimpert hier sein. Dann wissen wir hoffentlich mehr.« Souverän hob sie seinen Kopf an, um ihm etwas Wasser einzuflößen und sein T-Shirt über seinen wirren Schopf zu streifen, dann ließ sie ihn behutsam zurück ins Kissen gleiten und zog die dünne Couchdecke über seine (wohlgeformte) nackte Brust. »Bleibst du bei ihm, Joss, und kühlst seine Stirn? Ich ruf rasch Papa an und sag ihm Bescheid, dass wir hier einen Notfall haben.«

»Klar bleibe ich bei ihm.«

Nichts würde mich jetzt von ihm weglocken können. Es würden wahrscheinlich unsere letzten Minuten zu zweit sein, ohne Sally, ohne Venus. Nur Maks vom Mars und Joss von den Plejaden, jene zwei Auserwählten, mit denen alles begonnen hatte. In scheuer

Traurigkeit ergriff ich seine linke Hand und verschränkte meine blassen Finger in seinen. Sie regten sich kurz und wieder murmelte er etwas, liebevoll und wehmütig zugleich, wie aus einem dunklen, fernen Traum. »Ich lasse dich nicht alleine, niemals«, flüsterte ich ihm zu. Mit dem freien Handrücken fuhr ich sacht über seine rissigen Lippen, die nie mich hatten küssen wollen, sondern immer nur sie – und wahrscheinlich träumte er sogar gerade von ihr.

Erst, als unten die Haustür klapperte und ich die Stimmen der anderen hörte – Papas sanftes, tiefes Murmeln, Sallys mädchenhaftes Zwitschern und Sams aufgeregtes Plappern – ließ ich Maks' Hand wieder los.

VENUSFLIEGENFALLE

Ich sah den nächsten Schritt so klar vor mir, dass ich ihn nicht mehr ignorieren konnte. In dieser verdammten Sternenmission, zu der ich aus welchen Gründen auch immer ausgewählt worden war, hatte Egoismus keinen Platz, deutlicher konnten die Zeichen nicht mehr werden.

Noch waren Sally und Maks sich nicht begegnet. Mama hatte jeglichen Trubel von ihm ferngehalten, um ihn nicht zu überanstrengen. Herr Dr. Gimpert war wie versprochen nach einer halben Stunde bei uns eingetroffen, hatte aber trotz ausführlicher Untersuchung keine klare Diagnose stellen können. Mama war zuvor beinahe rückwärts umgefallen, weil ihr Fieberthermometer knapp 42 Grad angezeigt hatte, doch als der Arzt bei Maks saß, war seine Temperatur bereits auf 40 Grad gesunken, auch war er wieder einigermaßen ansprechbar. Er hatte Dr. Gimpert glaubhaft vermitteln können, dass ihm nichts wehtue, und mich zwischendurch sogar mit schwerer Zunge gefragt, ob wir eine Axt und ein paar Holzscheite im Keller hätten; er würde sich gerne ein bisschen bewegen. Schließlich nahm der Doc eine Blutprobe, redete etwas von allergischem Fieber, rieb Maks' Arme mit einer kortisonhaltigen Salbe ein, ließ uns ein fiebersenkendes Mittel da und bat Mama darum, ihn schnellstens zu informieren, falls Maks' Temperatur sich wieder der 42-Grad-Marke näherte.

Das tat sie zwar nicht, aber sie fiel auch nicht unter 40 Grad. Und Maks schwitzte nicht. Er trank nicht, er schwitzte nicht und er hatte bisher nicht ein einziges Mal seine Blase leeren müssen. Es war, als ob Lava statt Wasser in seinen Adern floss, die ihn nach und nach trocken legte, bevor er auf Papas Sofa in Eisenoxidstaub zerfallen würde – ein durch und durch marsianischer Tod.

Je länger ich bei ihm saß und ihm Stirn und Waden kühlte, desto weniger konnte ich dem ausweichen, was ich zu tun hatte. Maks musste an seinen Ursprung erinnert werden – und zwar mit weitaus stärkeren, brachialeren Methoden, als es ein Foto von unserer Klassenfahrt zu tun vermochte. Die Methode, die ihm angemessen war, spielte Querflöte, schwebte am liebsten auf Ballettschuhen durch unser Haus und richtete in meinem Kleiderschrank ein Kaninchengehege ein.

Es war so einfach – und doch so schwer. Sally war

meine letzte Chance und das einzige Medikament, das Maks heilen konnte. Wenn er sich bei ihrem Anblick nicht an das erinnerte, was er war, war er nicht zu retten. Dann würde er an sich selbst verbrennen. So war das eben, wenn wir Auserwählten unsere Bestimmung nicht lebten, sofern wir sie einmal erkannt hatten, und offenbar wussten die Männer in Schwarz dies ganz genau. Ihr Plan war raffiniert gewesen, doch das Schicksal hatte uns einen Vorteil verschafft – und so sehr mir dieser Vorteil auch ins eigene Fleisch schneiden würde: Ich musste ihn nutzen.

»Dann hol ich dir jetzt eben deine Planeten-Krankenschwester, du blöder Krieger«, raunte ich seufzend, wechselte ein letztes Mal den Waschlappen auf Maks' Stirn aus und erhob mich, um nach Sally zu suchen. Mama und Papa führten nebenan im Schlafzimmer gerade bemüht leise eine hitzige Debatte, in der mehrmals die Worte »Hose«, »Wadenwickel« und »Maks« fielen. Es hörte sich ganz so an, als werfe Papa Mama vor, was sie mir vorhin aufgetragen hatte, und dass er überhaupt nicht damit einverstanden war, dass ich einem Jungen wie Maks die Jeans auszog. Sam hätte vermutlich ihr Ohr an die Wand gepresst, um auch ja kein Wort zu verpassen, aber wenn ich mich nicht beeilte, war der nächste Mensch, der Maks an- oder auszog, der Bestatter. Auf Zehenspitzen schlich ich an der angelehnten Tür vorbei und ging nach unten, weil ich dort mit Sally rechnete, doch ich fand das Wohnzimmer und die Küche verwaist vor. Also Treppe wieder hinauf. Auch mein Zimmer war unbewohnt – sah man mal von Aldebaran ab, der zufrieden mitten auf meinem Bett hockte und an einer Möhre mümmelte. Also konnte Sally nur noch bei Sam stecken. Vielleicht machten sie zusammen eine Pyjama-Party und drehten sich Locken ins Haar.

Ich lag mit meiner Vermutung gar nicht so falsch. Sam und Sally waren noch putzmunter und schmierten einander begeistert braune Pampe ins Gesicht – Sams berühmte selbst gemachte Heilerde-Maske. Ich hatte das Vergnügen erst einmal gehabt und danach drei Tage lang mit Pusteln gekämpft. Seitdem hatte Sam bei mir Maskenverbot. Doch nun war ja Sally da und es schien ihr zu gefallen, dass Sam ihr mit dem Spachtel im Gesicht herumstrich und dabei unentwegt quasselte. Erst als ich mich vernehmlich räusperte, ließ Sam den Spachtel sinken und die beiden drehten sich fragend zu mir um.

»Sally?«, stieß ich heiser hervor, bevor eine der beiden etwas sagen konnte, und hustete mich frei. Wieder glaubte ich, mich unter einem gewaltigen Tiefdrucksystem zu befinden, das mir sämtliche Zellen zusammenquetschte – und es fiel mir zudem ungeheuer schwer, Sally direkt anzusprechen. Bisher hatte ich das tunlichst vermieden; mehr als ein

»Bitte« und »Danke« bei Tisch hatte sie nicht von mir bekommen. Ihr Deutsch war zudem denkbar schlecht. Die Grammatik schien zwar richtig zu sein, aber sie sprach so verwaschen und undeutlich, dass ich kaum etwas verstand (was Mama, Papa und Sam jedoch herzlich egal zu sein schien).

»Yes, sweety?« Herrgott, warum nannte sie mich nur sweety? Ich war nicht süß! Und selbst wenn – ich wollte von ihr nicht so genannt werden.

»Kannst du mal mitkommen? Aber mach das da …« Mit spitzem Zeigefinger deutete ich auf den Tiegel mit der braunen Schmiere, »… vorher bitte ab, ja?«

»Du willst auch?«, nuschelte sie und tippte auf ihr braunes Gesicht.

»Nein! Nein. Du sollst es abmachen. Weg damit!« Mit einer Geste verdeutlichte ich, was ich meinte. Sams Unterlippe wanderte schmollend nach vorne.

»Och Mensch, Joss, wir haben die Maske gerade erst draufgemacht, sie muss doch noch einwirken! Sonst ist alles umsonst!«

»Ich muss Sally etwas Wichtiges sagen. Du kannst sie von mir aus die nächsten Wochen jeden Tag vollkleistern, aber jetzt muss ich sie dir entführen.«

Sam knurrte leise, nahm ein paar Kosmetikpads und begann, Sally die Maske vom Gesicht zu wischen, während ich stumm in der Tür wartete und mich vor dem fürchtete, was gleich vor meinen eigenen Augen passieren würde. Es aus einiger Entfernung und bei Dunkelheit im Kornkreis zu sehen, war verletzend genug gewesen – nun würde ich in der ersten Reihe sitzen, ganz nah dran. Weglaufen konnte ich vor diesem Moment nicht, denn ich musste das Wiedersehen von Mars und Venus filmen – für den Fall, dass Maks das, was dabei mit ihm und in ihm passieren würde, erneut vergessen sollte. Trotz des Veilchengeruchs atmete ich tief ein, sobald Sallys rundes Gesicht wieder schlammfrei war, und winkte sie zu mir. Als sie aufstand und mir entgegenlief, schien ein warmer Hauch durch das Zimmer zu wehen, wie ein schwüler Sommerwind kurz vor einem Hitzegewitter, und Sam schaute ihr mit großen Augen nach, als werde sie gerade von der Liebe ihres Lebens verlassen.

»Wir haben Besuch«, erklärte ich Sally im Flur langsam und überdeutlich. Sie nickte nur, als wisse sie das schon. »Ich glaube, du solltest ihn sehen.« Zu kompliziertes Deutsch? Verstand sie mich? »Ach, komm einfach mit.« Mit einem stacheligen Piksen im Herzen wandte ich mich von ihr ab und ging voraus zu Papas Musikzimmer. Die Stimmen hinter der Wand zum Elternschlafzimmer beruhigten sich etwas, nachdem wir an ihr vorübergelaufen waren, und als ich die Klinke zu Papas Raum herunterdrückte, hörte ich hinter uns das Rascheln von Stoff und ein Kussgeräusch. Meine Eltern hatten sich versöhnt und ich führte Venus gerade zu Mars – die Liebe in diesem Haus war wirklich kaum auszuhalten.

Lautlos, aber begleitet von wabernden rosa Nebelwölkchen, die sich munter am Boden ausbreiteten, folgte Sally mir in den Raum hinein. Maks lag auf der Couch wie ein schwer verletzter, dem Tod geweihter Soldat, für den es keine Hoffnung mehr gab. Kein Jammern, kein Betteln, kein Verhandeln kam über seine rissigen Lippen – er begegnete seinem langsamen Sterben stumm und würdevoll, kämpfte seinen Kampf für sich alleine. Ein leises Aufseufzen, das aus tiefstem Herzen kam, verriet mir, dass Sally ihn erkannt hatte, und ich hob langsam mein Handy, um die Kamera zu aktivieren und auf »Aufnahme« zu drücken.

Doch meine Augen schauten nicht auf das Display. Es wäre leichter für mich gewesen, viel leichter, aber sie wollten keine Distanz. So sahen sie auch das, was die Kamera gar nicht aufzeichnen konnte. Plötzlich war Sally kein pummeliges Mädchen mit farblosem, krausen Haar und undefinierbarer Figur mehr. Weich und in perfekten Drehungen fielen ihre schimmernden Locken über ihren Nacken und streiften ihre zartrosa Wangen, als sie sich in unvergleichlicher Anmut an Maks' Bett setzte, um ihre schlanke Hand zärtlich über seinen Arm streichen zu lassen. Sie war so präsent und klar, dass sie den ganzen Raum überstrahlte, und selbst ich bekam auf einmal Lust, zu singen und Bilder zu malen und die ganze Nacht zu tanzen – und mich zu verlieben, immer und immer wieder. In wen ich mich verliebte, war dabei nebensächlich; ich tat es, um das Gefühl der Verliebtheit zu erleben und auszukosten. Nur das zählte.

In dem Moment, in dem eine ihrer Ringellocken Maks' Schulter berührte, schlug er seine Augen auf und die dunkle, ungesunde Glut in ihnen wich binnen Sekunden einem hellen, sinnbringenden und wärmenden Feuer, in dem eine immense Kraft lag und das ganze Welten verändern konnte. Ich konnte schier zusehen, wie das Fieber in ihm zu sinken begann – und auch spürte ich, wie sein Erinnern heimkehrte. Er erkannte sich in ihr, denn er war ihr Gegenstück. Sie passten zusammen wie die zwei Hälften einer zerbrochenen Vase. Jetzt gab es keine schwarze Macht, die verhindern konnte, dass Maks die Dimension seiner Liebe zu ihr begriff. Nur ich war hier und meine Gegenwart schien das, was zwischen ihm und Sally geschah, sogar noch zu verstärken. Das Zimmer barst vor Energie. Selten war ich meinen Sternen so nahe gewesen.

Ich hatte einen großen Schritt getan, einen selbstlosen Schritt, der Mission zuliebe. Doch trotz meines Wissens, richtig gehandelt zu haben und etwas zu erleben und zu sehen, was allen anderen Menschen verschlossen bleiben würde, fühlte ich mich hundeelend dabei. Ich konnte mir nichts mehr vormachen. Maks und Sally gehörten zusammen.

»There you are …«, wisperte Sally kaum hörbar, pustete Maks eine Strähne aus der Stirn und wandte sich langsam zu mir um. Gott, war sie schön … Schaumgeboren, dachte ich überwältigt und vergaß meinen Kummer. Hatte ich das nicht über sie gelesen, war Venus in der antiken Mythologie nicht aus dem Schaum des Meeres geboren worden? Ja, genau so sah sie aus, nicht greifbar, nicht von dieser Welt, aber selbst ich wollte ihr nahe sein und in ihre Anmut eintauchen. Doch als unsere Blicke sich begegneten, schwand die Vision so schnell, wie sie gekommen war, und vor mir saß wieder eine schlecht angezogene, kraushaarige Britin mit leicht debilem Lächeln und einem Frohsinn, der kaum zu ertragen war.

»Welcome back again«, murmelte ich tonlos und stoppte die Handyaufnahme, sah Sally aber fest an. »Du weißt, wer Maks ist?«

»Yes. The boy in the field …«

The boy. Okay, ich musste da wohl noch ein paar Dinge erläutern und fühlte mich schon jetzt viel zu müde dazu. Und verwundet obendrein. Ich hatte absolut keine Energie mehr für planetarische Aufklärungsarbeit.

»Maks, weißt du denn …?« Ich führte die Frage nicht weiter, als sein Blick mir begegnete. Er wusste.

Oh ja, er wusste wieder, wer er war. »Weißt du auch, wer *sie* ist?« Ich wies mit dem Daumen auf Sally.

»Ja, klar, das Mädchen aus dem Feld. Sally.«

»Oh, ich hab langsam keine Geduld mehr …« Seufzend ließ ich mich auf Papas Gitarrenhocker nieder und stützte mein Gesicht in meine Hände. Die Planetenwesen hatten sich erkannt, die Menschen nicht. Dafür war ich zuständig und ich wollte eigentlich nur noch eines: Schlafen. Aber ich konnte jetzt keine Pause machen. Nach dem Arztbesuch hatte Mama Frau Treborn für morgen Nachmittag zu uns bestellt, um ihr ins Gewissen zu reden, und wenn wir Pech hatten, brachte sie Ed mit. Bis dahin musste ich Maks und Sally berichten, was ich beobachtet hatte, damit wir einen Plan schmieden konnten, wie wir Maks vor einem neuerlichen Erinnerungsraub schützen konnten – und vorher mussten sie sich darüber im Klaren sein, wer sie waren und warum wir einander gefunden hatten. Wir hatten also eine Nachtschicht vor uns. Ausatmend nahm ich die Hände von meinem Gesicht und richtete mich auf.

»Maks, was macht dein Fieber? Wie geht's dir?«

»Viel besser. Ich habe Durst und Hunger und fühle mich nicht mehr so … verbrannt«, brummte er stirnrunzelnd.

»Okay. Da drüben liegt deine Hose.« Ich ignorierte die Hitze, die in meine Wangen kroch. »Ich bringe dir gleich einen Teller Suppe und einen Schokoriegel.

Wasser steht auf dem Nachttisch. Bist du fit genug zum Reden?«

»Auf jeden Fall.« Ich musterte ihn prüfend, ich wusste ja, dass er gerne den Helden mimte, auch wenn ihm gar nicht danach war. Doch Sallys Gegenwart wirkte Wunder. Selbst die Punkte auf seinen Armen waren bereits blasser geworden. »Guck mich nicht so an, Joss, ich bin okay!«

»Na gut. Wir treffen uns in einer halben Stunde oben auf dem Dachboden, wir drei. Seid bitte leise, Mama und Papa sind wahrscheinlich gerade schlafen gegangen. Wir haben etwas Lebenswichtiges zu besprechen.«

Ich klang militärisch, doch zu meinem Erstaunen nickte Maks nur knapp und Sally zuckte lediglich mit den Schultern, als gehöre Schlafen sowieso nicht zu den Dingen, die sie nachts gerne tat. Da hatten wir immerhin etwas gemeinsam.

Meine Gelenke knackten, als ich zehn Minuten später hoch auf den Dachboden lief, um noch ein wenig alleine sein zu können, bevor ich Maks und Sally verkündete, dass sie ein kosmisches Liebespaar waren. Ich fühlte mich fast krank vor Erschöpfung und das Gähnen schmerzte in meinem Hals. Trotzdem sah ich mir die Handyaufnahme von Maks' und Sallys Wiedersehen an, sobald ich mich auf die Flickenteppiche gesetzt hatte, und vergaß vor Staunen fast zu atmen.

Die Aufnahme war voller schillernder Lichtpunkte – hellblau, altrosa, magentafarben und dunkelrot, und sie wurden unentwegt kleiner und größer, veränderten ihre Form und ihren Platz. Von Maks und Sally war kaum etwas zu erkennen, auch Sallys Stimme war nicht zu hören.

Etwas anderes, Mächtigeres war in diesem Augenblick stärker gewesen als wir Menschen, hatte sich in den Vordergrund gedrängt, die ungefragte Hauptrolle eingenommen.

Es war unsere Planeten-Energie gewesen.

Ich würde sie nie wieder ignorieren können.

PLANETARES A.D.H.S

»Gut, dann können wir loslegen«, entschied ich gähnend, nachdem Maks mir glaubhaft versichert hatte, dass er sich müde, aber gesund fühle, ausreichend Wasser getrunken, die Suppe und den Schokoriegel gegessen habe und sich wieder an alles erinnere. Er komme vom Mars, es gebe Männer in Schwarz, die mir aufgelauert hatten und aufs Feld gekommen waren – und er hatte die Entstehung des Kornkreises so detailliert nacherzählen können, dass auch meine letzten Zweifel geschwunden waren. Wen das alles jedoch überhaupt nicht zu interessieren schien, war Madame Venus. »Sally!«, rief ich entnervt, als ich beim Aufschauen bemerkte, dass sie schon wieder aus unserem Flickenteppich-Sitzkreis verschwunden war und in der hinteren Ecke des Dachbodens eine Kiste mit alten Bildern von Papa gefunden hatte, in der sie summend und mit beiden Händen herumkramte. »Komm wieder zu uns und hör mir bitte zu!«

»Such a nice guy …«, gurrte sie betört, ohne meinen strengen Ton zu beachten, und ließ sich mit einem Foto aus Papas Jugendtagen – 80er-Mode-Desaster samt 80er-Frisur-Desaster – auf mein Luftbett fallen, um die Aufnahme mit geschürzten Lippen zu betrachten.

»Ja, und der Ehemann deiner Gastmutter«, knurrte ich und drehte mich wieder zu Maks um, der Sally mit einem gelassenen (und ebenfalls betörten) Grinsen bedachte und nur mit den Schultern zuckte. »Hat sie ADHS oder was?«, fragte ich gereizt. »Sie hört mir einfach nicht zu!« Seitdem wir zusammengekommen waren, um unsere Nachtschicht anzugehen, ließ sich Sally von allem ablenken, was es auf diesem Dachboden gab – und es gab hier oben einiges. Erst hatte sie Horst ein englisches Liedchen vorgesungen, obwohl der sich schon längst im Schlafmodus befand und nicht einmal den Kopf unter dem Flügel hervornahm, dann hatte sie neugierig durch meine Teleskope geschaut (die Schutzklappen waren vor den Linsen, aber das hatte sie nicht großartig gestört), dann stürzte sie sich auf Mamas alte Nähmaschine, durchwühlte Papas Plattensammlung, stöberte in meinen Büchern und alten Schulunterlagen – und war bislang nicht in der Lage gewesen, mir länger als einen halben Satz zuzuhören. Ich kam mir vor wie eine überforderte, restlos gestresste Lehrerin kurz vor ihrem ersten Burnout.

»Dann reden wir beide halt erst einmal«, schlug Maks vor. »Lass sie einfach. Versteh eh nicht, wieso sie dabei sein muss. Ist lieb von dir, aber …«

»Weil sie von der Venus kommt, du Doofkopp!«, zischte ich. »Sie ist eine Auserwählte wie wir und ich frage mich ernsthaft, warum nur ich das sehe, wo dir doch ständig der Sabber aus dem Mund läuft, wenn du ihr begegnest!«

»He, he, jetzt mach mal langsam.« Maks hob abwehrend die Hände, doch sein seliges Grinsen blieb. »Ich sabber nicht. – Echt, bist du dir sicher? Sie kommt von der Venus? Ich dachte, du wolltest mich mit ihr zusammenbringen, damit ich wieder gesund werde.«

Statt einer Antwort warf ich ihm ein paar Bücher vor die Füße, die ich in den letzten beiden Tagen sicherheitshalber nach Venus-Merkmalen durchforstet hatte. Überall Volltreffer. »Hier, lies selbst. Bei ihr gab es nichts zu deuteln und es ging bei meiner Zusammenführung auch nicht um euer Liebesleben. Ihre Energie war die Medizin, die du gebraucht hast. Keine Ahnung, ob du das auch wahrnimmst oder nur ich die Ehre habe, aber sie ist umgeben von graurosa Nebel und stinkt nach Veilchen. Und sie wickelt jeden um ihre dicken Finger. Meine ganze Familie ist in einen nicht enden wollenden Kreativkollaps gerutscht, seitdem sie bei uns ist … Es ist ätzend.«

»Ah … jetzt kapier ich langsam …« Maks hatte in

einem der Astrologie-Bücher geblättert und sofort die passende Stelle gefunden – ich sah es an der Grafik, einer alten Statue von Ares samt Aphrodite. »Venus und Mars. Die Göttin der Liebe und der Gott des Krieges …«

»Jepp. Das Dream-Team des Universums. Aber Maks, dieser Punkt ist jetzt nicht der entscheidende.« Ich legte eine Pause ein, um seine Aufmerksamkeit zu wecken. Endlich hob er seinen Blick. »Ed ist einer von den Männern in Schwarz. Er hat sich getarnt und deine Mutter benutzt, um in dein Gedächtnis eingreifen zu können.«

Das Buch rutschte aus Maks' Händen und sein Unterkiefer fiel herab. Ja, das war ein Hammer – und ich nutzte sein geschocktes Schweigen, um sofort weiterzuberichten, ganz gleich, was Sally hinter uns davon mitbekam und verstand oder nicht verstand (vermutlich Letzteres). Ich erzählte ihm haarklein, was ich heute Nachmittag auf der Terrasse beobachtet hatte, und dass eines sicher war: Die Männer in Schwarz waren keine Menschen.

»Das ist … Mann … das … Joss, ist dir klar, was du da gesehen hast?«

»Nein, eigentlich nicht. Ich hab keine Ahnung, was Ed für ein … Ding ist«, antwortete ich erschauernd und auch Maks verzog angeekelt den Mund. »Aber Menschen haben keine Batterien im Kopf und können ihre Hände nicht in Krakenarme verwandeln.«

»Ja, aber du weißt jetzt definitiv, dass wir Menschen nicht die einzige Spezies auf dieser Erde sind! Wir Menschen …«, äffte Maks sich selbst nach und schüttelte den Kopf. »Richtige Menschen sind wir ja auch nicht.«

»Vom biologischen Material her schon«, entgegnete ich nüchtern. »Aber Ed hatte definitiv anderes Material. Was ist er nur?«

»A.I.«, tönte es rauchig von meinem Luftbett und seine Kammern knarzten, als Sally sich zu uns drehte. Irritiert blickten Maks und ich sie an. »Yes. A.I.«

»A.I.?«, wiederholten wir im Chor. Hatte sie uns doch die ganze Zeit zugehört – und verstand sie so viel Deutsch, dass sie wusste, wovon wir sprachen? Sie nickte nur, als sei das selbstverständliches Allgemeinwissen, und zog ein weiteres Foto aus dem Kasten, um kichernd darüberzustreichen. Es zeigte Papa im Alter von vier Jahren, wie er splitternackt an der Ostsee eine Sandburg baute. Am liebsten hätte ich es ihr aus den Fingern gerissen.

»A.I. Moment. War das nicht ein Film?« Maks schnappte sich sein Handy und öffnete Google. »Ja, hier steht es, ein Film von Spielberg. Da geht's um künstliche Intelligenz. Mit A.I. sind Roboterwesen gemeint.«

»Die Männer in Schwarz sind doch keine Roboter!«, rief ich entrüstet. Sally musste das mit der Batterie und seinem Kopf aufgeschnappt und ihre kruden

Schlussfolgerungen daraus gezogen haben – wahrscheinlich dachte sie, wir redeten tatsächlich nur über den Kinofilm. »Aber selbst wenn sie Roboter wären – wozu?! Und wer hat sie gemacht?«

Eine Bewegung hinter mir ließ mich erneut herumfahren. Sally deutete vielsagend mit dem Daumen nach oben, während sie mit der anderen Hand durch die Bilder fächerte, die inzwischen mein gesamtes Bett bedeckten.

»Die weiß was, Joss …«, flüsterte Maks und packte meinen Unterarm. Seine Finger fühlten sich immer noch sehr warm an.

»Da bin ich mir nicht ganz sicher«, flüsterte ich zurück. »Vielleicht hat sie auch einfach nur einen Sprung in der Schüssel. – Sally!«, rief ich im freundlichsten Lehrer-Mutter-Ton, den ich aufbringen konnte. »Komm mal bitte zu uns. Hierhin.« Resolut deutete ich auf den Platz zwischen Maks und mir. »Setz dich.« Nun galt es schnell zu sein. Ich musste ihre kurze Aufmerksamkeitsspanne gnadenlos ausnutzen. »Was hast du im Feld gesehen, bevor wir uns begegnet sind?« Verständnislos blinzelte sie mich an. Na, prima. Mama und Papa hatten Sam und mir untersagt, Englisch mit ihr zu sprechen, das Austauschprogramm wolle das nicht. Schließlich sollten die Gastschüler sich in ihren Deutschkenntnissen üben, und das gelänge nicht, wenn wir sie davon befreiten. Doch auf meinem Dachboden herrschten andere Regeln. Ich kramte mein bestes Schulenglisch hervor und übersetzte meine Frage. Ein glückliches Lächeln trat auf Sallys rundes Gesicht. »Aaah … the crop circle. Such a beautiful big crop circle!«

»Bingo. Crop circle. – Das heißt Kornkreis!«, half ich Maks auf die Sprünge. »Also weiß sie immerhin, was wir da gesehen hatten!« Sofort bombardierte ich sie mit weiteren Fragen, halb auf Englisch, halb auf Deutsch, und Maks half, so gut er konnte. Zweimal mussten wir sie wieder zurück in unsere Mitte ziehen, weil sie irgendetwas gesehen hatte, das sie sich dringend anschauen wollte, aber nach erschöpfenden fünf Minuten Kreuzverhör waren wir etwas schlauer. Ihre Eltern waren, wenn ich das richtig verstanden hatte, Naturwissenschaftler und leidenschaftliche Skeptiker, die beweisen wollten, dass Kornkreise von Menschen erschaffen wurden. Deshalb waren sie in dieser Nacht in Avebury unterwegs gewesen, denn in dieser Gegend tauchten die meisten Kornkreise auf. Die Gegend war so etwas wie das Kornkreis-Mekka der Erde, das hatte ich inzwischen recherchiert, und so verbrachten Sallys Eltern immer wieder Zeit dort, um endlich hieb- und stichfeste Belege dafür zu liefern, dass jeder Kornkreis menschengemacht war. Gelungen war ihnen dies allerdings nicht – was mich nicht wunderte, nachdem ich Zeuge davon geworden war, wie einer binnen Sekunden entstanden war. Tja, und während einer ihrer

Recherche-Ausflüge war Sally ihnen entwischt – dieses Phänomen war mir ja nun bekannt – und in unseren Kreis gelaufen.

Sie war ohnehin der festen Überzeugung, dass die Kornkreise von Aliens kreiert wurden, die auf diese Weise mit uns kommunizieren wollten und uns außerdem hin und wieder nachts entführten, um mit unserer DNS zu experimentieren – genauso wie sie keinen Zweifel daran hatte, dass wir Menschen einst von Außerirdischen als Sklavenrasse erschaffen worden waren, um ihnen zu helfen, Gold abzubauen, das sie für ihr Imperium und ihre Kriege benötigten. Ja, und seit ihrer Kindheit stünde sie mit den Hathoren in Kontakt; Klangwesen aus der vierten Dimension, von denen sie ihre Eingebungen für ihre Flötenstücke bekam und die wirklich sehr, sehr liebevolle Kreaturen seien (wer war das in Sallys Augen nicht?). Insofern waren für Sally auch die Männer in Schwarz von Aliens erschaffene Kreaturen, die uns Menschen in großem Stil manipulierten und dirigierten. Wozu genau, konnte sie uns leider nicht verraten. Überhaupt waren Logik, Wissenschaft und Fakten für sie eine unbedeutende Nebensache.

Nachdem wir sie hatten ziehen lassen, um meinen Pyjama glatt zu streichen und zusammenzulegen und das Luftbett für die Nacht herzurichten, sahen Maks und ich uns schweigend an, ratlos, was wir von all dem halten sollten. Es war bunt, wirr, chaotisch – und das Einzige, was uns davor bewahrte, laut loszulachen oder Sally für verrückt zu erklären, war die Tatsache, dass sie nun mal eine Abgesandte war. Wir durften uns nicht über unsere Kollegen lustig machen, auch wenn ihre Darbietungen ein gefundenes Fressen waren.

»Los, frag sie«, forderte Maks mich schließlich halblaut auf.

»Was?«

»Na, frag sie direkt.« Maks wies mit dem Kinn zu Sally und dann zu meinem Teleskop. »Ob sie weiß, dass sie von der Venus kommt.«

»Sure I am a Venus«, antwortete Sally gleichgültig und schüttelte mein Kopfkissen aus. ADHS hin oder her – sie hatte ein verteufelt gutes Gehör.

»Ich wollte nicht wissen, ob du eine Venus bist, sondern ob du von der Venus *kommst* …« Stöhnend rieb ich über mein Gesicht. Gott, war ich müde. Ich hatte erst zwei andere Auserwählte gefunden und die Zusammenkünfte mit ihnen waren schon jetzt eine reine Geduldsprobe.

»We all come from outer space. Wir sind … dust from the stars …«

»Sternenstaub«, übersetzte ich gereizt. »Ja, gewissermaßen sind wir das, in deiner Welt sowieso, aber das meine ich nicht. Ich meine auch keinen esoterischen Heiteitei. Ich habe einen Auftrag, Sally! *Wir* haben einen Auftrag, wir müssen die … Erde retten«, schloss ich entmutigt, denn meine Worte verhallten ungehört. »Das darf echt nicht wahr sein!« Sally hatte sich in mein frisch gemachtes Bett gekuschelt und war in Sekundenbruchteilen fest eingeschlafen, noch während ich geredet hatte. Sie gab sogar ein leises, zartes Schnarchen von sich. »Ich verlier noch meinen Verstand …«

»Ach, reg dich nicht auf, Joss«, versuchte Maks mich zu besänftigen. »Ist doch irgendwie süß, oder?«

»Süß? Sie ist nicht ganz dicht!« Was hatte ich alles unternehmen müssen, um Maks zu beweisen, dass er vom Mars kam – und für Sally war längst klar, dass wir von den Sternen stammten. Sie glaubte ja sogar, mit Wesen aus der vierten Dimension in Verbindung zu stehen! Selbst in meinen kuriosesten Büchern war mir so etwas nicht begegnet; ich wusste nicht einmal, was die vierte Dimension überhaupt war. Was Sally jedoch überhaupt nicht klar war, war die Tatsache, dass in unserer Sternenzugehörigkeit auch eine Verantwortung lag. Eine Aufgabe!

»Maks, ich meine das ernst. Eines habe ich dir nämlich noch gar nicht gesagt. Ich erinnere mich wieder an unseren Auftrag. Er fiel mir ein, als Sam mir – naja, mein neues Aussehen verpasst hat.« Maks unterdrückte mühsam ein Gähnen. Er musste sich wie ich am Rande seiner Kräfte bewegen, doch mit seinen Augen signalisierte er mir tapfer, dass ich weitersprechen sollte. »Ich habe die Aufgabe bekommen, die Erde zu retten. Frag mich nicht, wie das gehen soll, und bisher wusste ich gar nicht, dass sie überhaupt gerettet werden muss. Aber ich brauche dazu die anderen Auserwählten und die Männer in Schwarz wollen das verhindern. Nun wissen wir außerdem, dass sie keine Menschen sind, sondern irgendwelche Apparate in ihrem Kopf haben. Das ist alles kein Spiel mehr, Maks. Sie haben deine Mutter gekapert, um ihr Ziel zu erreichen!«

Maks' winziger Adamsapfel zuckte; ein Zeichen von Nervosität und Anspannung, obwohl er äußerlich ruhig blieb. Sally hatte einen guten Einfluss auf ihn, ich konnte es nicht leugnen. Seitdem wir hier oben zusammensaßen, wirkte er konzentriert und ausbalanciert, bekam weder Wutanfälle noch wollte er etwas (oder sich selbst) zerstören. Und seine Ausgeglichenheit wiederum nahm mir ein wenig von meiner Furcht.

»Sie muss sich von ihm trennen«, erwiderte er nach einer kleinen Schweigepause kratzig. »Das ist der erste Schritt. Ohne den können wir keinen weiteren gehen. Sie ist meine Mum.«

»Ja, das muss sie auf jeden Fall.« Aufmerksam studierte ich Maks' Regungen. Dachte er das Gleiche wie ich?

»Glaubst du denn, sie ist in Gefahr?«, sprach er meine Gedanken in der nächsten Sekunde aus. »Dass er ihr etwas antun könnte?«

»Ich weiß es nicht«, gestand ich. »Sie stellt für die Männer in Schwarz ja kein Hindernis dar. Das tun nur wir. Oder? Oder denkst du, wir sollten zu ihr fahren und – etwas unternehmen?« Ich konnte mir nicht vorstellen, wie ich die Kraft dazu aufbringen sollte. Auch Maks war blass um die Nase und unter seinen Augen lagen dunkle Schatten.

»Nein, das wäre zu auffällig. Außerdem war er nie über Nacht bei uns. Ja, stimmt, er hat nie bei Mutter übernachtet.«

»Wahrscheinlich hängt er nachts in der Ladestation«, mutmaßte ich sarkastisch und erschauerte erneut. Wo hausten diese Wesen nur? Und wo hatten sie ihr technisches Equipment untergebracht? Doch Maks war zu sehr in Gedanken versunken, um meinen Humorversuch zu würdigen.

»Ja, er war immer nur nachmittags bei uns, wenn ich da war«, sprach er langsam weiter. »Und dann haben sie zusammen ferngesehen und ich hab an der Hütte gebaut und gegen Abend ist er verschwunden – meistens dann, wenn ich zum Studio gefahren bin.« Grübelnd starrte er auf seine Hände. »Es ging also immer nur um mich … nie um sie …«

»Ja, und du darfst das auf keinen Fall wieder vergessen, hörst du? Deshalb musst du in Sallys Nähe bleiben, wenn deine Mutter morgen kommt, denn wahrscheinlich wird sie Ed mitbringen.« Es tat mir weh, ihm einen solchen Auftrag zu geben, doch Sally war Maks' kosmisches Sicherheitsseil. So schräg ihr Weltbild auch sein mochte – wir brauchten sie und ihre Venus-Magie. »Wir verschanzen uns hier oben auf dem Dachboden und schauen aus dem Fenster, dann sehen wir, ob Ed dabei ist. Wenn er nicht mitkommt, kann ich versuchen, mit deiner Mutter zu reden.« Ich hatte keine zündende Idee, was ich ihr sagen sollte; die Wahrheit war schließlich tabu. Ich wusste nur, dass Maks mit Sally hier oben bleiben musste und es mein Job war, die Sache zu regeln. »Wenn er mitkommt, dann ...« Schulterzuckend verstummte ich. Keine Ahnung, was dann war. Ed war kein Mensch, ging es mir erneut durch den Kopf. Er konnte seine Finger mutieren lassen, besaß unsichtbare Antennen, mit denen er über Lichtsignale seine Mitmenschen manipulierte, musste ab und zu seine Akkus auswechseln und konnte seine Gegenüber dafür in Trance versetzen, sodass sie nichts davon mitbekamen. Jemand wie Ed – oder sollte ich sagen: Etwas wie Ed? – brauchte offenbar die Nähe seiner Opfer, um sie beeinflussen zu können, und es gab nur ein einziges Erdenwesen, bei dem dies nicht mehr klappte, auch dann nicht, wenn dieses Wesen nur wenige Meter entfernt war.

Dieses Wesen war ich. Nur ich war immun gegen ihn. Bedeutete das, dass ich im Ernstfall gegen ihn antreten musste, ganz alleine? Dass niemand mir dabei helfen konnte?

»Wir kriegen das schon hin, Joss.« Maks tätschelte kameradschaftlich mein Knie und unterdrückte ein weiteres Gähnen. »Aber vorher sollten wir versuchen, ein bisschen zu schlafen. Wir müssen fit sein morgen.«

Ja, wir brauchten alle Kraft, die wir kriegen konnten – und so hielt ich Maks trotz meiner schwelenden Angst nicht auf, als er nach unten ging, und folgte ihm wenige Minuten später nach, um ausnahmsweise in meinem eigenen Zimmer zu übernachten. Während Sally auf meinem Luftbett vermutlich auf bunten Einhörnern über den Regenbogen ritt, musste ich mich mit dem mümmelnden Aldebaran arrangieren und kraulte abwesend sein wuscheliges Fell, in Gedanken bei Frau Treborn, Ed und der unlösbaren Aufgabe, die Erde zu retten.

Doch jetzt waren wir zu dritt. Noch hatten die Männer in Schwarz uns nicht aufhalten können, noch waren wir ihnen eine Nasenlänge voraus.

Es konnte alles gut werden. Mit meiner Hand in Aldebarans Fell, meinem Herzen bei Maks und meiner Sorge um Sallys chaotische Innenwelt schlief ich dem nächsten Tag entgegen; fest und tief und friedvoll.

BEZIEHUNGSGESPRÄCHE

»Endlich ein bisschen Ruhe«, entfuhr es mir seufzend, nachdem ich mein Tablett abgestellt und mich in meinen Stuhl fallen lassen hatte – und ich senkte errötend den Blick, als ich sah, dass Julius grinste, auf seine typisch rätselhafte, verborgene Art und Weise. Doch er erwiderte nichts, sondern bugsierte in nervenaufreibender, aber präziser Langsamkeit den Deckel von seinem Essen, um ebenso langsam damit zu beginnen, es zu zerteilen und die einzelnen Häppchen zu seinen schmalen Lippen zu führen.

Zum ersten Mal war mir unsere Abgeschiedenheit weit weg von den anderen Schülern willkommen. Obwohl ich erstaunlich gut geschlafen hatte, hatte ich mich nach dem Aufstehen gefühlt, als sei ich nachts Marathon gelaufen. Ich konnte die Treppe nur unter spitzen Schmerzensschreien herabgehen, da meine Waden unaufhörlich ziepten und krampften, und als ich zuvor im Bad meine Haare gewaschen und geföhnt hatte, schienen sich meine Arme in

Beton verwandelt zu haben. Ich schaffte es kaum, den Föhn zu halten. Maks von seinem Haus zu unserem zu transportieren, hatte mir einen Muskelkater verschafft, der seinesgleichen noch suchen musste.

Nachdem ich mich wie eine alte, arthritische Frau an den Frühstückstisch gesetzt hatte, war mir jedoch keine Erholung vergönnt gewesen. Maks sah aus, als habe er die ganze Nacht nicht geschlafen, und brütete in stillem, missgelauntem Schweigen vor sich hin, bis er sich zwischen einem Schluck Kaffee und einem lustlosen Brötchenbiss zu einer gestammelten Entschuldigung hinreißen ließ. Ich verstand erst gar nicht, wofür er sich bei mir entschuldigen wollte, bis mir dämmerte, dass er sich in einer handfesten Heldenkrise befand, weil ich sein Leben gerettet hatte, und nicht umgekehrt. »Hätte ich es lieber nicht tun sollen, damit du jetzt tot bist, ohne zu wissen, wieso?«, fragte ich ihn, doch zur Antwort bekam ich nur ein wolfsähnliches Grollen. Leider übertrug sich seine mürrische Grundstimmung nahtlos auf meine Eltern. Sobald sie in seine Nähe kamen, fingen sie damit an, sich gegenseitig anzuzicken – die gestrige Wadenwickel-Affäre hatte offenbar noch ihre Nachwirkungen. Ich war dankbar dafür, dass Sally nebenan begonnen hatte, unser Wohnzimmer umzudekorieren, denn das sorgte für den passenden Ausgleich. Kaum gerieten Mama und Papa in ihren Radius, wurden ihre Stimmen versöhnlich bis verliebt, und ich musste mir vom Küchentisch aus so manche Umarmung und innigen Kuss ansehen, bis ihre Wege sie wieder zu mir und Maks führten und die Stimmung erneut brisant wurde.

Schließlich schickte Mama Maks wieder hoch in Papas Zimmer, damit er sich weiter auskurierte – er sähe ja aus wie ein Häufchen Elend (für Maks eine vernichtende Beleidigung) –, scheuchte Sam aus dem Bad und räumte in Windeseile die Küche auf, damit sie auch ja ordentlich aussah, wenn Frau Treborn heute Nachmittag bei uns zu Besuch sein würde. Ich nutzte die Gelegenheit, um mir meinen Rucksack zu schnappen und zur Schule zu fahren, obwohl ich eine Stunde später als sonst Unterricht hatte. Ich hielt die Stimmungsschwankungen meiner Eltern nicht mehr aus, auch wenn ich es schön gefunden hatte, Maks beim Frühstück wenigstens ansatzweise für mich alleine gehabt zu haben. Schlecht gelaunt war er mir immer noch lieber als verliebt lächelnd mit Sally im Schlepptau.

Doch nun war ich froh, in aller Ruhe darüber nachdenken zu können, wie es mir gelingen konnte, Frau Treborn davon zu überzeugen, dass Ed nicht der richtige Mann für sie war. Dass er gar kein richtiger Mann war – jedenfalls kein menschlicher – fiel dabei als Argument leider weg. Außerdem hatte Frau Treborn noch nie Wert darauf gelegt, sich mit mir zu unterhalten.

»Was bedrückt dich denn, Joss?«

»Was!?« Wieder schoss mir das Blut ins Gesicht. Ich hatte mir Stille gewünscht, von mir aus jene eisige Totenstille, die normalerweise zwischen Julius und mir herrschte und mir so oft die Kälte in die Knochen wandern ließ. Und nun durchbrach er sie, einfach so?

»Ich habe dich gefragt, was dich bedrückt.«

»Ich … äh … mich bedrückt doch … Hm.« Nein, ich war zu müde zum Lügen – und außerdem mochte ich es nicht. Ich musste schon so oft lügen in letzter Zeit. Trotzdem konnte ich auch hier nicht mit der Wahrheit herausrücken. Stöhnend schob ich mein Tablett von mir weg. Mir war schon wieder der Appetit vergangen. »Na gut, von mir aus. – Kennst du dich mit Beziehungen aus?« Ich bereute die Frage schon in dem Moment, in dem sie über meine Lippen kam – doch mein Mund quasselte weiter, als hätte ich meine Macht über ihn verloren. »Also, Beziehungen zwischen Mann und Frau. Keine Freundschaften, sondern … Liebeskram.«

Julius legte ebenfalls Messer und Gabel weg und ließ seine rechte Hand in einem beinahe eleganten Bogen durch die Luft wandern, von seinem Kopf bis zu seinen Knien, wobei er wissend lächelte. »Ich?«

Normalerweise zog ich mir vor lauter Frieren meine Jacke über, wenn wir zusammen aßen. Jetzt schälte ich mich aus meiner Strickjacke, weil die Hitze in Wellen durch meinen Oberkörper schoss.

»Sorry, ich … naja … dass man im Rollstuhl sitzt, bedeutet ja nicht, dass man niemals … eine Freundin haben kann und … Oder?«, schloss ich stotternd, als Julius' Lächeln sich zu einem amüsiertem Schmunzeln vertiefte.

»Keine Ahnung, was meinst du denn?«

»Ich … äh … ich …« Kopfschüttelnd bereitete ich meinem Gestammel ein vorzeitiges Ende. Nein, mit jemandem wie Julius konnte ich mir keine Beziehung vorstellen. Aber das lag nicht daran, dass er im Rollstuhl saß. Ein leises, tiefes Lachen streifte durch den Raum.

»Hey, alles gut, Joss.« Seine Augen schimmerten irisierend auf, als er sich auf quietschenden Reifen langsam zu mir drehte – und ich das Gefühl bekam, ein einzelnes, dünnes Blättchen in einer riesigen Salatschleuder zu sein. Ich konnte sein Gesicht gar nicht mehr fokussieren. Machte jetzt etwa mein Kreislauf schlapp? »Das ist in Ordnung. Ich hab mich niemals nach so was gesehnt und es macht mir nichts aus, dass es in meinem Leben nicht geschehen wird.« Er klang erschütternd ehrlich – und doch konnte ich ihm nicht glauben.

»Das weißt du doch gar nicht«, entgegnete ich piepsig und stemmte meine Sohlen in den Boden, um wieder Halt zu gewinnen.

»Doch, ich weiß das. Ist nicht schlimm. Mich interessieren andere Zusammenhänge. Und das war schon immer so.«

»Wie ist das ...« Mit wackeligem Arm deutete ich auf seinen Rollstuhl. Ich fürchtete, ohnmächtig zu werden, wenn ich nicht weitersprach – und auf keinen Fall wollte ich in seiner Gegenwart das Bewusstsein verlieren. »Wie ist das eigentlich passiert? Oder bist du damit – geboren worden?«

»Ich bin mit einem krummen Rücken und instabilen Knochen geboren worden, ja«, antwortete Julius gleichmütig, als spreche er über ein paar harmlose Pubertätspickel. »Der Sturz kam, als ich sieben war.«

»Sturz«, echote ich beklommen.

»Ja. Ich dachte, ich könnte fliegen, weißt du? Ich habe geträumt, ich wollte um das Haus herumfliegen, und in diesem Traum gab es so etwas wie Körper nicht.« Julius lächelte versonnen. »Und dann bin ich aus dem Fenster gesprungen. Kommt nicht so gut, wenn man schwere Skoliose und brüchige Wirbel hat, auch wenn es nur der erste Stock war. Seitdem bewege ich mich auf Rollen vorwärts. Hat auch was. Ich hab immer einen Sitzplatz und viel Ruhe, weil die meisten Menschen mich meiden.«

»Ok, verstehe.« Nein, ok war das nicht, ganz und gar nicht. Aber jedes weitere Wort wäre eines zu viel gewesen. Trotzdem holte ich tief Luft und redete nach einer kurzen Pause weiter. »Und es macht dir nichts aus, dass du nicht wie die anderen … laufen und tanzen und … flirten und …«

»Küssen?« Wieder lachte er leise auf. »Aber das könnte ich doch, wenn ich es unbedingt wollte. Im Notfall kann man Frauen dafür ja bezahlen, nicht wahr? Wie gesagt, es interessiert mich nicht.«

»Nicht mit Mädchen oder …?«, hörte ich mich beklommen fragen.

»Weder mit Mädchen noch mit Jungen, Joss. Es ist für mein Dasein nicht vorgesehen.«

Nicht vorgesehen. Trotz der Hitzewallungen in meinem Gesicht und Oberkörper spürte ich wieder Kälte in mir aufsteigen. Da lag etwas hinter seinen Worten, das so grau und frostig und finster war, dass ich erneut an Ed und seine Kollegen denken musste. Denen waren Küsse und Umarmungen auch egal, wahrscheinlich spürten sie so etwas gar nicht. Ich konnte dieses Grauen nur ignorieren, indem ich weiterplapperte. Auch mein Schwindel wurde heftiger, wenn ich schwieg, und minderte sich, wenn ich redete. Doch Julius kam mir zuvor.

»Was wolltest du mich denn über Beziehungen fragen?«

»Ich … tja, ich denke darüber nach, wie man jemanden dazu bringen kann, sich von seinem Partner zu trennen.«

»Gar nicht, würde ich sagen«, entgegnete Julius schlicht. »Darauf muss er schon selbst kommen. Joss, hast du das wirklich nötig? Dass du einen Keil zwischen Maks und dieses britische Mädchen treiben willst, um …«

»Aber um den geht es doch gar nicht!«, rief ich mit schwacher Stimme. »Ich rede nicht von ihm! Du glaubst mir das wahrscheinlich nicht, aber ich … ich rede von jemand anderem und es geht dabei um eine Beziehung, die gefährlich ist … Richtig gefährlich.« Julius schien mir aufmerksam zuzuhören, obwohl seine Wimpern gesenkt waren und er wieder einen Fidget Spinner kreisen ließ. »Sie weiß gar nicht, wie gefährlich dieser Mann ist. Er schadet nicht nur ihr, sondern auch anderen Menschen, und nur deshalb ist er mit ihr zusammen. Er benutzt sie.«

»Ja, so etwas gibt es.« Während der Spinner weiter seine Runden drehte, hob Julius seine Lider und schaute mich direkt an. Was war nur mit seinen Pupillen passiert? Ich konnte sie kaum mehr erkennen … als würden sich Wirbel in ihnen bilden und über sie hinaus ausdehnen … »Wovor fürchtest du dich eigentlich so sehr, Joss? Was ist los?«

Das Schrillen der Klingel rettete mich vor meiner nahenden Ohnmacht. Halb blind stürzte ich an Julius vorbei aus dem Saal und rannte taumelnd zu den nächsten Toiletten, um mich über das Waschbecken zu beugen und kaltes Wasser in mein Gesicht zu schaufeln. Nur langsam legte sich mein Schwindel und erst nach ein paar Minuten, in denen ich mit geschlossenen Augen an den Kacheln gelehnt hatte, wagte ich es, nach draußen zu gehen. Beide Tabletts standen samt Haube auf dem Wagen vor der Tür des Saals. Julius jedoch war verschwunden. Mit rasendem Herzen und stechenden Schmerzen in meinen Muskelkaterwaden fuhr ich den Wagen zurück zur Mensa, doch wenigstens konnte ich an der frischen Luft wieder klar sehen und es kreisten keine Ringe, Kreise und Spiralen mehr vor meinem Sichtfeld.

Julius hatte mitten in meine Seele geschaut, begriff ich, als ich eine halbe Stunde später in der Bibliothek an meinen Hausaufgaben saß und kaum meinen Füller gerade in der Hand halten konnte. Er sah, dass ich Angst hatte, deutlicher, als meine eigenen Eltern es vermochten. Und er fragte mich danach, ruhig und beinahe sanft und doch … war da ein Grauen um ihn herum, das mir immer mehr zusetzte. Ich musste Herrn Maziere bitten, mir eine andere Aufgabe zu übertragen. Ich hatte es versucht, meine Aufgabe zu bewältigen, aber es funktionierte nicht, das musste er einsehen! Heute war ich ja sogar abgehauen. Sobald es mir gelungen war, Frau Treborn von Ed zu befreien, würde ich zu ihm gehen und mit ihm sprechen.

Maks, Sally und ich hatten uns heute Morgen nur kurz austauschen können, da wir ständig meine Eltern im Rücken gehabt hatten. Wir wollten uns um Viertel vor fünf auf dem Dachboden treffen – und ich hoffte inständig, dass Sally nicht schon wieder alles vergessen hatte und sich irgendwo in der Stadt herumtrieb, weil es dort so viel zu sehen und zu entdecken gab. Sally fand sogar eine Vorratskammer spannend. Heute früh hatte sie eine geschlagene halbe Stunde darin verbracht, während Mama sie im ganzen Haus gesucht hatte. Gleichzeitig fragte ich mich ständig, was Maks und Sally zu Hause so machten, wenn sie miteinander alleine waren. Denn Sally hatte schon um 13 Uhr Schulschluss. Würden sie auf meinem Dachboden zusammen Händchen halten? Oder schaffte es selbst Maks nicht, sie von ihren Entdeckungsreisen abzuhalten?

Als mein Handy auf dem Heimweg in meiner Hosentasche vibrierte, rechnete ich schon mit dem Worst Case und dass Sally Maks entwischt war – doch es war Mama, die mich anrief.

»Joss, Liebes, ich hänge hier in einer Konferenz fest, sie dauert noch mindestens eine Stunde – und Papa geht es genauso.« Sie klang noch gestresster als heute Morgen in der unseligen Maks-Peripherie. »Frau Otto hat heute Vormittag nach Maks gesehen, es geht ihm wohl besser, kein Fieber mehr. Aber ich erreiche Frau Treborn nicht. Wahrscheinlich hat sie noch Patienten. Kannst du ihr bitte die Türe öffnen, wenn sie klingelt, und ihr einen Tee und ein Stück Kuchen anbieten – und ihr Gesellschaft leisten, bis wir nach Hause kommen? Sam ist heute Nachmittag im Jugendzentrum und Maks sollte sich gesund schlafen. Natürlich kann Frau Treborn ihn sehen, aber ... – Joss, bist du noch dran?«

»Ja, bin ich«, sagte ich mechanisch und benetzte meine Lippen, die plötzlich staubtrocken geworden waren. »Mama ... können wir den Termin mit Frau Treborn nicht verschieben? Bitte?«

»Joss, sie muss sich ihren Mutteraufgaben stellen, und das besser heute als morgen! Maks hatte gestern noch 42 Grad Fieber! Außerdem habe ich morgen keine Zeit für sie. Ich komme, so schnell es geht, okay, Liebes? Ich muss wieder zurück zur Konferenz. Kuss!« Schon hatte sie aufgelegt. Sie wusste ja nicht, welchen Gefahren sie mich aussetzte. Für sie war ihre Bitte eine unangenehme, aber harmlose Aufgabe, die sie ihrer Tochter aus der Not heraus übertragen hatte. Andererseits musste ich die Tür nicht öffnen, wenn Frau Treborn und Ed klingelten. Niemand konnte mich dazu zwingen. Aber was geschah dann? Würde Ed sich damit abspeisen lassen, wenn er spürte, dass sein Opfer ganz in der Nähe war? Oder würde er versuchen, in unser Haus einzudringen, indem er uns alle mit seiner Lichtsignal-Hypnose schachmatt setzte?

Trotz meiner zwickenden Waden schwang ich mich wieder in den Sattel und radelte in halsbrecherischem Tempo nach Hause. Je eher ich dort war, desto besser. »Sally!«, rief ich, sobald ich die Haustür aufgeschlossen hatte. »Maks! Seid ihr da?«

Keine Antwort. Achtlos schmiss ich meinen Rucksack in die nächstbeste Ecke und hetzte die Treppe nach oben, um die Tür zu Papas Musikzimmer aufzureißen. »Gott sei Dank, du bist hier …«

»Was? Ich …« Obwohl er eben noch fest geschlafen hatte, sprang Maks mit einem Satz von der Couch und griff sich an den nicht vorhandenen Gürtel, als suche er nach einer Waffe. Er trug lediglich seine schwarze Unterhose und ein T-Shirt. Verlegen wandte ich mich ab. »Alles okay, Joss?«

»Nein. Meine Eltern schaffen es nicht pünktlich, sie hängen beide in einer Konferenz fest, und deine Mutter ist wahrscheinlich schon auf dem Weg hierher. Wir sind alleine, wenn sie kommt!« Gehetzt schaute ich in den Flur. Kein rosa Nebel, kein Veilchengestank. »Hast du Sally gesehen? Wo ist Sally?«

»Joss … Keine Panik, okay?« Maks trat auf mich zu und griff fest um meine Schultern – und sofort fühlte ich mich etwas ruhiger. »Du bist nicht alleine, ich bin ja da. Wir können deinen Eltern sowieso nichts von Ed erzählen. – Ich zieh mich an und dann suchen wir nach Sally.«

Zu zweit wirbelten wir durchs Haus, das plötzlich unendliche Weiten zu haben schien, und fanden Sally schließlich nach zehn atemlosen Minuten und ständigem Rufen im Garten, wo sie auf Ballettschuhen und mit Kopfhörern in den Ohren die Rosen zurückschnitt und um sich herum welke Blätter auf dem Rasen verteilte.

»Sally«, brüllte ich herrisch und wedelte mit den Armen, um ihre Aufmerksamkeit zu wecken, während Frau Otto neugierig, aber sehr entspannt zu uns herunterlinste. Als Sally sich anmutig zu mir umdrehte, musste ich blinzeln, weil ich plötzlich wieder jene berauschend schöne Schaumgeburt vor mir sah, die ich gestern schon wahrgenommen hatte. Auch jetzt überkam mich das tiefe, unerklärliche Bedürfnis, mir ein Kleid anzuziehen, gemeinsam mit Sally bunte Blumenkränze zu binden, sie mir auf den Kopf zu setzen und tanzend durch den Garten zu hüpfen. Knurrend und unter einem Ganzkörperschütteln vertrieb ich die Vision, während Maks beinahe der Speichel aus dem Mund lief. Vermutlich sah er Sally immer so, wie ich sie in meinen Visionen wahrnahm. »Beherrsch dich, wir müssen uns jetzt konzentrieren!«, fuhr ich ihn an, marschierte zu Sally und ergriff ihr Handgelenk, das sich irritierend weich und nachgiebig unter meinen Fingern anfühlte – fast, als besäße sie keine Knochen. »Komm mit uns auf den Dachboden, es ist wichtig.«

»But the roses …«

»No roses«, entschied ich streng. Maks nahm mit leuchtendem Blick ihre andere Hand, sodass wir sie wie ein eigenwilliges Kind zu zweit nach oben führen konnten. Sicherheitshalber schloss ich die Tür des Dachbodens von innen ab und steckte den Schlüssel in meine Hosentasche.

»Wir haben noch fünf Minuten«, teilte ich Maks nach einem kurzen Blick auf mein Handy mit. »Lass uns Position beziehen.« Zu zweit quetschten wir uns an das kleine Fenster, das zur Straße hinausführte. Sally lehnte indes verträumt an meinem Bücherregal und hatte sich wieder die Kopfhörer in die Ohren geschoben. Ich hatte es aufgegeben, sie in unsere Aktionen und Gespräche einzubeziehen – Hauptsache, sie war hier bei uns und haute nicht wieder ab.

Maks' Kiefer malmte angespannt vor sich hin, während wir auf die Straße starrten, die nur Anwohner oder Besucher von Anwohnern befahren durften – und ich wurde so nervös dabei, dass ich glaubte, jeden Moment aufs Klo rennen zu müssen. Und leider gab es hier oben kein Klo.

»Da! Das ist sein Wagen!«, rief Maks unterdrückt, als eine schwarze, dicke Limousine um die Ecke schlich und unser Haus ansteuerte. Wie von selbst wichen die Passanten ihr aus. »Er sitzt am Steuer.«

»Scheiße …« Wimmernd drückte ich die Hand auf meinen Bauch. »Ich hab vergessen, unten von innen abzuschließen und die Kette vorzuschieben!«

»Das ist jetzt auch egal. Wir lassen sie nicht rein. Oder? Was meinst du?«

Doch ich hatte mich schon von Maks abgewandt, um mir erneut Sallys Arm zu schnappen und sie zu uns zu ziehen. »Umarmen«, befahl ich knapp. Maks gehorchte sofort, an Ort und Stelle – und schloss sie von hinten in die Arme; ein schönes Bild, aber in der Wirkung unzureichend. »Nicht so, ihr Stümper.« Obwohl alles in mir sich dagegen wehrte, drehte ich Sally um, damit sie ihren Oberkörper an Maks' Brust schmiegen konnte und mit dem Rücken zum Fenster stand. Ich konnte förmlich spüren, wie ihre Planetenenergien verschmolzen und eine Harmonie erzeugten, wie sie normale Menschen niemals miteinander erreichen konnten. Trotz meiner Angst bekam ich Schwierigkeiten, meine Augen von ihnen loszureißen und wieder auf die Straße zu blicken. Sie sahen so vollendet miteinander aus.

Nun öffnete sich die Beifahrertür und zwei Pumps schoben sich langsam und hölzern auf das Kopfsteinpflaster. Selbst von hier oben erkannte ich, dass Frau Treborns Strumpfhose eine lange Laufmasche hatte. Auch ihr Rock wirkte abgetragen und knittrig. Sie richtete sich auf und schlug die Tür zu – eine Bewegung, die kraftlos und müde aussah. Ed konnte ich kaum erkennen; die Scheiben seines Wagens waren dunkel getönt. Gleich würde auch er aussteigen …

»Hört bloß nicht auf, euch zu umarmen«, befahl ich, was keinen Befehl brauchte, und starrte unablässig auf die Fahrertür. Jetzt mach schon …, dachte ich angriffslustig und panisch zugleich. Steig aus. Worauf wartest du, du blödes, fieses Ding? Doch sie öffnete sich nicht. Frau Treborn bückte sich und klopfte fragend gegen das Fenster, aber Ed schien es sich plötzlich anders zu überlegen. Für ein, zwei Sekunden erstarrte Frau Treborn am gesamten Körper, als sei sie mit einem Bann belegt worden – und genau in diesen Sekunden glitt der Wagen lautlos davon. Erst nachdem er hinter der nächsten Straßenecke verschwunden war, setzte sie sich abrupt in Bewegung und steuerte in abgehackten, kleinen Schritten auf unser Törchen zu. Ed begleitete sie nicht! Sie kam alleine … Und doch mussten wir auf Nummer sicher gehen.

»Er kommt nicht mit. Ed ist weitergefahren, er kommt nicht mit!«

Maks seufzte erlöst auf, sein Kinn an Sallys Hals geschmiegt, während sie sanft summend in seinen Armen lag. »Ihr könnt damit aufhören … hey. Maks. Könntest du mir kurz zuhören. Bitte?« Widerstrebend löste er sich von Sally, behielt aber ihre Hand in seiner. »Ich weiß nicht, ob er deine Mutter auch aus der Ferne beeinflussen kann. Vielleicht parkt er nur eine Ecke weiter und ist nah genug, um sie als Informationswirt zu benutzen. Ihr müsst also zusammen hier oben bleiben. Bewegt euch nicht weiter als ein, zwei Meter voneinander weg, aber Maks …«

Ich sah ihn herausfordernd an. »Bleib aufmerksam und wach, ja? Ich weiß, ihr beiden habt euch gesucht und gefunden, kosmische Anziehungskraft und so weiter … blabla … Aber es geht hier um das Leben deiner Mutter. Und um meines, nebenbei bemerkt. Wenn du so gerne Leben beschützt, dann tu das jetzt bitte auch, ja? Kann ich mich auf dich verlassen?«

»Immer, Joss. Ehrenwort«, versprach er mit rauer Stimme, aber es fiel mir schwer, ihm zu vertrauen. Die Verliebtheit quoll ihm ja beinahe aus den Ohren heraus. Doch das Klingeln der Haustüre gab mir keine Zeit mehr, ihm den Ernst der Lage zu verdeutlichen. Ich musste nach unten gehen und Frau Treborn öffnen – und ihr klarmachen, dass sie sich von Ed trennen musste, ohne ihr dabei sagen zu dürfen, dass sie sich in ein Wesen verliebt hatte, das sie benutzte, um das Gedächtnis ihres Sohnes umzuschreiben. Mission impossible, dachte ich zynisch.

»Viel Glück, Joss. Und danke …«

Doch ich war schon auf dem Weg nach unten.

EIN BISSCHEN MEHR EMOTIONEN, BITTE

»Hallo Frau Treborn. Ich bin es, Joss. Maks' Klassenkameradin. Die Tochter von Frau Heyne, die Sie gestern angerufen und eingeladen hat«, begrüßte ich Frau Treborn, bevor sie mich zum wiederholten Male fragen konnte, wer ich sei, denn ich ging davon aus, dass sie es auch dann tun würde, wenn sie an unserer Tür klingelte und nicht umgekehrt.

»Ja«, erwiderte sie nur matt und blieb vor mir stehen wie eine ausgemusterte Schaufensterpuppe, die seit Jahren im Kaufhauslager auf bessere Zeiten wartete. Ihr dunkles Jackett war schief zugeknöpft, an der Bluse hingen Staubflusen, ihre Haare hatten jegliches System verloren, und dass ihr Rock knitterte und ihre Strumpfhosen eine Laufmasche zierte, hatte ich ja bereits von oben gesehen. Auch ihre Bewegungen wirkten abgehackt und unbeseelt, als sie mir schlurfend ins Wohnzimmer folgte, ohne recht zu wissen, was sie da überhaupt sollte.

»Meine Eltern verspäten sich ein wenig, deshalb … oh«, fiel ich mir selbst ins Wort und schaute mich verdutzt um. Während unserer Sally-Sucherei waren Maks und ich zwar durchs Wohnzimmer zur Terrassentür gerannt, nachdem wir sie im Garten entdeckt hatten, und hatten sie durch die Küchen-Außentür nach innen gelotst, weil dies der kürzeste Weg Richtung Dachboden gewesen war. Doch erst jetzt fiel mir auf, dass sich mir der Raum vollkommen anders präsentierte, als ich es gewohnt war. Auch Frau Treborn stutzte; die erste menschliche Regung, seitdem sie über unsere Schwelle getreten war.

»Das ist … interessant«, murmelte sie, halb abschätzig, halb amüsiert. Ja, so konnte man es auch bezeichnen, dachte ich und ließ meine Augen wie Frau Treborn durch das Zimmer schweifen. Das, was wir sahen, konnte nur ein Werk von Sallys flinken Händen sein. Niemand sonst in unserer Familie beherrschte derartige Dinge. Statt dem Fernseher schmückte Papas Pferde-Rhinozeros die Ecke neben dem Fenster, dekoriert mit einer Lichterkette, die dem Vieh immerhin einen leidlich freundlichen Gesichtsausdruck verlieh. Den Couchtisch, sonst übersät von Magazinen und Fernbedienungen, hatte Sally mit einer altrosa Decke behängt und mit unserem schönsten Teeservice gedeckt, plus zwei Stumpenkerzen und einem großen Teller aufwändig verzierter Cupcakes. Auf die Schnelle zählte ich vier harmonisch im Raum verteilte Vasen mit frisch geschnittenen Rosen, die Sally kunstvoll arrangiert hatte und deren zarter Geruch sich mit dem Veilchengestank vermischte. Die Kissen auf der Couch waren frisch aufgeschüttelt, auf den Regalbrettern dufteten Potpourris in winzigen Porzellanschüsselchen vor sich hin; aus der MP3-Anlage dudelte sanft und unaufdringlich klassische Musik. Ich war in einer Puppenstube für Erwachsene gelandet – und befand mich damit in einem Ambiente, das einer Frau wie Frau Treborn niemals zusagen würde.

»Ähm ja. Das ist … also …« Erstaunt verstummte ich und beobachtete, wie Frau Treborn ihre Nase in eines der Rosenbouquets steckte, um an den Blüten zu schnuppern – und plötzlich schärfte sich mein Blick. Der gesamte Boden des Raumes war von fluffigen grau-rosa Nebelschlieren bedeckt, die sich in einer Art Spirale um Frau Treborns abgetragene Pumps zu formieren begannen – fast so, wie schwere Hurrikans sich auf einer Satelliten-Wetterkarte abzeichneten. Zeitgleich schien sich Frau Treborns Gesicht aufzuhellen und zu klären. Ihre Bewegungen wurden weicher, menschlicher, in ihre Augen kehrte Glanz zurück. Irgendetwas löste sich, wurde schwächer und trat den Rückzug an – Eds Einfluss? Noch einmal versuchte ich meine Wahrnehmung zu erweitern. Die Lichtsignale um Frau Treborns zerzausten Schopf herum, die ich in ihrem Wohnzimmer wahrgenommen hatte – wurden auch sie schwächer? Wenn ja, dann musste ich Sallys Venuszauberei für ewig dankbar sein – und die Situation sofort ausnutzen. »Meine Mutter dekoriert gerne«, erklärte ich geistesgegenwärtig, denn Frau Treborn durfte auf keinen Fall erfahren, wer in Wahrheit für das magische Ed-Gegenmittel verantwortlich war. Sonst würde meine Strategie, die blitzartig in meinem Kopf entstand, nicht funktionieren.

»Ja … Lehrer haben ja so viel Freizeit. Da kann man so was machen, nicht?«

Ich schluckte einen bissigen Konter herunter. Mama hasste nichts so sehr, wie wenn andere Menschen ihr unterschwellig vorwarfen, wie oft und lange sie als Lehrerin Ferien habe. Außerdem war sie es, die gerade in einer Konferenz festsaß, und nicht Frau Treborn – doch nun war ich dankbar dafür.

»Das ist wirklich – interessant, muss ich sagen. Beinahe poetisch. – Ich darf doch, oder?«

»Aber klar, natürlich«, erwiderte ich eilfertig, denn Frau Treborn hatte sich bereits auf die Couch fallen lassen, die weich unter ihrem eckigen Hintern nachgab. Wie von selbst rutschten zwei Kissen in ihren Nacken und sie lehnte sich genussvoll dagegen, in der Hand einen Karamell-Cupcake mit Glitzerherzchen. »Die sind wirklich köstlich …«, nuschelte sie mit vollem Mund und wirkte noch ein Stückchen lebendiger. Ich irrte mich nicht, ihre geistigen Kräfte kehrten zurück. »So locker und leicht. Auch von deiner Mutter?«

Ich nickte eifrig. »Ja, backen und dekorieren, das sind ihre großen Leidenschaften. – Frau Treborn …« Ich wartete, bis sie die Reste des Karamellhäubchens von ihren Fingern geleckt hatte, und goss ihr derweil eine Tasse Tee ein (Sally hatte die Kanne vorsorglich auf ein silbernes Stövchen gestellt, sodass er genau die richtige Temperatur hatte). »… weil meine Mutter so gerne ihren Hobbys nachgeht – Sie braucht das als Ausgleich, wissen Sie? –, nun ja, kann sie nicht so gut auf uns Kinder achtgeben, wie Sie das bei Maks immer getan haben.«

»Maks«, murmelte Frau Treborn leise und legte den Kopf schräg, als würde sie sich an etwas zu erinnern versuchen, wobei sie mich auf skurrile Weise an Horst erinnerte.

»Ja, genau, Ihr Sohn Maks. Mein Klassenkamerad. Der sich gerade bei uns auskuriert.« Ich deutete auf die Treppe nach oben und sah, wie Frau Treborns abstehende Haarsträhnen sich langsam zu legen begannen und ihr Scheitel wieder sichtbar wurde. Sieh an, Lord Helmchen kehrte zu den Lebenden zurück.

»Der liebe, gute, kluge Maks«, sinnierte Frau Treborn bekräftigend und griff nach einem weiteren Cupcake. »So ein großartiger Junge.«

»Richtig. Wussten Sie, dass das Mädchen aus dem

Feld unsere neue Austauschschülerin ist und bei uns lebt? Diese Sally Miller?« Ein Zucken lief durch Frau Treborns Hals und sie vergaß zu kauen. »Ja, was für ein Zufall, oder? Sie wird für ein ganzes Jahr bei uns bleiben, und naja – Maks und sie, sie sind ein Liebespaar. Ja, die haben sich ineinander verliebt. Und sie ist schon – nun ja …« Ich legte eine bedeutsame Pause ein und blickte Frau Treborn sorgenvoll an. »Sehr reif, wenn Sie wissen, was ich meine.« Ich vollführte ein paar schwammige Bewegungen vor meiner Brust.

»Oh«, machte Frau Treborn konsterniert und ich konnte dabei zusehen, wie ihr Gehirn Fahrt aufnahm. Obwohl alles um uns herum weich, nachgiebig und seidig-samtig-pastellig war und wir uns durch Nebelschlieren hindurch anschauten, kehrte ihre alte Schärfe zurück. Wie nebenbei knöpfte sie ihre Jacke auf und korrekt wieder zu und strich die Knitterfalten aus ihrem Rock. »Maks hat eine – eine Freundin? Und es ist diese Sally aus England?«

»Ja! Frau Treborn, ohne Ihr wachsames Auge und Ihren guten Einfluss – das könnte ganz schnell … hm. Die beiden sind wie zwei Magnete. Ich glaube nicht, dass Sally gut für ihn ist.« Jetzt tat ich es doch. Ich versuchte, Sally und Maks auseinanderzubringen, das, was laut Julius unter meinem Niveau war. Aber ich tat es nicht, weil ich ernsthaft daran glaubte, dass es funktionieren würde, sondern weil ihre Liebe jener wunde Punkt sein konnte, an dem ich Frau Treborn erwischte.

»Sie brauchen elterliche Aufsicht und in unserem Haus …« Seufzend breitete ich meine Arme aus. »… ist sie nicht gewährleistet, wenn ich ehrlich bin. Bei meiner Schwester Sam durften sogar schon Jungs übernachten und sie ist gerade erst 15.« Die Jungs waren die Unglaub-Zwillinge gewesen, Sams beste Freunde aus dem Kindergarten; und ab und zu hatten sie damals bei uns geschlafen. Aber diese Zeitkomponente musste ich ja nicht erwähnen. »Meine Eltern haben Maks und Sally heute schon den ganzen Tag miteinander alleine gelassen.« Ebenfalls geflunkert. Der Zweck heiligt die Mittel, sagte ich mir ermunternd. Es ging hier schließlich um Ed.

»Aber das … Das ist nicht sinnvoll!« Erzürnt richtete Frau Treborn sich auf. »Diese Lehrer … Glauben, Ahnung von Erziehung zu haben, und versauen nebenher ihre eigenen Kinder!«

Ich musste die Zähne zusammenpressen, um ruhig zu bleiben, doch ich befand mich auf einem guten Weg, das durfte ich nicht ruinieren. Jetzt nur noch eine geschickte Überleitung und ich hatte sie im Sack.

»Ich glaube, das mit Ihnen und Ed hat Maks zugesetzt – und inspiriert. Er fühlte sich sehr alleine ohne Ihre Fürsorge, wissen Sie?« Ich setzte ein trübseliges Gesicht auf. »Aber er bewundert Sie auch, Frau Treborn. Sie sind sein großes Vorbild! Kann sein, dass er das nicht so zeigt, aber er ahmt Sie in vielen Dingen nach und vielleicht wollte er auch unbedingt eine solch innige Beziehung haben wie Sie und Ed, um mit Ihnen auf einem Level zu sein.« Ich musste mich zwingen, nicht zu grinsen und meinen ernsten Gesichtsausdruck beizubehalten. Maks würde die Wände hochgehen, wenn er hören könnte, was ich hier für einen Mist redete. Aber irgendwie geschah es ihm recht. Immerhin hatte ich seine Haut gerettet.

»Nun, so innig ist meine Beziehung zu Ed auch wieder nicht.« Frau Treborn legte den angebissenen Cupcake zurück auf den Teller, als würde er ihr plötzlich nicht mehr schmecken, und zog ihre Brille von der Nase, um sie akribisch zu putzen. »Sie ist nichts Dauerhaftes, wenn ich dadurch meinen Sohn an ein englisches Flittchen verliere. Und aus diesem zweifelhaften Umfeld hier …« Sie befreite sich hektisch von den Kissen in ihrem Nacken, als seien sie ihr zu nahe gekommen. »… muss er auch weg. Das ist vielleicht etwas für eine alternative Pädagogenfamilie, aber nicht für einen so genialen, scharfsinnigen Geist wie ihn.«

Wieder zwang ich mich, einen Konter hinunterzuschlucken. »Er wird hier kaum weggehen, wenn Ed noch bei Ihnen ist. Das hat er mir gestern anvertraut. Er hat ihnen zuliebe so getan, als würde er ihn mögen, aber …«

»Ach, wen interessiert schon dieser Mann!« Frau

Treborn hatte die Brille wieder aufgesetzt und winkte abfällig mit der Hand. »Das war doch nur ein Zeitvertreib mit wissenschaftlichem Hintergrund. Gott, diese Männer sind so emotionslos. Das waren sie schon immer, aber es ist schlimmer geworden, viel schlimmer!«, redete sie sich in Rage und wischte dabei mit einer geblümten Serviette über die staubigen Spitzen ihrer Pumps. »Immer nur Fernsehen und Sport, Fernsehen und Sport … Stundenlang Verkaufssendungen und zur Abwechslung schlecht recherchierte Dokus über Technik und Medizin. Selbst seine Umarmungen waren mechanisch und gefühllos!« Ich unterdrückte ein hysterisches Auflachen und nickte stattdessen teilnahmsvoll. Ja, mechanisch traf es auf den Punkt. »Und es ging einfach nicht voran. Ich weiß nicht einmal, ob wir uns überhaupt geküsst haben. Ich meine – ich halte nichts von Küssen, Joss, und du solltest dir gut überlegen, ob du jemals damit anfängst. Dabei werden binnen Sekunden Zigtausende von Bakterien ausgetauscht! Aber er hätte wenigstens einen Versuch starten können, als Wertschätzung. Nicht einmal essen gehen wollte er mit mir. Männer! Früher Machos, heute Loser und Softies … Oder Menschen ohne jegliches Gefühl, die nur noch funktionieren und gar nicht mehr genau wissen, wieso … Nein, ich werde dieser Sache ein Ende setzen. Keine Männer mehr, kein Ed mehr.«

»Es gibt sicherlich auch andere Männer als Ed.

Meinen Sie nicht?« Maks war anfangs so froh gewesen, dass seine Mutter sich auch mal auf einen anderen Menschen konzentriert hatte als auf ihn.

»Ach, Joss! Du hast ja keine Ahnung!« Frau Treborn kicherte kalt auf. »Nur Maks, der könnte es schaffen, sich von diesen Gorillas zu emanzipieren.«

»Dann müssen Sie sich aber beeilen. Er hat das Boxen für sich entdeckt, ein Geschenk von Ed, und glauben Sie mir – dort ist er in einer ganzen Gorillaherde unterwegs!« Strike, dachte ich triumphierend. Jetzt hatte ich sie endgültig auf meiner Seite – und Maks würde sich eine neue Sportart suchen müssen. »Aber Frau Treborn, meinen Sie denn, Ed nimmt es so einfach hin, wenn Sie ihn nicht mehr sehen wollen?«, sprach ich rasch weiter, um einen neuen Ausbruch zu verhindern.

»Der …« Prustend erhob sie sich vom Sofa und marschierte um den Tisch herum in meine Richtung, wieder ganz die Alte. »Ich musste ihn doch immer bitten, zu mir zu kommen, und kein einziges Mal hat er bei mir übernachtet! Ich konnte meine Forschungen gar nicht …« Sie stoppte sich kopfschüttelnd, als sie bemerkte, dass dies keine Gesprächsthemen für eine 14-Jährige waren, und ich war dankbar dafür – und platzte beinahe vor Neugierde. Ed hatte also niemals von sich aus den Kontakt zu ihr gesucht – war das nicht merkwürdig? So hätte ich die Männer in Schwarz nicht eingeschätzt. Verhielt es sich mit ihnen etwa wie mit Vampiren – man musste sie ausdrücklich bitten, hereinzukommen, damit sie die Schwelle übertraten? Das musste ich dringend Maks erzählen.

»Wo ist Maksymilian? Ich möchte ihn auf der Stelle mitnehmen«, verkündete Frau Treborn harsch. »Sag deinen Eltern einen Gruß und dass sie schon zu Hause sein müssen, wenn sie Gäste bei sich empfangen wollen. – Maksymilian! Wir fahren!« Klackernd bewegten sich ihre Absätze in den Flur hinein, während von oben Maks' Schritte laut wurden. Vor dem Ganzkörperspiegel, den Sally ebenfalls mit einer Rosengirlande versehen hatte, blieb Frau Treborn kurz stehen und schaute sich selbst mit offenem Mund an, bevor sie sich unter vernichtendem Gemurmel die Haare richtete und allerlei Verwünschungen gegen die Spezies Mann ausstieß, als sei sie schuld daran, dass sie sich in den vergangenen Tagen so vernachlässigt hatte.

»Sorry«, formte ich mit den Lippen, als Maks am Treppenabsatz erschien und seine Mutter auf ihn zustürzte, um ihn mit ausgebreiteten Armen an sich zu drücken – ganz wie früher, und gemocht hatte er es nie.

»Danke«, erwiderte er ebenso lautlos wie ich, zuckte mit den Schultern und sah mich ergeben an, nichts ahnend, was ich gerade in die Wege geleitet hatte. Seine Mutter würde ihn schärfer bewachen denn je, und Sally und er würden sich vermutlich nicht so rasch wiedersehen. Obwohl ich Frau Treborn von Ed befreit und zugleich einen Keil zwischen Maks und Sally getrieben hatte, konnte ich mich kaum darüber freuen.

Sosehr es mir auch Stiche versetzt hatte, Maks und Sally zusammen zu sehen und ihre Verliebtheit hautnah mitzuerleben, so schön hatte es sich heute Nacht angefühlt, im Bett zu liegen und Maks nur zwei Türen weiter zu wissen. Sally konnte ich sowieso nicht böse sein – nicht jetzt. Ich hatte keine Ahnung, ob sie das Wohnzimmer bewusst mit ihrer Venus-Energie geflutet hatte, um Frau Treborn aus ihrer Ed-Starre zu reißen, oder ob es nur eine weitere Facette ihrer kosmischen ADHS gewesen war. Doch ihr Arrangement hatte die entscheidende Wende gebracht. Sally hatte mir das passende Ambiente gebastelt, auf dessen Basis ich hatte arbeiten können. Wieder hatten wir die Männer in Schwarz ausgetrickst. Möglicherweise war Sallys Gegenwart sogar der Grund gewesen, weshalb Ed kurz entschlossen weitergefahren war und Frau Treborn nicht begleitet hatte.

Das Haus kam mir erdrückend still vor, nachdem Maks und seine Mutter gegangen waren, obwohl von oben leises Flötengedudel ertönte und Aldebaran auf der halben Treppe lautstark an der Bodenleiste knabberte. Ohne Maks fehlte etwas.

Ich würde ihn vermissen.

HERR DER RINGE

»Hast du einen Moment?« Ich war nach dem Klingeln sofort losgesprintet, um so früh wie möglich in der Mensa zu sein und Maks abzupassen, bevor sich die übliche Schar kichernder Mädchen um ihn herum versammelte und für Staus sorgte. Ein paar wenige hatten sich schon eingefunden, doch ich beachtete sie nicht weiter, sondern zog Maks am Ärmel zwischen zwei große, dampfende Töpfe, die uns einigermaßen von dem Geschehen um uns herum abschirmten. »Bitte, es ist wichtig.«

»Hm?«, machte Maks nur mäßig interessiert und band sich die karierte Schürze um die Hüften. Missmutig stellte ich fest, dass er wieder einmal blendend aussah. Seitdem ich ihm seine Venus-Medizin verabreicht hatte, erfreute er sich bester Gesundheit und Vitalität. Seine Haare und Augen glänzten frisch, die roten Pünktchen auf seinen Armen waren wie von Zauberhand verschwunden und gestern hatte ich gesehen, wie er im Gehen lässig an einem Hähnchenschenkel genagt hatte, ohne sich dabei zu verschlucken. Auch hatte er heute Vormittag ein wichtiges Basketballspiel alleine durch seine Körbe entschieden, ohne Regeln zu brechen oder Klassenkameraden umzunieten. Hin und wieder bekam er zwar noch einen Temperamentsausbruch, der sich gewaschen hatte, oder ging etwas zu stürmisch mit seinen Mitmenschen und Lehrern um, doch das machte ihn bei seinem giggelnden Gefolge nur noch begehrenswerter. Leider bekam ich ihn bei diesem fulminanten Mars-Siegeszug überhaupt nicht mehr zu Gesicht und das konnte so nicht weitergehen.

»Wir müssen uns dringend besprechen, du und ich.« Besprechungen mit Sally waren sinnlos – das war, als würde ich versuchen, mich mit Horst auszutauschen, und bei ihm hatte ich wenigstens noch das Gefühl, er höre mir zu. »Wir haben eine Mission zu erfüllen und …«

»Oh, Joss, jetzt mach keinen Stress«, unterbrach mich Maks und warf sich das weiße Handtuch über seine linke Schulter. »Es ist gerade mal eine Woche her, dass meine Mutter sich von Ed getrennt hat. Ich muss ein Auge auf sie haben, sie ist noch nicht ganz stabil.«

»Ach wirklich?«, erwiderte ich schnippisch. »Den Eindruck habe ich aber nicht.« Sie hatte mich gestern Nachmittag am Telefon in bester Treborn-Manier abgewimmelt. Auf mich wirkte sie äußerst stabil.

»Wie kannst du das beurteilen? Du hast doch gar nichts mit ihr zu tun. Ehrlich, Joss, ich kann sie noch nicht alleine lassen.«

»Kannst du nicht oder willst du nicht?«, vergewisserte ich mich kühl. »Weil sie nur ein Vorwand ist für Besuche aus der zweiten Umlaufbahn?« Ein verlegenes Lächeln huschte über Maks' Lippen und er sah ertappt zur Seite. Hatte ich es doch gewusst! »Okay, ich hab verstanden. Sally besucht dich und deshalb hast du keinen Bock, zu reden. Und du willst ein Auserwählter sein? Ehrlich?« Wie hatte ich nur glauben können, einen Keil zwischen Maks und Sally getrieben zu haben? Von wegen! Sally trudelte seit Tagen immer erst gegen acht Uhr abends bei uns ein und weder Mama noch Papa beklagten sich deshalb oder fragten gar nach, wo sie gewesen war. Stattdessen freuten sie sich jedes Mal ein Loch in den Bauch, sie wiederzusehen.

»Ich wollte nie ein Auserwählter sein!« Mit schwungvollen Bewegungen rührte Maks in dem brodelnden Eintopf, während es hinter uns immer lauter und voller wurde. »Außerdem kann ich es auch noch in ein oder zwei Wochen sein …«

»Nein, man ist es immer oder nie. Da gibt es keinen Verhandlungsspielraum.«

»Oh, Joss. Wir haben schon ausgemacht, dass sie heute Nachmittag zum Kaffee kommt. Kannst ja dabei sein, wenn du willst.«

»Nein, danke«, lehnte ich säuerlich ab. »Boah, ich verstehe das nicht – deine Mutter war total dagegen, dass du Sally siehst, als ich mit ihr gesprochen habe! Deshalb hat sie dich ja auch sofort mitgenommen … Und jetzt hockt Sally jeden Tag bei euch rum?« Ich verstand es wirklich nicht. Da prallten doch zwei Welten aufeinander!

»Na jaaa …« Maks' verliebtes Lächeln verwandelte sich in ein leicht schuldbewusstes Grinsen. »Ich hab ihr Sally als Penelope vorgestellt und gesagt, ich würde ihr bei den Hausaufgaben helfen. Der Rest erledigte sich dann quasi von selbst.«

»Sie hat also auch deine Mutter mit ihrem Püppchen-Charme eingenebelt? Echt? Ich glaub das nicht!« Prustend trat ich einen Schritt zurück und stieß mit dem Hintern an den Servierwagen, der bereits auf meinen Einsatz wartete. »Wie macht sie das nur? Jeder kann sie leiden, sogar deine Mutter, das ist … Brrrrr«, machte ich, weil mir nicht das richtige Wort einfiel. Es musste vermutlich erst noch erfunden werden.

»Bist du etwa eifersüchtig?« Jetzt wurde Maks' Grinsen so breit, dass ich Lust bekam, ihn gegen sein Schienbein zu treten.

»Nein, natürlich nicht! Hier geht es um etwas Größeres als irgendwelche Gefühlsduseleien.« Oh je – hatte ich jetzt indirekt verraten, dass ich Gefühle für Maks hegte? »Nur weil Ed sich hat vertreiben lassen, bedeutet das nicht, dass sie aufgegeben haben«, redete ich schnell weiter und hoffte, dass Maks mir meine aufsteigende Röte in dem kalten Küchenlicht nicht ansah. »Maks, die Männer in Schwarz sind immer noch da, ich spüre es genau. Die geben nicht so schnell auf, das wissen wir doch mittlerweile. Da tut sich etwas, hinter meinem Rücken, sie organisieren sich neu …«

»Hast du sie gesehen?«

»Nein«, gab ich ernüchtert zu. Das hatte ich nicht. Aber immer öfter drehte ich mich auf der Straße um, weil ich das Gefühl hatte, beobachtet zu werden, dass da Wesen hinter mir waren, die jede meiner Bewegungen verfolgten, um auf den richtigen Augenblick zu warten, und … Tja, und spätestens bei diesem Gedanken bekam ich solche Angst, dass ich kaum mehr atmen konnte. Sie waren da, ich wusste es. »Aber vielleicht können sie sich auch unsichtbar machen. Sollten wir nicht wenigstens versuchen, herauszukriegen, wer sie sind?«

»Doch, natürlich.« Wie ich hatte Maks seine Stimme zu einem leisen Raunen gesenkt, denn wir waren inzwischen umzingelt von Schülern, die darauf warteten, dass endlich ihr Essen serviert wurde – und der Pulk von Maks' Verehrerinnen war ganz vorne mit dabei. »Pass auf, ich komme morgen Nachmittag zu dir, ja? So zwischen vier und fünf?« Morgen Nachmittag. Da besuchte Sally einen Ballett-

Intensiv-Kurs. Na, ich hatte ja ein Glück. »Und dann reden wir darüber. Ich weiß nur ehrlich nicht, was wir tun sollen, denn wenn wir sie nicht sehen, können wir sie auch nicht ausspionieren und …«

»Maksymilian! An die Theke, sofort!« Eine der Köchinnen gestikulierte ihn unmissverständlich herbei. »Das hier ist kein Ort für Privatgespräche, mein Herr.«

»Morgen Nachmittag«, rief Maks mir bekräftigend nach, während er sich von der Köchin mit unschuldig erhobenen Armen zur Theke schieben ließ, was allerlei Gekicher und Getuschel auslöste.

»Ja, wenn du es in deinem Liebestaumel nicht wieder vergisst«, murrte ich leise und schnappte mir den Wagen mit den Tabletts, um mich auf meinen täglichen Weg zu Julius zu machen. Mein Gespräch mit Herrn Maziere war leider erfolglos gewesen. Es seien ja nur noch wenige Wochen bis zu den Sommerferien, und solange mich Julius nicht schlecht behandle oder beleidige, gebe es keinen Grund, mich vorzeitig von dieser Aufgabe zu befreien. Dagegen hatte ich schlecht etwas einwenden können, denn das, was mich in Julius' Gegenwart einschüchterte, war nicht greifbar und erst recht nicht erklärbar.

Die gesamte Woche hatten wir in lähmendem Schweigen beieinandergesessen und ich ahnte, dass Julius nur darauf wartete, dass ich endlich seine Frage beantwortete und ihm sagte, wovor ich mich fürchtete – denn die war immer noch offen. Doch alles, was ich getan hatte, war, heimlich auf seinen Hinterkopf zu gucken, wenn er aß oder döste, und mir zu überlegen, ob unter seinem dünnen Haar wohl auch eine Klappe versteckt war, hinter der allerlei technischer Schnickschnack wartete. Jedes Mal hatte ich diesen Gedanken als absurd beiseitegeschoben, und doch ließ er mich nicht los. Mit Julius stimmte etwas nicht, dessen war ich mir sicher, und niemand sah es außer mir, weil alle anderen sich in ihrem Mitleid über seine Behinderung verloren. Doch sie konnte reine Tarnung sein und womöglich war ich auch in seiner Gegenwart in Gefahr.

Genauso gut konnte es allerdings sein, dass ich langsam, aber sicher meinem Verfolgungswahn zum Opfer fiel und dabei übersah, dass mir jemand seine Freundschaft anbot.

»Kein Wunder, wenn ich alles mit mir alleine ausmachen muss«, schimpfte ich grummelnd vor mich hin, während ich die Tür zum Schulgebäude aufstieß und den Wagen hineinbugsierte. Doch anstatt ihn weiterzuschieben, blieb ich in einem plötzlichen Impuls stehen, wie eine Antilope, die spürte, dass hinter dem nächsten Busch ein Gepard auf sie lauerte, bereit, jeden Moment loszusprinten und seine Krallen in ihren Leib zu schlagen. Der lange Gang lag vor mir, als sei die Schule seit Jahren vergessen und verlassen, still, öde und leer. Und kalt. Fröstelnd ließ ich den Wagen los und zog den Reißverschluss meiner Kapuzenjacke bis zum Hals. Dieser Teil der Schule war heute tatsächlich verlassen. Nach dem Essen würden sich alle anderen Schüler und Lehrer in der Aula versammeln, um gemeinsam den Schulball zu planen und vorzubereiten – ein Event, auf das die meisten von uns das ganze Jahr hinfieberten. Mir war stattdessen aufgetragen worden, derweil bei Julius zu bleiben, drei ganze Stunden lang. Der Ball hatte mir nie am Herzen gelegen, zumal wir bisher immer um 18 Uhr nach Hause geschickt worden waren und unser Teil eher einer Kinder-Faschingsparty geglichen hatte – und Fasching hatte ich noch nie leiden können. Doch jetzt empfand ich es als eine himmelschreiende Ungerechtigkeit, nicht bei den Vorbereitungen helfen zu können. Selbst Herr Maziere war bereits drüben in der Aula und stellte die Organisationsgruppen zusammen. Niemand außer Julius und mir befand sich noch im Schulgebäude.

Als ich prüfend nach oben an die Decke schaute, wusste ich plötzlich, was mich irritierte – was nicht stimmte und nicht sein konnte! Die Stille hatte ihre passenden Farben bekommen und die Ursache lag nicht in den Neonröhren über mir und auch nicht in den Regenwolken, die seit gestern Morgen schwer über der Stadt hingen. Nein, meine Welt war eine Schwarz-Weiß-Fotografie geworden. Ich sah nur noch Grau-Abstufungen, leblos und starr, und als ich wie im Reflex an mir herunterschaute, erkannte ich entsetzt, dass auch meine blauen Jeans und meine türkisfarbene Jacke jegliche Buntpigmentierung verloren hatten. Gleichzeitig kroch eine Kälte in meine Zellen, die so arktisch und vernichtend war, dass ich gequält aufschrie.

Die Schatten hinter der gläsernen Eingangstür, die wie nach einer Frostnacht beschlagen war und an der sich bereits Eiskristalle bildeten, vollendeten das Grauen. Obwohl ich sie durch den kalten Dunst nur schemenhaft erkennen konnte, wusste ich sofort, mit wem ich es hier zu tun bekommen würde. Sie hatten nur auf diesen einen Moment gewartet – auf eine menschengemachte Fügung, die mich ihnen hilflos überließ. Denn ohne mich würden Maks und Sally unsere Mission nicht weiterverfolgen können. Dazu waren sie viel zu verliebt, und Liebe machte, wie ich mittlerweile gelernt hatte, nicht nur blind, sondern auch blöd. Maks war das beste Beispiel dafür.

Wenn die Männer in Schwarz mich jetzt in ihre Krakenfinger bekamen, war das Spiel aus und vorbei.

»Verdammt, was mache ich nur?«, wisperte ich panisch und schlug mir mit den Fäusten auf die Oberarme, weil ich sie vor lauter Frieren kaum mehr spürte. »Und was mache ich mit Julius?« War er nun einer von ihnen, hatte er ihnen höchstpersönlich

Bescheid gegeben und die ganze Situation eingefädelt? Oder lieferte ich ihn ihnen aus, wenn ich flüchtete und ihn hier alleinließ, gefesselt an seinen Rollstuhl und unfähig, sich zu wehren? Nein, das konnte ich nicht tun … Selbst wenn ich mich vor ihm fürchtete und immer das gesamte Wochenende brauchte, um mich von unserem Zusammensein zu erholen – er hatte nie in mein Gedächtnis eingegriffen; es hatte in seiner Gegenwart immer brillant funktioniert, allem Schwindel und aller Angst zum Trotz. Ich konnte ihn nicht alleinlassen. Das war nicht fair!

Schon hörte ich, wie sich ein monotones, einschläferndes Wispern auszubreiten begann – es kroch unter dem Türspalt hindurch und näherte sich mir Millimeter für Millimeter, wollte mich willenlos und gefügig machen … damit ich zu ihnen kam und ihnen die Tür öffnete, es war wie bei Frau Treborn und Ed. Meine Beine zuckten bereits und meine Füße wollten sich fügsam in ihre Richtung drehen. Warum auch immer – sie wollten unsere scheinbare Freiwilligkeit.

»Niemals«, brachte ich keuchend hervor, stieß den Wagen zur Seite und rannte mit torkelnden, schwerfälligen Schritten dem Saal entgegen, in dem Julius schon seit Minuten auf mich wartete. Ihn in seinem Rollstuhl zur Aula zu schieben, würde zu lange dauern und ich musste dabei viel zu viele Türen öffnen und Stufen überwinden. Doch es gab ein anderes Versteck, in dem ich vor ihrem Hypnosezauber sicher war, und dafür musste ich nur die Treppe nach unten nehmen, was hoffentlich leichter vonstattengehen würde. Den Schlüssel für unseren Bunker trug ich immer noch in meiner Tasche; ich hatte ihn jeden Tag bei mir, in der Hoffnung, dass Maks und ich uns dort endlich wieder näherkommen konnten. Dieser Raum würde mich vor dem Einfluss der Schwarzen Männer abschirmen und mir ein sicheres Versteck bieten. Oh Gott, hoffentlich würde er das!

»Wir müssen hier weg.« Julius hob nur fragend den Kopf, als ich zu ihm stürzte und die Bremse seines Rollstuhls löste, sagte aber nichts und wehrte sich auch nicht. Seine Knie stießen mehrmals gegen die Bank und den Türrahmen, während ich ihn nach draußen schob, doch ich hatte keine Zeit, mich dafür zu entschuldigen oder irgendetwas zu erklären. »Halt dich fest!«, wies ich ihn an, sobald wir die Treppe erreicht hatten und ich ihn Stufe für Stufe nach unten bugsierte. Julius gehorchte wortlos und mit fast interessiertem Blick und ließ seine beiden Armlehnen auch dann nicht los, als ich stolperte, er gefährlich weit nach vorne kippte und sein Rücken durch meine hastige Korrektur unsanft hin- und hergeworfen wurde. Ich wusste nicht, woher ich meine Kraft nahm – vielleicht bekam man sie aus geheimer Quelle verliehen, wenn man um sein Leben kämpfte. Wie durch ein Wunder gelangten wir heil und ohne Stürze am unteren Treppenabsatz an und ich raste mit Julius am ausgestorbenen Kiosk vorbei zur Tür des Bunkers. Mit bebenden Fingern schloss ich sie auf, bugsierte Julius hinein, schlüpfte hinterher, schlug die Tür zu und schloss sie von innen ab, um mich japsend auf das blaue Sofa fallen zu lassen. Die Hand auf mein jagendes Herz gepresst, lauschte ich nach draußen. War ihr Wispern und Raunen noch zu hören? Spürte ich ihre Kälte noch? Ja, es war kalt hier unten, eine abgestandene, tote Kälte … aber war das in Kellern nicht immer so? Oder war meine Flucht vollkommen sinnlos gewesen? Immerhin konnte ich wieder Farben wahrnehmen, doch sie lagen unter einem dicken Grauschleier.

Ohne mich um Julius zu kümmern, der mich schweigend betrachtete, zog ich mein Handy aus der Tasche und wählte Maks' Nummer. »Oh nein, ich bin so blöd!«, schluchzte ich auf, als ich auf das Display schaute. Ich konnte Maks gar nicht erreichen! Maks nicht und auch keinen anderen Menschen. In diesem Raum gab es weder Internet- noch Handyempfang. Genau deshalb hatten wir ihn als geheimes Büro ausgesucht! Denn damals glaubten wir noch, die Männer in Schwarz seien Menschen und arbeiteten wie Menschen … Wie hatten wir nur so naiv sein können?

»Joss.«

Bibbernd legte ich das sinnlos gewordene Handy

neben mich und sah auf. Nach meiner Höllentour musste Julius Schmerzen am gesamten Körper haben, doch er schaute mich nur ruhig an, ohne jede Spur von Angst oder gar Panik – und auch ohne jeden Vorwurf.

»Joss, es ist der Zeitpunkt gekommen, der Wahrheit ins Auge zu sehen. Irgendwann musst du dieses Tor durchschreiten und wir haben nicht mehr viel Zeit.«

»Was? Welches Tor?« Meine Stimme klang schwach und dünn. »Ich verstehe nicht …«

»Komm zu mir, Joss. Komm …« Julius' Stimme fühlte sich plötzlich ebenso hypnotisch an wie das Wispern der Männer in Schwarz. Meine Güte, ich war wirklich eine jämmerliche Auserwählte. Natürlich agierten sie gemeinsam, in irgendeine Falle hatte ich rennen müssen … Warum war ich nur so bescheuert sozial und mitfühlend? Ich hätte Julius links liegen lassen und meine Haut retten sollen! Der Weg zur Mensa und zu Maks war doch frei gewesen! »Nun komm schon, Sternenmädchen.« Seine langen, aristokratischen Finger streckten sich mir entgegen und schon wollte meine Hand sie ergreifen.

»Wird es wehtun?«, fragte ich aufwimmernd. Denn irgendetwas würden die Männer in Schwarz mit mir machen, da war ich mir sicher, und Julius würde damit beginnen.

»Das hoffe ich nicht«, erwiderte Julius lächelnd

und ich sah schlotternd dabei zu, wie meine Hand seine ergriff und ihn zu mir zog, sodass er aus seinem Rollstuhl neben mich auf das blaue Sofa gleiten konnte. Langsam sank sein krummer Rücken in die weiche Lehne, während seine Beine wie Fremdkörper zur Seite fielen. »Aber wenn es wehtut, ist es auch in Ordnung.«

»Oh, das sehe ich anders.« Meine Stimme war nur noch ein Fiepsen.

»Sieh mir in die Augen, Joss, solange es noch möglich ist. Bitte. Schau in meine Augen …«

Das hatte ich schon einmal getan und war dabei fast ohnmächtig geworden. Doch wäre das in diesem Moment nicht genau das Richtige? Mein Bewusstsein zu verlieren und nicht mitzubekommen, was als Nächstes passieren würde? Zitternd richtete ich meinen Blick auf sein Gesicht – erst auf seinen nach wie vor lächelnden, hübschen Mund, seine leicht schief stehenden Zähne, die gerade Nase und nun … Ich hatte mich nicht getäuscht. Das waren keine Menschenpupillen. Sie waren umgeben von … hellen Ringen … ja, es waren Ringe und sie kreisten, erhaben und kraftvoll, in ihrem ganz eigenen kosmischen Rhythmus … Schon wurde ich von starkem Schwindel gepackt und mein Kopf kippte vornüber …

»Nicht in den Widerstand gehen, Joss.« Wie im Nebel spürte ich, dass Julius meinen Nacken stützte und mein Kinn wieder nach oben schob. »Geh mit der Bewegung. Kreise mit ihnen … Wir alle bewegen uns, in unserer ureigenen Umlaufbahn. Erkennst du mich jetzt? Siehst du, wer ich bin?«

»Du … du … oh je, Julius! Was ist mit dir, was hast du?« Ein dünner Blutfaden lief aus seinem Mundwinkel und sein Atem rasselte, als würde seine Lunge von einem schweren Gewicht zerdrückt werden. In Sekundenschnelle wurde sein Gesicht totenbleich. »Nein, nicht …«

»Sprich es aus. Wer bin ich?«

»Du bist … ja, du bist … Saturn. *Saturn* …« Weinend wischte ich die Blutstropfen von seinem Kinn, während mein Verstand sich weitete und endlich begriff. Die Ringe, das ständige Kreisen … sein Fidget Spinner! Die Kälte um ihn herum – die Ringe des Saturns bestanden aus Eis, natürlich, es passte, ebenso wie das Skelett, das ich immerzu in ihm sah, seine Gebrechen, sein reifes Bewusstsein, seine meditative Klarheit und Ruhe. Das alles waren Saturn-Energien, und nur weil er im Rollstuhl saß und behindert war, war ich niemals auf die Idee gekommen, er könnte ein Auserwählter sein! Und jetzt … jetzt – was geschah nur mit ihm? Wieso rann Blut aus seinem Mund?

»Erinnerst du dich daran, dass ich gesagt habe, etwas wie Verliebtheit sei für mein Leben nicht vorgesehen?« Ich nickte und wischte einen neuerlichen Blutfaden von seinem Kinn. Es hörte nicht auf zu bluten ... »Mein Dasein war die Vorbereitung auf diesen einen Moment. Dafür habe ich gelebt, mehr schlecht als recht, aber ich habe es gerne getan.« Keuchend rang er nach Luft und wieder hörte sich sein Atem an, als fiele seine Lunge in sich zusammen. »Ich bin nur deshalb auf die Erde gekommen und habe diesen Körper dafür gewählt ... damit man mich erkennen kann, wenn es nötig wird ...«

»Aber ich habe dich zu spät erkannt, viel zu spät!«, rief ich und suchte in meinen Taschen nach einem Tempo, denn das Blut tropfte unaufhörlich auf Julius' Ringelshirt. Selbst mit seinen Klamotten hatte er versucht, mir Zeichen zu geben! »Und du hast es die ganze Zeit gewusst?«

»Von Geburt an.« Röchelnd hob sich seine Brust. »Ja, ich wusste es immer.«

»Und nun stirbst du, weil du erkannt wurdest? Ist es das, was du mir sagen willst? Denn da mache ich nicht mit! Ich soll die anderen Auserwählten finden, und ganz offensichtlich bist du einer davon, also bitte stirb jetzt nicht, Julius, wir brauchen dich! Scheiße ...« Noch einmal aktivierte ich mein Handy, doch nach wie vor zeigte sich kein Empfangsbalken. Gut, dann musste ich eben nach draußen gehen und Hilfe holen, lauernde Agenten hin oder her. Vielleicht war ich schneller als sie. »Ich bin sofort zurück und du wirst gefälligst nicht sterben!« Entschieden stand ich auf, steckte den Schlüssel ins Schloss, drehte ihn herum, drückte die Klinke hinunter und – hielt sie in der Hand! »Nein … nein, bitte nicht das jetzt auch noch …« Fluchend ließ ich mich auf die Knie nieder und suchte nach der heruntergefallenen Schraube, mit der ich die Klinke wieder befestigen konnte, doch sie kullerte dem kleinen Gitter hinter dem Sofa entgegen und rutschte klirrend zwischen den Streben hindurch in den Schacht. Zornig schmiss ich die Klinke in die Ecke.

»Maks! Herr Maziere! Hilfe! Wir brauchen Hilfe«, schrie ich, so laut ich konnte, erinnerte mich aber im gleichen Moment daran, was Maks mir über diesen Raum gesagt hatte. Schalldicht – der Raum war schalldicht. Ich konnte mir die Seele aus dem Leib brüllen. Es würde niemand hören, zumal alle anderen sowieso drüben in der Aula waren. Ich hatte Julius dem Tod ausgeliefert!

»Es tut mir so leid, Julius … ich wusste nicht, was ich tat …«

»Nein, Joss. Du machst das alles hervorragend. Du darfst dich nur nicht mehr deiner Angst beugen, hörst du?« Seine Stimme war so leise geworden, dass ich zurück zu ihm auf das Sofa robbte und meine Stirn an seine Schulter lehnte, um ihn besser verstehen zu können. Verblüfft registrierte ich, dass er sich gar nicht so kalt und knöchern anfühlte, wie ich die ganze Zeit gedacht hatte. Nein, ich fand sogar Geborgenheit bei ihm – und eine Ruhe, die ich mir in dieser aussichtslosen Situation nicht erklären konnte. Sanft legte er seine Hand auf meine freie Wange. »Erzähl mir, wovor du dich fürchtest. Ich höre dir gerne zu. Du hast eine so schöne, klare Stimme …«

In diesem verzweifelten Moment, da war ich mir sicher, klang sie weder klar noch schön. Trotzdem begann ich zu reden, fast so leise wie er. Ich erzählte ihm von den Männern in Schwarz, während sein Atem immer krampfiger wurde, und zum ersten Mal berichtete ich einem anderen Menschen von meinem nächtlichen Albtraum und den seltsamen Wesen darin, meinem Gedächtnisverlust, dem Kornkreis und Ed. Die ganze Zeit ließ Julius seine Hand auf meiner Wange ruhen, sacht und tröstend. Er fühlte sich nicht mehr kalt an, und trotz seines elenden Zustandes auch nicht krank oder schwach. Und ich wollte ihn nicht verlieren, nicht jetzt schon – nicht, wo ich ihn gerade erst gefunden hatte!

»Saturn ist das Tor in eine neue Dimension, Joss«, flüsterte er, als ich geendet hatte. »Du musst damit beginnen, in größeren Kreisen und in andere Richtungen zu denken, noch viel mehr für möglich zu halten. Dein Bewusstsein zu erweitern, um deine Mission erfüllen zu können. Vielleicht sind die Männer in Schwarz gar nicht böse. Vielleicht sind auch die Wesen aus deinem Traum nicht böse. Haben die Männer dir denn jemals etwas Schlimmes angetan, was nicht zu reparieren war? Dich jemals wahrhaft bedroht?«

»Nein«, antwortete ich wahrheitsgemäß und tastete mit der Hand über Julius' eingefallene Brust. Schlug sein Herz noch regelmäßig? Wie nah war er seinem Tod bereits?

»Dann begegne dem, was du fürchtest. Geh auf sie zu, anstatt dich von ihnen jagen zu lassen! Finde heraus, was sie von dir wollen. Und diese Wesen … aus deinem Traum …« Julius schöpfte rasselnd neuen Atem. »Vielleicht war es kein Traum, Joss. Vielleicht haben diese Wesen dir deine Erinnerungen zurückgegeben, weil sie dir helfen wollen. Vielleicht gibt es sie wirklich! Du musst ab jetzt alles für möglich halten, alles! Sprenge deine Grenzen. Geht auf Reisen, du und Sally und Maks … erlebt zusammen Abenteuer … denn bald werden die Auserwählten nicht mehr zu euch kommen und ihr müsst sie suchen … auf der ganzen … weiten … schönen Welt …«

»Nein!«, rief ich, weil Julius das Bewusstsein verlor und schwer gegen mich kippte. »Nein, bitte nicht, bleib hier! Wir brauchen dich, was ist denn eine Planeten-Mission ohne Saturn? Nichts!« Mit der flachen Hand schlug ich ihm auf seine rechte Wange. Seine Lider flatterten kurz. »Dein Leben ist nicht nur dafür da gewesen, für ein paar Sekunden erkannt zu werden. Das glaube ich nicht! Das bildest du dir nur ein! Es gibt auch für dich noch so viel zu entdecken, und ja, auch du darfst dich verlieben!« Lächelnd öffnete Julius ein letztes Mal seine schimmernden Augen, als erheiterten ihn meine Worte, und nun liebte ich die wirbelnden Ringe darin. »Doch, das ist schön, wenn man nicht gerade in den Falschen verliebt ist, auch für uns verkorkste Auserwählte! Wir haben das Recht dazu!« Kühn nahm ich sein schmales Gesicht in meine Hände und küsste ihn rasch auf seine blassen Lippen. »Siehst du? Davon kannst du noch mehr haben, vielleicht nicht unbedingt von mir, aber wir finden weitere Planetenabgesandte und dann … Bleib hier, Julius!«

Doch er war schon auf dem Weg nach Hause. Aufschluchzend sprang ich vom Sofa und reckte meine Arme nach oben. Nie hatte ich es ungerechter empfunden, dass die Plejaden im Sommer nicht zu sehen waren. Aber sie waren da, zwar weit weg, aber da, und ich musste versuchen, sie zu erreichen – irgendwen da oben zu erreichen, von mir aus die Wesen aus meinem Traum! »Wenn ihr mich jetzt hört, dann glaubt bloß nicht, dass ihr das alles mit mir machen könnt! Denn diesen Teil hier akzeptiere ich nicht, er ergibt keinen Sinn für mich, und wenn ihr uns Julius nehmt, lege ich mein Amt nieder, dann könnt ihr euch jemand anderen für diese beschissene Mission suchen. Erst glaubt mir niemand, was ich erlebt habe, dann verliebt sich Mars in Venus und verliert sein Gedächtnis, dann finde ich endlich jemanden, mit dem ich vernünftig sprechen kann, und nun soll er zwei Sekunden später sterben – was ist das nur für ein dämlicher Plan, den ihr euch da ausgedacht habt, hm? Hört ihr mich überhaupt?«

Die Tränen liefen in Strömen meine Wangen hinunter, während ich meine Augen schloss und versuchte, etwas wahrzunehmen. Irgendjemand oder irgendetwas hatte in der Nacht auf dem Dachboden mit mir gesprochen und ich war mir sicher, dass dieses Etwas in Verbindung mit mir stand, mich hörte – und auch erhörte? Musste ich ihm vielleicht einen Deal anbieten?

»Ja, in Ordnung, ich bin bereit, über meine Grenzen zu gehen, mich meiner Angst zu stellen, in andere Länder zu reisen, Abenteuer zu erleben. Und ich bin auch bereit, weiterhin dabei zuzusehen, wie Maks und Sally sich anhimmeln und einander lieben. Aber bitte, bitte nehmt mir nicht Julius! Sollte er nicht auch erfahren dürfen, dass das Leben auf der Erde schön sein kann? Dass es lohnenswert ist und Freude macht? Denn man will nur das retten, was man auch liebt, oder?«

Stille. Nichts als unendliche schwarze Stille. Nein, sie hörten mich nicht. Vielleicht waren wir auch nur Nummern für sie. Auserwählte 1, 2, 3, 4, und 4 brauchen sie eben jetzt nicht mehr, also wird 4 abberufen … Doch wozu dann das Ganze? Wenn wir die Erde retten sollten, galt es dann nicht auch, uns

Menschen zu retten und zu schützen? Gab es da nicht einen Zusammenhang?

»Joss! Julius! Seid ihr da drinnen?«

»Joss, mach die Tür auf!«

Ich brauchte ein paar Sekunden, um zu begreifen, dass die Stimmen nicht von oben, sondern aus dem Flur kamen – und dass sie Maks und Herrn Maziere gehörten.

»Die Klinke ist abgegangen! Ich kann nicht mehr raus!«

Ein mächtiger Rums ertönte und ich konnte gerade noch zur Seite hechten und mich schützend vor Julius stellen, bevor die Tür aus dem Schloss krachte und Maks und Herr Maziere in den Raum stürzten, quicklebendig und erlösend menschlich. In den wenigen Romanen, die ich gelesen hatte, hieß es in solchen Situationen oft, dass nun alles ganz schnell gegangen sei, und ich hätte mir gewünscht, dass es in der Realität auch so gewesen wäre.

Aber das war es nicht.

Es dauerte viel zu lange, bis der Rettungsdienst kam, eine quälende Zeit, in der Herr Maziere und Maks an Julius herumkneteten und ihn zu beatmen versuchten, um ihn zurück zu den Lebenden zu holen, und ich nichts weiter tun konnte, als mit Frau Heinrich den Gang auf und ab zu laufen und auf die Sanitäter zu warten. Ich versuchte, weder zu weinen noch zu schreien, weil ich wusste, dass das niemandem helfen würde, Julius schon gar nicht, aber als endlich drei Männer mit Bahre, Beatmungsgeräten und zwei großen Koffern um die Ecke gerannt kamen, tat ich das, wozu Julius' Augen mich stets aufgefordert hatten, obwohl sie das Gegenteil meinten.

Ich verlor mein Bewusstsein.

WARMDUSCHER

»Sally?« Ich hatte nicht wirklich gehofft, sie in der Küche zu finden. Nun wusste ich, dass ich alleine war – auch sie war ausgeflogen und ich konnte mir denken, wo sie steckte. Bei Maks. Ein schweres Seufzen drang aus meiner Kehle, als ich die aufgeschlagene Zeitung auf dem Küchentisch entdeckte. »Behinderter Schüler kollabiert im Kellerraum des Curie-Gymnasiums – Der hochtalentierte Julius S. kämpft nach wie vor um sein Leben.« Den Artikel überflog ich nur; er strotzte von abenteuerlichen Mutmaßungen, was Julius und ich wohl in dem Bunker zu suchen gehabt hatten, und spekulierte sogar darüber, ob es eine Mutprobe gewesen sei oder ich ihn dort habe »abstellen« wollen, um mich nicht mehr um ihn kümmern zu müssen – und mich dabei versehentlich selbst eingesperrt habe. Auch ließen die Schreiber sich ausführlich darüber aus, was alles hätte passieren können, wenn man uns nicht zufällig entdeckt hätte.

Ja, der Fall gab unzählige Rätsel auf, sofern man die Hintergründe nicht kannte – ganz wie unser nächtlicher Feldbesuch in England. Für die Lokalredakteure mochte das noch ein gefundenes Fressen sein, für meine Eltern war es ein handfestes Drama, von dem sie kein Wort verstanden. Wie nach der Belohnungsfahrt war ich in den vergangenen Tagen regelmäßig mit Fragen durchlöchert worden, von denen ich keine einzige vernünftig beantworten konnte.

Mama und Papa schwankten dabei zwischen Sorge und Strenge. Mir ging es so miserabel, dass ich kaum etwas essen wollte und fast nichts redete, sondern mich die meiste Zeit auf dem Dachboden versteckte. Trotzdem hatte ich Hausarrest bekommen, als wäre ich nachts zu lange in der Disko gewesen oder hätte heimlich Alkohol getrunken. Mamas Erklärungsversuch war so schräg wie unlogisch – sie vermutete, ich habe mich mit Julius in den Raum zurückgezogen, um Maks eifersüchtig zu machen.

Dabei konnte ich die ganze Zeit kaum an einen anderen Menschen denken als an Julius, der in einer Spezialklinik auf der Intensivstation lag und seit seinem Kollaps zwischen Leben und Tod schwebte. Er hatte eine Lungenembolie erlitten, das war alles, was uns mitgeteilt worden war, und nun versuchten die Ärzte, seine Lunge wieder »gebrauchsfähig« zu machen – was auch immer das bedeutete. Jeden

Augenblick konnte der Anruf kommen, dass es ihnen nicht gelungen war – etwas, das ich inzwischen mehr fürchtete als die Männer in Schwarz.

Denn ich war schuld an allem. Es war zwar nicht so, wie die Menschen um mich herum dachten, aber ohne meine heillose Angst vor den Männern in Schwarz wäre es niemals so weit gekommen. Ich wäre nicht mit Julius runter in den Bunker geflüchtet und hätte uns dort eingesperrt und ich hätte schneller Hilfe holen können ... Was ich getan hatte, war unverzeihlich, zumal die Männer in Schwarz anschließend wie vom Erdboden verschluckt gewesen waren. Es war nicht einmal auszuschließen, dass ich mir ihre Gegenwart nur eingebildet hatte.

Wie Maks und Herr Maziere überhaupt auf uns aufmerksam geworden waren, wusste ich bislang gar nicht. In der Zeitung hieß es, sie hätten uns durch Zufall entdeckt. Danach fragen konnte ich sie leider nicht. Ich war bis auf Weiteres vom Unterricht »befreit« und dank des Hausarrestes konnte ich nicht mit Maks sprechen. Spätestens jetzt waren meine Eltern felsenfest davon überzeugt, dass er einen miserablen Einfluss auf mich ausübte, genauso wie Frau Treborn einen Grund mehr gefunden haben musste, nicht mehr ans Telefon zu gehen, wenn unsere Nummer angezeigt wurde. Doch dieses Mal hatte ich gar nicht erst versucht, Maks zu erreichen. Alleine Frau Heinrich hatte sich bei uns gemeldet und mir umständlich zu erklären versucht, dass es besser wäre, wenn ich dem Schulball fernbleiben würde – für mich und die anderen Schüler. Im Klartext hieß das, dass ich nicht kommen durfte; eine der handfesteren Strafen unseres Schulsystems, denn der Ball war der Höhepunkt des Jahres, vor allem für uns Achtklässler, die endlich bis 22 Uhr tanzen und feiern durften.

Trotz des ganzen Elends hatte ich seit dem Einsatz der Rettungskräfte und meiner Ohnmacht keine Träne vergossen. Irgendwie hatte ich das Gefühl, dass ich nicht weinen durfte, weil ich ja die Schuld an allem trug – und dass es Julius Kraft rauben würde. Ich musste stark bleiben, aufrecht, durfte mich nicht gehen lassen. Immer wenn ich spürte, dass Tränen in mir aufstiegen, richtete ich mich auf, ballte die Fäuste und schluckte meinen Kummer und meine Angst hinunter. Vielleicht hatte ich deshalb das Gefühl, einen dicken Kloß klebrigen Plätzchenteig in meinem Magen zu beherbergen.

»Ich halte das nicht eine Minute länger aus«, flüsterte ich und schob den Küchenfenstervorhang zur Seite, um nach draußen zu sehen. Das Wetter hatte sich der allgemeinen Stimmungslage angepasst. Seit vorgestern regnete es fast ununterbrochen; heute hatten wir bereits morgens das Licht anschalten müssen – und das im Juni. Nun schüttete es sogar; ich konnte das Gurgeln der Gullis bis in die Küche hören.

Maks musste erfahren, wer Julius war, dachte ich einmal mehr. Ganz egal, ob Julius durchkommt oder nicht. Doch vor allem musste ich jemandem begegnen, dem ich vertraute, mit dem ich offen reden konnte. Ich hatte eine gehörige Wut auf Maks; finster und schwer hauste sie in meinen Eingeweiden, und ich fühlte mich von ihm betrogen und verraten, da er meine Furcht vor den Männern in Schwarz nicht ernst genommen hatte. Es war nicht fair, dass ich bei diesem ganzen Desaster als die alleinige Schuldige dastand und er sogar noch der Retter in der Not gewesen war – die Zeitung feierte ihn geradezu als Helden, weil er Herrn Maziere bei seinen Wiederbelebungsversuchen assistiert hatte. Und doch saßen wir zusammen in einem Boot, planetarisch gesehen jedenfalls. Sally schwebte durch ihre eigene Welt und begriff nach wie vor nicht, was hier eigentlich abging und dass es eine Mission zu erfüllen gab, aber Maks – Maks wusste es. Und ich brauchte einen Sternenpartner, ich brauchte ihn mehr denn je. Noch immer wollte ich am liebsten alles hinschmeißen, aber dann hörte ich wieder Julius' Worte in meinem Kopf – all seine klugen Ratschläge und Hinweise, die mir vorkamen wie eine wertvolle, sorgsam durchdachte Agenda, die wir nach und nach abarbeiten mussten. Auch davon hatte Maks keine Ahnung. Alleine würde ich daran ersticken.

»Sorry, Mama und Papa«, flüsterte ich entschuldigend, nachdem ich einen Zettel auf die Flurkommode gelegt hatte, auf dem stand, dass ich bei Maks sei, warf eine dünne Jacke über, schlüpfte in Sams ausgediente Sneakers, die sie mir gestern schwesterlich vermacht hatte, um mich zu trösten, und begann mit hängendem Kopf und schmerzendem Magen zu Maks' Viertel zu laufen.

Schon nach wenigen Metern war ich fast vollständig durchnässt und begann wie ein Schneider zu frieren, doch es kümmerte mich kaum. Es erschien mir irgendwie gerecht, genauso wie die Vorstellung, dass ich mir dabei eine Lungenentzündung holte. Ohne nach rechts und links zu schauen, lief ich stur durch den strömenden Regen und kam mir vor wie in einer nervtötenden Wiederholungsschleife, weil meine Wege mich immer und immer wieder zu Maks führten. Als ich vor seinem Haus angekommen war, quietschte das Wasser in meinen Schuhen und nicht einmal mehr meine Unterhose war noch trocken. In meinem Kopf herrschte dröhnende Leere, ich wusste nicht, was ich sagen sollte, wenn sich die Tür öffnete und Frau Treborn mich mustern würde, als sei ich die Überbringerin der Pest, und ich hatte auch keine Kraft mehr für irgendwelche Strategien, mich an ihr vorbeizuschleusen. Trotzdem drückte ich den Klingelknopf. Es gab einfach keinen anderen Platz, an dem ich jetzt sein wollte, als hier bei Maks.

»Joss … ich hab gerade versucht, dich zu erreichen! – Wie siehst du denn aus, habt ihr keine Regenschirme zu Hause?« An meinem durchweichten Jackenärmel zog Maks mich in den warmen, trockenen Hausflur. »Meine Mutter hat mich gerade angerufen. Joss? Hörst du mich?«

Weil ich nicht antwortete, befreite Maks mich aus meiner triefenden Jacke und nahm mein Kinn, um es leicht nach oben zu drücken. »He … Ich hab gute Nachrichten. Mum hat in den letzten Tagen Julius' Eltern geholfen, als Notfall-Psychologin – und stell dir vor, seit heute Morgen atmet er wieder eigenständig! Er kommt durch, Joss!«

»Das muss er auch«, hörte ich mich sagen. Ich klang ganz fern und matt, als hätte ich mich in den vergangenen Tagen in mir selbst verloren. »Denn er ist vom Saturn, Maks. Julius ist der Auserwählte Nummer 4 und er weiß es sogar! Ich hab es nur die ganze Zeit nicht gesehen, ich war so doof und blind, und wenn ich begriffen hätte, dass er es ist, dann … dann wäre er vielleicht gar nicht …«

»Stopp, hör auf damit. Tu das nicht.« Maks ging vor mir in die Hocke und legte seine Hände um meine Kniekehlen, um reuevoll zu mir aufzuschauen. »Du bist weder doof noch blind, Joss. Ich war der Arsch, und glaub mir, es tut mir so leid. Ich hab einfach nicht kapiert, dass du Hilfe brauchst, und wenn Sally nicht gewesen wäre … ich will gar nicht dran denken. Hab die ganze Zeit versucht dich zu erreichen, aber deine Eltern haben mich abgeblockt und dein Handy war aus.«

»Sie haben es mir abgenommen«, erwiderte ich tumb. »Sally? Wieso denn Sally?« Hatte sie ihn nicht so sehr abgelenkt, dass er mich fast vergessen hatte?

»Sally hat mich angerufen, als wir in der Aula den Schulball vorbereiteten, und hat irgendwas davon gefaselt, dass sie in einer Vision deine Stimme gehört habe, du würdest um Hilfe rufen, und ich solle dich unbedingt suchen, jetzt sofort. Ich dachte erst, sie spinnt, aber es ist eben Sally … Kann ihr keinen Wunsch abschlagen.« Maks grinste schief. »Und dann hab ich gesehen, dass der Wagen mit den Tabletts umgekippt im Gang lag und ihr nicht in eurem Saal wart, und fing an, dich zu suchen. Scheiße, ich hab echt Angst um dich gehabt …«

»Zu Recht«, entgegnete ich kratzig. »Die Männer in Schwarz waren da, Maks. Nicht nur einer, sondern mehrere, und sie haben versucht, mich zu ihnen zu locken und ihnen die Tür zu öffnen. Die haben die Situation gnadenlos ausgenutzt. – Ist das denn wirklich wahr, was du erzählst? Julius wird es schaffen?«

»Ja. Sie wissen nur noch nicht, ob sein Gehirn Schaden genommen hat, dazu muss er erst einmal richtig aufwachen, aber er atmet alleine, er ist über den Berg! Mama würde das nicht sagen, wenn es nicht stimmen würde!«

Jetzt konnte ich meine Tränen nicht mehr zurückhalten. Schluchzend sank ich in die Hocke, weil meine Knie weich wurden und ich zudem so sehr fror, dass ich nicht länger stehen konnte. »Mir ist so kalt …«

»Ja, verdammt, und ich Idiot krieg mal wieder nicht mit, was du brauchst«, knurrte Maks. »Ich werde es in Zukunft besser machen, Joss, ich verspreche es dir, und dieses Mal meine ich es ernst. Komm … du musst dich aufwärmen …« Vorsichtig zog er mich vom Boden hoch, hakte sich bei mir unter und schob mich zur Treppe und die Stufen hinauf, ganz ähnlich wie ich bei ihm, als er auf dem besten Wege gewesen war, vor lauter Mars-Fieber von innen zu verglühen.

»Ich schaffe das alles nicht mehr alleine, Maks«, gestand ich weinend. »Das ist zu viel für mich! Wir müssen zusammenarbeiten, und ich brauche dabei jemanden, auf den ich mich verlassen kann und der klar im Kopf ist.«

»Ich weiß. Erst hab ich mich an nichts mehr erinnert und dann lasse ich dich eine Woche lang links liegen – sorry, ehrlich. Es ist nur so … Ach, Joss, wenn ich dir das nur richtig erklären könnte.« Maks hielt kurz an, damit er mich anschauen konnte. »Wenn Sally bei mir ist, fühle ich mich so ausgeglichen wie noch nie in meinem Leben. Alles ist im Lot. Weder mache ich irgendwas kaputt noch will ich was in Brand setzen oder muss mich beim Sport abreagieren. Wenn sich so Mensch sein anfühlt, muss es etwas richtig Tolles sein. Ich mag mein Leben dann.«

»Wart ihr denn die ganze Zeit zusammen? Also – eng zusammen?«

»Ach was …« Maks fuhr damit fort, mich die Treppe hinaufzuführen. »Die meiste Zeit quatscht sie mit Mum, assistiert ihr in der Küche oder backt mit ihr Kuchen. Hätte nicht gedacht, dass ich das noch erlebe – dass meine Mutter einen Kuchen backt. Und im Moment sitzt sie auf meinem Bett und komponiert ein neues Flötenstück oder so. Keine Ahnung. Was mit Noten.« Maks zuckte mit den Schultern und drehte mich nach rechts, in Richtung Badezimmer – wozu auch immer. »Es reicht, wenn sie im Haus ist. Dann passiert was mit mir und das ist … naja.« Er feixte anzüglich. »Mehr so was Körperliches. Will nicht großartig mit ihr reden oder so, weißt du?«

»Das reicht mir als Information, danke«, beugte ich weiteren Schilderungen von Sallys Auswirkungen auf Maks vor. »Was machen wir hier?«

Doch Maks hatte schon die Türen der Duschkabine aufgestoßen und den Hahn aufgedreht. Sofort schoss dampfendes Wasser aus der Brause. »Also, falls du denkst, ich zieh mich jetzt hier vor deinen Augen aus und … ach so«, murmelte ich verwirrt, denn Maks hatte mich erneut am Arm genommen und schob mich samt meinen nassen Klamotten am Leib in die Kabine hinein – und sich gleich mit dazu.

»Wärme«, meinte er nur knapp, als erkläre das alles, was er nun tun würde, schlang seine Arme um mich und stellte sich mit mir unter den prasselnden, angenehm heißen Wasserstrom. Binnen Sekunden wurden auch seine Haare und Klamotten klatschnass, doch es schien ihn nicht zu stören. Meine verschiedenen halbherzigen Befreiungs- und Ausweichversuche und meinen Hinweis, dass ich alt genug sei, um alleine zu duschen, ignorierte er ebenfalls. Kapitulierend ließ ich meine Wange an seine Brust sinken. Na dann. Dann stand ich eben zusammen mit dem begehrten und allseits umschwärmten Maks Treborn (angezogen) unter einer heißen Dusche und ließ mich von ihm aufwärmen, auch wenn er mir gerade eben noch verkündet hatte, dass Sally alias Venus allerlei magische Reaktionen in ihm auslöse.

Doch das hier war etwas anderes. Etwas vollkommen anderes.

Ich wusste nicht, ob es besser oder schlechter war als seine Verbindung zu Sally, aber es war anders. Die Dusche und das Wasser waren dabei nur Dekoration. Eigentlich war es Maks' Mars-Wärme und -Energie, die mich durchströmte und an der ich mich so lange stärken durfte, bis es mir wieder besser ging; zwei Planeten, die einander halfen, wieder zu Kräften zu kommen. Und es war seine Art, mir zu zeigen, dass ihm sein Verhalten leidtat. Deshalb hielt ich still und protestierte nicht mehr, bis meine Lider vor Müdigkeit zufielen und ich beinahe in seiner Umarmung einschlief. Denn seine Behandlung zeigte Wirkung. Endlich hatte ich zu zittern und zu weinen aufgehört. Maks nahm eine Hand von mir, griff an mir vorbei und drehte den Hahn zu.

»Besser jetzt?«

Ich nickte nur. Plötzlich war ich zutiefst verlegen. Sein Hemd klebte an seinem Bauch, sodass sich sein Nabel darunter abzeichnete, und die Jeans sah fast schwarz vor Nässe aus. Auch sein Gesicht war überzogen von winzigen Wassertröpfchen, die jedoch im Nu verdampften.

»Ich hol dir ein paar trockene Klamotten und leg sie dir vor die Tür, okay? Hier, das kannst du nehmen.« Maks warf mir ein weiches, flauschiges Handtuch zu und rubbelte sich mit einem anderen über seine Locken. »Wenn du fertig bist, komm zu mir und Sally. Wir sind in meinem Zimmer.«

»Klar«, sagte ich lahm und wartete ab, bis seine Schritte sich entfernt hatten. Erst dann schälte ich mich aus meinen lädierten Klamotten, warf sie in die Badewanne, weil ich nicht wusste, wohin mit ihnen, und hüllte mich in das duftende XXL-Badetuch, um auf meine Kleiderlieferung zu warten.

Als ich eine Viertelstunde später Maks' Zimmer betrat, brauchte ich ein Weilchen, um mich zu orientieren – so verändert kam es mir vor. Auch hier hatte Sallys Venus-Energie bereits Wirkung gezeigt. Zwar fehlte die Farbe Rosa und es standen auch keine Potpourris und Schnittblumen herum, doch das Bett war von Notenblättern und bunten Stiften übersät, die Fensterbank zierten mehrere Windlichter und auf dem Boden lag ein runder, flauschiger Teppich. Er schien bequem zu sein, denn Sally war bereits auf ihm eingeschlummert und auch Maks lag rücklings darauf, die Hände unter dem Nacken verschränkt, und blickte mit halb offenen Augen an die Zimmerdecke. Die beiden berührten sich nicht – und doch fühlte ich mich schon in der ersten Sekunde fehl am Platze und wie das dritte Rad am Wagen. Ich hatte hier nichts verloren.

»Komm zu uns«, forderte Maks mich raunend auf, bevor ich mich umdrehen und verschwinden konnte. »Joss?«

»Na, von mir aus.« Maks' viel zu große Jogginghose schlackerte um meine Knie, als ich zu ihm trat und mich im Schneidersitz auf den Teppich setzte. Sally lächelte zufrieden im Schlaf und schien gerade ganz wundervolle Träume zu haben, während Maks, dessen Haare noch feucht glänzten, abgekämpft und müde wirkte. Auch mir fielen fast die Augen zu, trotz des nervösen Flirrens in meinem Magen, das seit der gemeinsamen Duschaktion nicht mehr weichen wollte.

»Hab ich das vorhin richtig verstanden, Joss?«, fragte Maks flüsternd, um Sally nicht zu wecken. »Julius ist der vierte Auserwählte und kommt vom Saturn?«

»Ja«, gab ich ebenso leise zurück. Seltsamerweise fühlte sich das Zusammensein mit Maks und der schlafenden Sally nun, da ich bei den beiden auf dem runden Teppich saß, nicht mehr verkehrt an und ich kam mir auch nicht überflüssig vor. »Er scheint ein … naja, eine Art höheres Bewusstsein für diese Zusammenhänge zu haben. Er sagt, ich solle mich den Männern in Schwarz stellen, auf sie zugehen und sie fragen, was sie …«

»Nur über meine Leiche«, fiel Maks harsch dazwischen und Sally regte sich kurz im Schlaf. »Spinnt der oder was? Das ist die beknackteste Idee, die ich seit Langem gehört habe.«

»Du hast mir mehrfach vorgeschlagen, mit deiner Mutter zu sprechen während deiner Amnesie«, erinnerte ich ihn. »Diese Idee war noch beknackter, wenn du mich fragst.«

»Ja, aber … Mensch, Joss, das ist zu gefährlich!«

»Das, was jetzt geschehen ist, war gefährlich!«, gab ich zischelnd zurück. »Beinahe ist Julius deshalb draufgegangen – weil ich fliehen und mich vor ihnen verstecken wollte. Ich möchte nicht weiter nur von

Angst gesteuert werden, Maks. Und ich will wissen, was sie für Wesen sind und warum sie uns boykottieren.«

»Ich bin damit nicht einverstanden. Echt nicht.« Maks' Sorge war aufrichtig, und jetzt, in diesem Moment, tat sie mir sogar gut.

»Ich werde es ja nicht heute tun und auch nicht morgen. Aber wir sollten wenigstens darüber nachdenken, okay?« Langsam wurde das Diskutieren in Flüsterlautstärke anstrengend; mein Hals begann bereits wehzutun und immer wieder überwältigten mich Gähnkrämpfe.

»Mal sehen. – Du bist ziemlich müde, oder?«

»Du doch auch«, erwiderte ich brummig und streckte mich vorsichtig aus. Der Teppich war wirklich warm und angenehm weich.

»Dann schlaf ein bisschen. Mum ist erst morgen früh aus der Klinik zurück. Ich sag deinen Eltern Bescheid, ja?« Zu einer Antwort war ich nicht mehr in der Lage. Ich nahm noch undeutlich wahr, wie Maks aufstand, zum Bett trat und kurz danach eine leichte, flauschige Decke auf mir ausbreitete. Nur Sekunden später war ich in einen sanften, wohligen Schlummer gefallen, in dem es nichts außer Frieden, Liebe und rosafarbenen Nebel gab – und ausnahmsweise war er mir willkommen.

DAS GEHEIMNIS DES HOCHSITZES

Als Sally mich mit einem sanften Rütteln an meiner Schulter weckte, wusste ich zunächst nicht, wo ich war. Alles um mich herum kam mir geheimnisvoll und fremd vor – und doch sehr vertraut. Ich brauchte kein künstliches Licht, um zu wissen, dass keine Gefahr drohte. Mein Bauch blieb ruhig und warm und ich fühlte mich unerklärlich fröhlich. Geduldig und ohne jegliches Zappeln blieb Sally vor mir sitzen und wartete, bis ich so munter geworden war, dass ich mich aufrichten und orientieren konnte. Nach und nach fielen mir die Ereignisse der vergangenen Stunden wieder ein. Meine Flucht zu Maks, die erlösende Nachricht, dass Julius über den Berg war und wieder eigenständig atmete, mein kleiner Nervenzusammenbruch in Maks' Hausflur und unsere gemeinsame Dusche … Oh je. Sally durfte niemals davon erfahren. Oder wusste sie es bereits? Maks hatte nasse Haare gehabt, als er zu ihr zurückgekehrt war; ich hatte nasse Haare gehabt, und ich ging davon aus, dass sie zumindest eins und eins zusammenzählen konnte.

Falls ja, so schien sie unser Ausflug ins Badezimmer nicht großartig zu stören. Unverwandt blickte sie mich an, ohne dass ich mich dabei unwohl fühlte. Im Kerzenschein sah sie wieder aus wie die Göttin der Liebe, garniert mit der nebligen, schwülen Hochdruckatmosphäre der Venus und allerlei pastellfarbenen Nebelfetzen. Durch sie hindurch sahen meine Augen auf Maks, der mit einer Hand auf der Brust neben uns auf dem Teppich lag und sich mit einem kleinen Zipfel der Decke, in die er mich eingehüllt hatte, zufriedengegeben hatte. Er reichte lediglich über seine Füße. Gleichmäßig hob und senkte sich sein flacher Bauch unter seinen tiefen, entspannten Atemzügen. Auch Sally schaute einen Moment lang auf ihn und wirkte dabei so zufrieden, als habe sie persönlich für dieses Werk gesorgt – was vermutlich sogar stimmte.

»Come with me«, forderte sie mich in ihrem eigenartigen, rauchigen Singsang auf, ihr zu folgen, und stand in einer tänzerischen Bewegung auf. Im Vergleich zu ihr kam ich mir vor wie eine klapperige Marionette, denn ich kämpfte um mein Gleichgewicht, als ich mich nach oben stemmte, so schlaftrunken war ich noch. »Come, Sweetie …«

Gut, das mit dem Sweetie würde ich ihr wohl nicht mehr abgewöhnen können – und ausnahmsweise störte es mich nicht weiter. Vielleicht sah sie in mir ja auch etwas Außergewöhnliches, so wie ich in diesem Augenblick in ihr. Wer wusste schon, wie süß für jemanden von der Venus ein Plejadenkind aussehen musste. Barfuß und auf Zehenspitzen huschte sie zur Tür, öffnete sie und bewegte sich wie der Geist einer Ballerina die Treppe hinunter. Wie schade, dass man das nicht filmen kann, dachte ich bekümmert, denn auch jetzt kreisten unablässig Nebelschwaden um sie herum – ein Spezialeffekt, wie ihn selbst die talentiertesten Computercracks nicht erschaffen konnten. Auch ihr Kleid sah nicht mehr wie ein normales Kleidungsstück aus, sondern als würde es aus unzähligen, hauchdünnen Stoffschichten bestehen, die sich stets von Neuem übereinanderdrapierten und -formten und dabei ihrer Figur immerzu schmeichelten. Sie musste füllig sein, sonst würde das nicht funktionieren. Ich würde damit aussehen wie eine traurige Vogelscheuche. Doch anstatt neidisch zu werden, freute ich mich an ihrer urweiblichen Eleganz und ließ mich vertrauensvoll von ihr nach unten führen, wo sie mit dem Finger vor ihrem herzförmigen Mund anhielt und ins Wohnzimmer deutete.

Frau Treborn lag, ebenfalls eingewickelt in eine dicke Decke, auf dem Sofa und schlief – offenbar war sie entgegen ihrer Pläne schon heute Nacht nach Hause gekommen. Ihr Gesicht wirkte angestrengt und müde, doch ich sah auch Frieden und Hoffnung in ihren Zügen. Sie sah gar nicht mehr aus wie die überstrenge, unerbittliche Psychoanalytikerin, der man es nicht recht machen konnte, sondern wie eine junge, zu viel arbeitende Frau, die sich dringend auskurieren musste. Nun verstand ich, warum Maks sie nicht hatte aus den Augen lassen wollen. Die Beziehung mit Ed hatte ihr zugesetzt. Nach außen mochte sie so tough sein wie eh und je, aber dieses Wesen hatte seine Spuren hinterlassen.

»Poor woman«, hauchte Sally mitfühlend und setzte sich wieder in Bewegung, um mir voran zur Terrassentür zu gehen und sie lautlos aufzuschieben. Die Luft war warm und feucht und es hatte zu regnen aufgehört. Dunkel, klar und rein spannte sich der Himmel über uns auf und endlich hatte ich wieder die Muße, nach oben zu schauen und all die vertrauten Sternbilder zu erblicken. Die Plejaden würden sich noch bis zum Herbstbeginn verstecken, doch mir entwich ein lautes Seufzen, als ich Saturn entdeckte, wie er erhaben und ernst vom Himmel strahlte. Seit ein paar Tagen war er die ganze Nacht über zu sehen, begleitet von den ebenfalls hell strahlenden Sternen Deneb und Altair – und ich war nicht auf die Idee gekommen, dass Julius etwas mit ihm zu tun hatte. Gegen Morgen würde Venus sich dazugesellen, wohingegen Mars wie die Plejaden schon seit einiger Zeit aus dem für uns sichtbaren Bereich verschwunden war. Welche Auserwählten würden wir wohl als Nächstes treffen? Julius hatte angedeutet, dass es bald schwieriger werden würde als bisher – wobei ich es schon bei Maks und Julius als kompliziert empfunden hatte. Venus hingegen war uns zugelaufen wie ein treues, verwirrtes Hündchen (ein Vergleich, der an allen Ecken und Enden hinkte, wenn ich sie so wie jetzt neben mir stehen sah – überirdisch schön und von einem weiß-rosa Schimmer umgeben, in dem immer wieder magentafarbene Funken aufleuchteten).

Nachdem ich mich sattgesehen hatte, griff Sally sacht nach meiner Hand und führte mich durch den dunklen Garten zu jenen hoch wachsenden Tannen und Fichten, unter denen Maks sich beinahe zu Tode geschuftet hatte, ohne zu wissen, was er da eigentlich tat. Ich rechnete damit, seine Baustelle so vorzufinden, wie er sie verlassen hatte, nachdem ich erkannt hatte, dass Ed ein Mann in Schwarz war. Doch das Gegenteil war der Fall. Die Axt steckte sauber in einem Baumstumpf, die heruntergerissenen Äste waren zu einem ordentlichen Haufen zusammengekehrt worden und sein Hochsitz war fertiggestellt. Aber war es denn wirklich ein Hochsitz?

»Here … come …« Benommen folgte ich Sallys Nebelschlieren und trat um den Hochsitz herum, bis wir an eine Leiter kamen, die intensiv nach zersägtem Holz roch und gerade erst fertig gestellt worden sein musste. »Up«, wies Sally mich an, sie zu erklimmen, und griff beherzt nach einer der Sprossen, um sich hochzuziehen. Offenbar kannte sie die Konstruktion schon. Nun regte sich ein wenig Neid in mir, doch ich würgte ihn herunter und kletterte ihr nach, bis auch ich oben angekommen war – auf einem sechseckigen Plateau mit Brüstung, das genügend Platz für zwei Menschen bot und dessen Geländerumrandung vor plötzlichen Stürzen schützte. Überrascht sah ich mich um. Das Konstrukt war dank des kleinen Hügels, auf dem es stand, so hoch, dass Sally und ich problemlos über die Dächer der Häuser schauen konnten – und der Blick in den Himmel war gigantisch.

»Look.« Sally wies auf ein Holzviereck, das an der Stirnseite des Geländers befestigt worden war, und auf der Maks etwas eingeritzt hatte – eine Zeichnung? Neugierig trat ich näher und bückte mich, um sie mir genauer anschauen zu können – und mir war, als würde Sally mir das nötige Licht dazu liefern. Ich erkannte die Zeichen sofort. Maks hatte das Sternbild der Plejaden in die Tafel geschnitzt. Darunter stand: »Für Joss, die immer weiß, wer ich bin – auch dann, wenn ich es vergesse. Thx, Maks.«

Ein piepsiger Laut entfuhr meiner Kehle, halb Auflachen, halb Weinen, und ich hatte das Gefühl, gleich wieder losheulen zu müssen. Denn jetzt sah ich auch die Halterung für das Teleskop, die neben der Tafel angebracht worden war – und die zwei Klappstühle, die in der Ecke standen und darauf warteten, benutzt zu werden. Zwei Klappstühle, nicht drei. Für drei Menschen war hier oben kein Platz. Sie waren für mich und Maks, nicht für Maks und Sally! Er hatte mir eine Sternwarte gebaut und er musste die ganzen vergangenen Tage damit beschäftigt gewesen sein.

»Yes. This is for you, sweetie.« Liebevoll strich Sally über meinen Rücken, doch ich hatte immer noch nicht meine Fassung zurückgewonnen. »Er hat es für dich gebaut.« Wow, sie konnte ja auch deutlicher reden! Überhaupt – ihre planetare ADHS war wie weggewischt in dieser sternklaren Nacht. Endlich war der Moment gekommen, mit ihr ein sinnvolles Gespräch zu führen. Das musste ich nutzen!

»Ehrlich? Er hat das wirklich für mich konstruiert?«, fragte ich scheu und wagte es, in ihre rauchblauen Augen zu schauen. Sie nickte lächelnd.

»Ja, aber …« Ich richtete mich wieder auf, um an die Brüstung zu treten und hinauf in den Himmel zu gucken. »Wir sind jetzt zu dritt, nein, sogar zu viert! Das hier ist zu klein für uns alle!«

Sally lächelte immer noch und sie sah unfassbar wissend und klug dabei aus. Morgen würde sie wieder zerstreut durch die Gegend huschen und sich in tausend Nichtigkeiten verlieren, aber jetzt fühlte ich eine Kraft und Stärke in ihr, die nicht zu all dem Nebelgewaber um sie herum passen wollte. Oder war vielleicht genau das ihre Stärke? Das Weiche,

Nachgiebige, Bewegliche? Wenn ja, dann würden wir es für unsere Mission brauchen. Doch mir war sie wie jetzt am liebsten und ich hoffte auf weitere klare Momente, denn auf einmal kam sie mir vor wie eine Vertraute, die ich nicht mehr missen wollte. Es erschien mir sogar unfair, dass für sie kein Platz hier oben war.

»Na gut, dann setzt du dich eben auf Maks' Schoß und ich mich auf … hm.« Auf Julius' Schoß? Der arme Kerl.

»This is für you and Maks, Joss. Nur für euch.« Es schien Sally kein bisschen zu ärgern, dass Maks die Sternwarte für mich gebaut hatte, und nicht für sie, wo sie doch schon lange glaubte, aus dem All gefallen zu sein. Ich machte mir keine Illusionen, die beiden waren immer noch das kosmische Liebespaar Nummer 1, daran hatte sich nichts geändert. Dennoch hatte ich mich in Maks getäuscht. Ich war ihm sehr wohl wichtig. Nicht auf die gleiche Weise, wie Sally ihm wichtig war. Aber ich war ihm wichtig.

»Okay, dann … hm.« Schüchtern erwiderte ich ihr Lächeln. »Dann schauen Maks und ich hier oben eben zu zweit in die Sterne. Aber alles andere geht nur mit dir und Julius. Ja? Wir haben wichtige Aufgaben vor uns, Sally.«

»I know.« Ihr Lächeln vertiefte sich und zauberte zwei hinreißende Grübchen in ihre runden Wangen. »Rede nachts mit mir, Joss.« In einer geschmeidigen

Bewegung ihres Arms deutete sie nach oben. »Wenn die Sterne leuchten und keine Wolken sie verdecken, bin ich so klar wie der Himmel. Tagsüber …« Sie zuckte charmant mit den Schultern, »… fühle ich einfach nur.«

Ja, so war es – und für einen Wimpernschlag wünschte ich mir, ich könnte das auch. Mich von meinen Gefühlen und Emotionen leiten zu lassen, nicht so viel zu denken und zu planen und abzuwägen. Sally ging es offenbar sehr gut dabei. Aber ich war anders und nun wusste ich, wo unsere gemeinsame Schnittmenge war. Das, was mich schon als Baby beruhigt hatte, war unsere Insel, auf der wir uns treffen konnten: der sternenklare Nachthimmel. Und wenn es sein musste, würde ich auch Maks' und meinen Hochsitz dafür benutzen, für konzentrierte Sally-und-Joss-Gespräche – obwohl ich immer noch davon überzeugt war, dass Sally uns in ihrem Gefühlsdusel am nützlichsten sein würde. Mit ihm hatte sie uns ihren bisher größten Dienst erwiesen. Sie hatte gespürt, dass ich in Not war.

»Danke für deine Hilfe«, flüsterte ich. »Du hast Julius gerettet.«

»Nichts zu danken«, erwiderte sie mit singendem Akzent. »Don't forget this night, little Joss.« Sanft berührte sie meine Wange. »Love you, sweetie.«

Mit einem letzten beseelten Lächeln ließ Sally mich allein und nur Sekunden später sah ich sie flatternd durch den Garten schweben, auf dem Weg zurück in Maks' Zimmer, wo sie sich neben ihm auf dem Teppich einrollen und weiterschlummern würde.

Sie war nicht eifersüchtig, realisierte ich staunend. Sie kannte so etwas wie Eifersucht überhaupt nicht! Vielleicht sollte auch ich versuchen, damit aufzuhören. Es würde mir nicht sofort gelingen, das nicht. Aber nun hatten wir den Auserwählten Nummer 4 gefunden und so würde es einen Ausgleich geben, einen Menschen mehr, mit dem ich über alles sprechen konnte – und der auch tagsüber genügend Geistesschärfe und innere Ruhe besaß, um uns eine wertvolle Orientierung sein zu können. Die Durststrecke der Dreierkonstellation war vorüber. Nicht nur Julius war ein Verbündeter geworden, so fremd er mir immer noch vorkam und so verlegen ich mich fühlen würde, wenn ich ihm das nächste Mal begegnete. Auch Sally und ich konnten Freunde werden, wenn wir uns nur so nahmen, wie wir waren. Grundverschieden und doch untrennbar miteinander verwoben.

Vorsichtig zog ich einen der Klappstühle aus der Ecke, machte es mir auf ihm bequem und schaute in die Milchstraße, bis die ersten Sternschnuppen über den Nachthimmel zu rieseln begannen.

Ich wünschte mir nichts.

Denn alles, was ich jetzt brauchte, war da.

LANGSAMER WALZER

»Wow. Du siehst … wow.« Maks fehlten die Worte. Es ging ihm nicht anders als mir, als ich vorhin ein letztes Mal in den großen Spiegel von Mamas Schlafzimmerschrank geschaut hatte. Ich kannte mich so nicht, und irgendwie fühlte sich das gut an. Ich würde heute auf den Schulball gehen, und das zum ersten Mal abends und gemeinsam mit all den anderen älteren Schülern. Nicht zu verhindern war, dass auch meine Eltern mit von der Partie sein würden.

Alleine Julius hatte ich es zu verdanken, dass ich nicht wie ursprünglich geglaubt zu Hause bleiben musste. Sobald er so weit zu sich gekommen war, dass er hatte sprechen können, hatte er seinen Eltern mitgeteilt, dass alles seine Schuld gewesen war. Das war natürlich eine dicke, fette Lüge, doch es musste ihm gelungen sein, sie so glaubhaft zu formulieren, dass niemand daran zweifelte. Denn sie passte wunderbar ins Klischee. Julius behauptete, er habe mich dazu überredet, mit ihm zusammen in diesen Kellerraum zu gehen und mich mit ihm auf das Sofa zu setzen, weil er unbedingt habe wissen wollen, wie es denn sei, ein Date mit einem Mädchen zu haben – und da ich so mitfühlend sei und ein so gutes Herz habe, habe ich schließlich eingewilligt. Leider habe er dann vor lauter Aufregung einen Schwächeanfall erlitten und mir sei die Klinke abgebrochen, als ich Hilfe holen wollte – der Rest der Geschichte war bekannt und immer noch Schulgespräch. Laut Julius hatte ich die wahre Begebenheit nur deshalb nicht erzählt, weil ich ihm hoch und heilig versprochen hatte, niemandem etwas von unserem Keller-Rendezvous zu verraten. Und ein Mädchen wie ich halte seine Versprechen.

Sein erfundenes Geständnis hatte das Blatt im Nu gewendet. Meine Eltern hoben den Hausarrest auf und sprachen wieder mit mir, als sei ich ein zwar etwas eigenwilliger Teenager mit merkwürdigen Interessensschwerpunkten, aber keine schwer erziehbare Jugendliche. Frau Heinrich kam sogar persönlich bei uns zu Hause vorbei, um sich zu entschuldigen und mich ausdrücklich zum Schulball einzuladen, Julius wolle es so, und ich begriff, was für einen treuen, loyalen Freund ich in ihm gewonnen hatte. Selbst das Wetter passte sich dieser unerwarteten Kehrtwende an und verwöhnte uns mit strahlendem Sonnenschein und lauen Nächten – perfektes Wetter für den Schulball und beste Voraussetzungen für ein

Outfit, dem ich mich vor Wochen noch verweigert hätte.

Jetzt machte es Maks sprachlos und ich musste ein Grinsen unterdrücken, als ich sah, dass er immer noch nach Worten suchte. Ja, so hatte er mich noch nicht gesehen. Mama hatte mir ihr kleines Schwarzes geliehen – ein wahres Heiligtum, das nur außergewöhnlichen Ereignissen vorbehalten war. Bei mir reichte es züchtig bis eine Handbreit über die Knie, doch ansonsten saß es wie angegossen. Im Schulterbereich hatte es asymmetrisch geschnittene breite Träger und am linken Saum war es frech geschlitzt. Dazu trug ich Sams schwarze Glitzerboots, denn gegen Pumps hatte ich mich erfolgreich gesperrt. Es war ungewohnt genug für mich, in ein figurbetontes Kleid zu schlüpfen. Doch es passte zu meinem platinfarbenen Sidecut und meinen großen Augen, an denen sich Sam vorhin wieder ausgiebig verkünstelt hatte. In perfektem Bogen schwangen sich meine Wimpern nach oben; nur das Augenbrauenzupfen hatte ich ihr verboten. Man sah sie eh kaum, da gab es nichts zu zupfen.

»Nicht schlecht«, brachte Maks schließlich anerkennend hervor und trat einen Schritt näher.

»Dito«, entgegnete ich knapp, wobei »nicht schlecht« in seinem Fall eine beleidigende Untertreibung war. Er trug ein dunkles Sakko zu dunkelblauen Jeans, dazu seine abgetragenen Boots und ein weinrotes Hemd, dessen obere drei Knöpfe geöffnet waren. Seine Haare hätten jedem Modelagenten die Glückstränen in die Augen getrieben, sein Blick war kühn, selbstbewusst und glühte, als suchte er eifrig nach neuen Mars-Herausforderungen. »Umwerfend« wäre die passendere Bezeichnung gewesen, aber das musste ich ihm ja nicht auf die (gebräunte) Nase binden. Sally hingegen hatte sich in eine altrosa Flatterwolke verwandelt und sie mit filigranen Stilettos und einem schiefen Alte-Tanten-Dutt kombiniert, doch sie bewegte sich so elegant und leichtfüßig durch den Eingangsbereich der Aula (es gab hier für sie wieder vieles zu entdecken), dass sie zahlreiche wohlwollende Blicke auf sich zog. Selbst Papa schaute ihr einen Moment gedankenverloren und mit offen stehendem Mund nach, bis Mama ihm einen leichten Stups in die Seite gab und er ertappt seinen Kopf herumriss.

»Darf ich Ihre Tochter kurz – entführen?«, fragte Maks höflich und deutete respektvoll auf mich.

»Ausnahmsweise.« Mama nickte ihm auffordernd zu, doch begeistert wirkte sie nicht. Sie würde sich erst noch daran gewöhnen müssen, dass sie Maks und mich nicht dauerhaft voneinander trennen konnte. »Fünf Minuten, dann gehen wir rein und setzen uns an unseren Tisch.«

»Danke.« Maks nahm mich galant am Oberarm und führte mich in eine Ecke, in der wir uns außer

Hörweite befanden. »Sag mal, ist das wahr? Du hast Julius geküsst?«

»Wer erzählt denn so was?«, stellte ich mich unschuldig. Stimmt, ich hatte ihn geküsst, zwar aus Verzweiflung und Angst, aber es war mein erster Kuss gewesen und ab und zu schoss mir diese Erinnerung wie ein Blitz durch den Bauch. So schlimm hatte es sich gar nicht angefühlt.

»Na, Julius persönlich. Das hat er jedenfalls seinen Eltern erzählt. Hat meine Mutter berichtet.«

»Soso«, erwiderte ich nur unbestimmt und sah an ihm vorbei zur Aulatür, in der meine Eltern und Sam standen und ungeduldig auf uns warteten.

»Hast du nun oder hast du nicht?«

»Ist das so wichtig?« Es fiel mir immer schwerer, mein Grinsen herunterzuschlucken. Maks zappelte wie ein Fisch und ich war diejenige, die die Angel in der Hand hielt – eine ganz neue Erfahrung.

»Finde ich schon!« Maks' Augen begannen feurig zu glimmen und er richtete sich zu seiner vollen Größe auf. »Ich möchte gerne wissen, wen du küsst und wen nicht, erst recht, wenn es ein Auserwählter ist!«

»Ach, keine Sorge, das ist nicht wichtig für unsere Mission«, erwiderte ich lässig. »Oder? Ist es wichtig, was du mit Sally machst, wenn ihr euch privat trefft?«

»Aber das ist doch … Das ist etwas anderes und

wir …« Maks senkte seine Stimme und rückte noch ein Stückchen näher. Wieder blieb sein Blick an meinem Kleid hängen. »Wie gesagt, da läuft nicht viel. Will sie einfach in meiner Nähe haben.«

»Das kannst du ja. Genauso, wie ich es bei Julius tun kann, wenn ich möchte. – Guck, sie wartet schon auf dich. Du wirst wohl den Abend auf der Tanzfläche verbringen müssen.«

Sally trippelte wie ein aufgeregtes Vögelchen vor der Tür auf und ab und warf Maks immer wieder Blicke zu, die selbst mich nicht kaltließen. Sie platzte vor lauter Vorfreude auf diesen Abend und war bereits den ganzen Tag summend und tanzend durchs Haus gerauscht, Sam im Schlepptau. Überhaupt hatte Sam einen Narren an ihr gefressen und nahm es ziemlich persönlich, wenn Sally sich mit Maks traf. Sie wollte am liebsten jede einzelne Sekunde mit Sally verbringen, weil man mit ihr so wunderbare Mädchensachen machen konnte. Auch jetzt steckten die beiden flüsternd die Köpfe zusammen.

»Es geht los! Worauf wartet ihr?«, rief Sam mir aufgeregt zu, als sie mein Starren bemerkte. »Wollt ihr nicht tanzen?«

Nein, ich wollte nicht. Erstens konnte ich nicht tanzen und zweitens würde der Junge, mit dem ich es hätte tun wollen, wenn ich es denn gekonnt hätte, mit einer anderen Auserwählten tanzen. Für mich war der Platz am Tisch bei meinen Eltern der passende Ort für diesen Abend. Doch Sam hatte andere Ideen. Sally hatte Maks in ihren Dunst gehüllt, sobald wir aus unserer Ecke getreten waren, und so griff Sam flugs nach meiner Hand und zog mich an meinen Eltern vorbei in die Aula hinein. Mit großen Augen schaute ich mich um. Das Organisationsteam hatte ganze Arbeit geleistet. In der Mitte des Raumes glänzte die polierte Tanzfläche, bestrahlt von bunten Spots, und um sie herum reihten sich zahlreiche runde Tische, an denen Lehrer, Schüler und Eltern in friedvoller Eintracht zusammensaßen und sich angeregt austauschten. Rob aus der 10c stand schon hinter dem DJ-Pult und würde gleich Musik auflegen – ein Garant dafür, dass für mich etwas Passendes dabei sein würde. Gute Songs konnte man schließlich auch sitzend genießen.

»Der siebte Sommerball des Curie-Gymnasiums ist hiermit offiziell eröffnet!«, dröhnte Frau Heinrichs Stimme durch den Saal. »Greifen Sie reichlich zu und gönnen Sie sich einen unserer alkoholfreien Fruchtcocktails, der Erlös fließt in unsere Schulkasse und dient unseren zukünftigen Belohnungsfahrten! Leg los, Rob«, schloss sie betont jugendlich, schaltete das Mikro aus und hüpfte überraschend leichtfüßig zu ihrem Tisch. Sally, dachte ich halb staunend, halb genervt. Sie musste nur einen Raum betreten, ganz egal wo und mit wem, und die Menschen waren ein kleines bisschen fröhlicher und beschwingter als sonst. Jetzt wusste ich auch, warum sie trotz ihrer planetaren ADHS durchweg gute Noten in der Schule hatte, sogar in Mathematik. Die Lehrer konnten gar nicht anders, als ihre »Leistungen« gut zu bewerten. Selbst ich schaffte es kaum mehr, eifersüchtig auf sie zu sein, auch wenn es wehtat, dabei zuzusehen, wie Maks sie mit athletischen Kriegerschritten zu den ersten Takten von Rihannas »Love on the brain« auf die Tanzfläche führte und dieses ungleiche Paar sofort bewundernde Blicke auf sich zog.

»Nein, lass …«, wehrte ich ab, als Sam erneut nach mir griff und mich in Tanzposition bringen wollte. »Ich kann das nicht.«

»So ein Quatsch. Du wirst dich ja wohl im Takt bewegen können, oder? Komm schon, tanz mit mir, Schwesterchen, solange ich noch da bin … Nächsten Schulball bin ich vielleicht schon in Mexiko!«

Es hatte keinen Sinn, sich zu wehren, ich würde mich damit nur blamieren. Sam konnte sehr übergriffig werden und viel Diskussionsspielraum gab es sowieso nie, wenn sie sich etwas in den Kopf gesetzt hatte. Seufzend gab ich nach, bestand aber darauf, dass wir am Rand der Tanzfläche blieben.

»Von mir aus«, willigte Sam ein und drehte mich einmal um mich selbst, um mich dann wieder an sich heranzuziehen, sodass ich ihren Kaugummiatem im Gesicht hatte. »Hey, Joss …« Mitten in der

Bewegung stoppte sie. »Guck doch mal, ich glaube, die … die wollen, dass du zu ihnen kommst.« Sams und Sallys Blicke trafen sich und plötzlich wirkte Sam abwesend und müde, beinahe schlaff. Ihr Arm glitt herunter, wies aber nach wie vor zu Sally und Maks, die stehen geblieben waren und uns abwartend anschauten. »Du … musst … zu ihnen …«, sprach Sam seltsam monoton weiter – ganz ähnlich wie in dem Moment, als sie mich gerade umgestylt und an eine der vergessenen Botschaften erinnert hatte. »Ihr … gehört … zusammen … und müsst … reisen … weit weg … zu mir … in die Ferne …«

»Zu dir? Wieso zu dir, Sam? Sam, alles gut?«

Ihr Kiefer krachte, als sie ihren Mund zu einem herzhaften Gähnen aufriss und sich schüttelte, als hätte ich einen Eimer kaltes Wasser über ihr entleert. »Huch! Sorry, Schwesterchen, Sekundenschlaf. Hihi.« Noch einmal gähnte sie, doch ihr Blick war wieder klar. »Na, geh schon zu ihnen. Ich tanz mit Papa. Jo-hoos …« Bestimmt schob sie mich von sich weg. »So eine Chance kriegt man nur einmal im Leben. Setz deinen kleinen Hintern in Bewegung!«

Sam sollte recht behalten. Es war ein besonderer Augenblick und es würde ihn nicht noch einmal geben. Beide streckten mir ihre Hände entgegen, Sally und Maks, und sie schauten mich dabei so seelenvoll an, dass ich meine Scheu und meine Vorbehalte fallen ließ. Die Augen aller Anwesenden schienen auf mir zu ruhen, als ich langsam und aufrecht über die gesamte Tanzfläche auf sie zuschritt, bis sie mich lächelnd in ihre Mitte zogen und wir zu dritt zu tanzen begannen, Maks' Arm um meine Hüfte und meine Hand in Sallys warmen, leichten Fingern. Ich vermisste Julius, er hätte bei uns sein müssen, jetzt und hier, doch bei der nächsten Drehung glaubte ich sein kluges, wissendes Lächeln vor mir zu sehen, und war mir sicher, dass er an uns dachte, genau jetzt in diesem Moment.

»Schön, dass du da bist«, wisperte Maks in mein Ohr und seine Locken streiften knisternd meine Stirn.

Ja, dachte ich und drückte kurz Sallys Hand.

Schön, dass wir auf der Erde sind.

Bettina Belitz

Mein Date mit den Sternen – Blaues Funkeln

288 Seiten, ISBN 978-3-570-16509-6

Die beiden Außenseiter Joss und Maks haben einen Pakt geschlossen: Sie verbringen jede Mittagspause miteinander und halten sich gegenseitig die fiesen Jungs vom Leib. Bisher hat das auch wunderbar funktioniert. Doch eines Tages gehen plötzlich merkwürdige Veränderungen mit Maks vor sich und Joss sieht ihn mit ganz neuen Augen. Als sie auf einer Schulfahrt nach London mitten in der Nacht auf ein mysteriöses Mädchen treffen, werden zwei Dinge sternenklar: Joss wird um ihre Freundschaft mit Maks kämpfen müssen. Und nicht zuletzt haben die Drei einen wichtigen kosmischen Auftrag, der mächtige Gegner auf ihre Spur lockt.

20277

cbj

www.cbj-verlag.de

Bettina Belitz

Die Diamantkrieger-Saga – La Lobas Versprechen

ca. 450 Seiten, ISBN 978-3-570-16425-9

Sara kann ihr Glück kaum fassen, als Damir plötzlich in ihr Leben zurückkehrt, obwohl er doch eigentlich den Bund des Schwertes mit einer anderen eingegangen ist. Dass ihre Treffen zunächst geheim bleiben müssen, nimmt Sara in Kauf. Es ist La Loba, bei der sie sich auf eine Aufnahme in den Geheimbund der Diamantkrieger vorbereitet, die erkennt, dass hier etwas nicht stimmen kann. Sara wird auf eine schwere Probe gestellt: Welche Rolle kann und will Damir in Zukunft in ihrem Leben spielen? Und ist sie in der Lage, ihre dunkle Vergangenheit hinter sich zu lassen?

70048